Bert Wagendorp • FERRARA

Bert Wagendorp

FERRARA

Roman

Aus dem Niederländischen
von Andreas Ecke

btb

Für Hannah und Wilma

»Die Plinii sind am Vortag des Festes des heiligen Andreas hier eingetroffen. Es ist ein Wunder, wie sehr ihnen Ferrara gefällt. So schön, so anziehend, so anmutig, so lieblich – denn das ist das richtige Wort – ist diese Stadt, dass sie glauben, kaum je dergleichen gesehen zu haben. [...] Man kann nichts Angemesseneres oder Wahreres über Ferrara sagen als das, was ich in meiner Vorrede zu den Studien behauptet habe: dass es der Wohnsitz der Musen und der Venus selbst sei.«

Rudolf Agricola in einem Brief an Johannes von Plieningen,
Ferrara, 5. August 1476

»Ach, könnten wir uns doch so ergeben,
ohne Hoffnung, irgendwo weiterzuleben,
und ganz ohne Angst vor einem Urteilsspruch,
nur mit dem Gedanken: Verdammt schön war es doch.«

Willem Wilmink, *Das Ende ihres Daseins*

1

Sehr lange ist der Tod für uns kein Gesprächsthema gewesen. Auch nicht, nachdem Peter gestorben war, als wir noch keine zwanzig waren. Schon die Idee des Todes an sich fanden wir verabscheuungswürdig. Peter war am Ventoux gestorben, das ließ sich nicht leugnen, vor unserer Nase war es geschehen, aber das war doch etwas anderes als Tod in der Bedeutung Ende, aus, wie bei den Wörtern *The End* im Kino.

Wir waren eine florierende Genossenschaft geteilter Erinnerungen, und Peter gehörte weiterhin dazu. Jeden Moment konnte er bei uns auftauchen, mit diesem ausgeprägten Dichterkopf – mehr noch: Er *war* regelmäßig bei uns. Wir waren jung und hatten nicht vor, jemals alt zu werden. Wer alt wird, landet in der Gefahrenzone, und das kam einfach nicht infrage.

Keith Richard und Mick Jagger waren unsere Helden, und wir ließen kein Konzert aus. Nicht wegen ihrer Musik, die kannten wir ja allmählich, sondern weil sie auf der Bühne als Apostel der Ewigkeit unser Credo verbreiteten: Tod ist Unsinn und Altwerden eine Unverschämtheit, reden wir nicht mehr davon.

Wir waren auch bei Leonard Cohen, als er im Ziggo Dome mit einem langen, unvergleichlichen Konzert seinen neunundsiebzigsten Geburtstag feierte. Als er drei Jahre später dann doch starb, war er für uns ein unzuverlässiger Buddhist.

Verleugnen der Wirklichkeit? Was spricht eigentlich gegen das Verleugnen? Verleugnen ist ganz in Ordnung und macht das Leben um einiges angenehmer. Die Wirklichkeit zu verleugnen ist nichts Jämmerliches, wie manchmal behauptet wird. Es erfordert Mut und Entschlossenheit. Die Anerkenner, die sind die Pest. Sie machen alle Hoffnung zunichte.

Wir – ich meine David, Joost, André und ich – hatten uns lange hinter Hoffnung und einem Gefühl der Unverwundbarkeit verschanzt; nicht jeder für sich, sondern gemeinsam, ein uneinnehmbares Bollwerk gegen Sterblichkeit und Verzweiflung.

Die ersten Risse in der Verteidigungsanlage bilden sich, wenn man Kinder bekommt. Der Gedanke an ihren Tod macht einen schier wahnsinnig. Es ist der Moment, in dem man zum ersten Mal denkt: Wenn schon unbedingt gestorben werden muss, dann bin *ich* dran. Plötzlich ist man bereit, die eigene Endlichkeit anzuerkennen, nicht von Herzen, sondern unter Protest und nur bedingt, aber man schwenkt die weiße Fahne und ergibt sich ins Unvermeidliche.

2

Der Abstand zwischen Joost, David, André und mir war variabel, aber die Bande zwischen uns waren unzerreißbar. Diese Freundschaft war uns eingeschrieben. Manchmal hatten wir monatelang keinen Kontakt, bis einer von uns die Zugkraft spürte und alle zusammenrief – wobei wir uns hüteten, viel Aufhebens davon zu machen.

Mit David sprach ich regelmäßig, telefonisch oder bei ihm zu Hause, dort immer öfter zusammen mit meiner Tochter Anna. Er wohnte in der Lange Hofstraat über De Vriendschap, seinem Caférestaurant. David war der geborene Gastgeber, der sich mit offenem Ohr und großer Geduld die Geschichten seiner Gäste anhörte. »Menschen jammern nun mal gern ein bisschen«, sagte er. »Sie ertragen das Leben, solange es jemanden gibt, bei dem sie lamentieren und klagen können und der ihnen dabei auch noch ein frisches Pils einschenkt oder ihnen eine warme Mahlzeit vorsetzt. So einfach ist das.«

Seit einem Jahr arbeitete sein Neffe George im Café, ein zwei Meter zehn großer Surinamer, der sich als sanfter Riese rührend um die Gäste kümmerte. »Vielleicht wird es Zeit, das Café an George abzugeben«, sagte David eines Mittags, als Anna, er und ich zusammen aßen. »Ich hab ein paar kleinere gesundheitliche Probleme, und dann ist es nicht so günstig, wenn man jeden Abend bis ein Uhr hinter der Theke steht.«

»Was für Probleme?«, fragte Anna.

»Nichts Besonderes. Hoher Blutdruck und so. Müdigkeit.«

»Du musst abnehmen«, meinte Anna.

Joost hatte versucht, seine wissenschaftliche Karriere wiederzubeleben, doch das Plagiatsvergehen, bei dem man ihn ertappt hatte, seiner Ansicht nach eigentlich nicht der Rede wert, verfolgte ihn. Er war zu einem Paria geworden, dem seine früheren Kollegen aus dem Weg gingen. Zunächst hatte er sich bei einer Referentenagentur angemeldet, um populärwissenschaftliche Vorträge über die neuesten Entwicklungen in der Physik zu halten, aber er bekam nur Einladungen zu Veranstaltungen, bei denen er von seinem Untergang erzählen sollte, und damit hatte er nach dem dritten Mal aufgehört. »Ich hab keine Lust, mich für fünfhundert Euro und eine Flasche billigen Fusel anderthalb Stunden lang an den Pranger zu stellen.«

Anschließend hatte er in Leiden einen kleinen Laden für italienische Spezialitäten (Salami, Wein, Olivenöl, Trüffel) aufgemacht. Am Eröffnungstag nahm er viel ein, vor allem weil David, André und ich uns eindeckten, doch danach ging es schnell bergab. »Es ist sehr schwer, seinem Leben eine neue Richtung zu geben, wenn einem die große Leidenschaft genommen wurde«, erklärte Joost, »denn im Grunde interessiert mich alles andere kein bisschen. Dieses Gelaber über Piemonteser Rotweine hing mir schon nach einer Woche zum Hals raus. Und das merken die Kunden, sie schwärmen von schwarzem Trüffel aus Umbrien, und hinter der Kasse steht einer, der viel lieber über schwarze Löcher sprechen würde. Dann wird's Zeit für was anderes.«

André bewohnte noch dieselbe geräumige Wohnung in Rotterdam, aber seine russische Freundin war ausgezogen. Er hatte mir ein Foto seines Wohnzimmers gemailt und dazu nur den Text: »Schön viel Platz!« Es klang fröhlich, aber ich kannte ihn lange genug, um zu wissen, dass er nicht glücklich war.

»Dir denn?«, lautete seine Gegenfrage, als ich ihn anrief und fragte, ob es ihm gut ging.

»Ach ja, geht so. Aber ich weiß, was du meinst. So ein nagendes Gefühl, eine Mutlosigkeit, als ob man sehr lange an einem Bild gearbeitet hätte und plötzlich sehen würde, dass die Farbe verlaufen ist und die Farbtöne nicht stimmen. Eigentlich müsste man von vorn anfangen, aber man hat gar keine Lust mehr. Also behauptet man einfach, dass die Schlieren gewollt waren. Glaubt kein Mensch, am wenigsten man selbst. Das kann einen ganz schön deprimieren.«

»Das meine ich. Wir sind Bluesbrüder, Bart.«

Wir waren Fünfziger geworden.

3

Im Frühherbst 2016 lud uns André zu einer gemeinsamen Radtour ein, die wie immer in Zutphen beginnen sollte, der Stadt, die unsere Jugenderinnerungen bewahrte, nachdem wir – mit Ausnahme von David – in den Westen des Landes gezogen waren. »Wir entscheiden dann spontan, wohin wir fahren«, erklärte André in unserer WhatsApp-Gruppe The Four Horsemen of the Apocalypse, »es geht darum, mal wieder Neuigkeiten auszutauschen. Für abends hab ich einen Tisch im Schloss Engelenburg reserviert, bringt also halbwegs ordentliche Klamotten mit. Ich will mich nicht für euch schämen müssen.«

David sagte, er habe sein Rad schon seit Monaten nicht mehr angefasst, aber wir versicherten ihm, dass auch wir in mieser Form seien und im Seniorentempo fahren würden. Der Einzige, bei dem ich mir nicht sicher war, ob er die Wahrheit sagte, war André. Er sah toll aus und hatte immer noch den durchtrainierten Körper eines Athleten. »Laufband und Rudergerät«, sagte er.

Es war einer dieser typischen späten Septembertage voll sanfter Erinnerungen an den Sommer; die Sonne wärmte noch ein wenig, aber das Licht war schon diffuser, als würde sich Zutphen für den Herbst verschleiern, als dürfte es nach dem harten Licht des Sommers allmählich wieder für ein paar Monate in einen Dämmerzustand versinken. Die Lichtreflexe auf dem Wasser der IJssel waren wie Zuckungen, Signale, die vor der nahenden stillen Dunkelheit warnten.

In Davids Wohnung zogen wir uns um. Die alte Vertrautheit stellte sich sofort wieder ein; wer uns nicht kannte, hätte gedacht, wir würden uns täglich sehen. Updates zum Stand der Dinge in unserem Leben wurden ausgetauscht, ein Stakkato kurzer Sätze und Codewörter, Andeutungen, hinter denen sich eine nur uns bekannte Welt verbarg, kleine Sticheleien, die mit dem Hochziehen einer Augenbraue oder einem Grinsen beantwortet wurden.

Für einen Aufwärmkaffee fuhren wir zum Vaticano am Houtmarkt, setzten uns draußen an einen Tisch und beobachteten die Leute, die vorbeikamen, in der Hoffnung, jemanden von früher zu erkennen. David beteiligte sich nicht an dem Spielchen, er kannte vermutlich sowieso drei Viertel von ihnen. Joost zeigte auf einen Mann mit einer vollen Albert-Heijn-Tüte, der von einer Frau begleitet wurde.

»Kennt ihr den noch?«

»Keine Ahnung.«

»Frits Hesseling. War eine Klasse über uns.«

»Mensch, du hast recht«, sagte André. »Sieht nicht besonders glücklich aus. Und seine Frau auch nicht. Kommt mir übrigens bekannt vor.«

»Mia soundso«, sagte ich. »Ich vermute, sie hat sich in einen Kollegen verliebt und spielt nach dreißig Jahren mit dem Gedanken, Frits zu verlassen. Die Kinder sind aus dem Haus, und sie hat auf einmal keine Lust mehr.«

David lachte. »Ihr projiziert eure eigenen Probleme auf nichts ahnende andere Menschen. Frits kommt manchmal zu uns ins Café. Aber nicht mit ihr.«

»So? Mit wem denn dann?«

»Berufsgeheimnis.« Er hob die Hand, und Frits erwiderte den Gruß.

»Fritsie!«, rief Joost. Frits reagierte nicht, seine Frau musterte uns argwöhnisch.

»Jeden Sonntagvormittag bin ich hier mit meinem Vater zum De Korenbeurs gegangen«, sagte ich. »Da hat er Kaffee getrunken und die Zeitung gelesen. Und ich *Donald Duck*. Mit einem Kakao. Ich glaube, so hat er die Illusion aufrechterhalten, dass er noch ein eigenes Leben hätte.«

»Mit dir als Beweis des Gegenteils neben sich«, meinte Joost.

»Ich bin immer mit meiner Mutter zum Markt gefahren, hinten auf ihrem Rad«, sagte André. »Sie hat jedes Mal dieselben Marktstände abgeklappert, Käse, Kartoffeln, Obst, zuletzt ging sie zum Fischstand, wo sie zwei Heringe kaufte. Und all die Typen haben mit ihr geflirtet, und meine Mutter hat verführerisch gelächelt. Es machte mich eifersüchtig, ich hatte das Gefühl, dass sie mich vergaß.«

»Weißt du noch, wie du hier mal auf meinen Schultern gesessen hast, Dré?«, fragte Joost. »Hopp, Joossie, hopp, hast du gerufen. Es goss wie aus Eimern, aber das machte uns nichts aus.«

»Weiß ich noch!«, antwortete André. »Ich war zu stoned, um auch nur einen Schritt zu gehen. Und anschließend sind wir zu dir nach Hause, da haben wir Strammen Max gegessen.«

»Und du hast das Sofa vollgekotzt. Wovon Mutter Marjolein nicht begeistert war. Und David hat saubergemacht. Peter hat sich die ganze Zeit halb totgelacht. War Laura eigentlich auch dabei?«

»Nein«, sagte David. »Wenn ich mich recht erinnere, war das nicht lange vor unseren Abschlussprüfungen, Frühjahr

1982. Das heißt, sie hat natürlich gepaukt.« Wie immer ergänzte David die Details. »Ein halbes Jahr später war alles kaputt.«

»Aber das wussten wir damals zum Glück nicht«, erwiderte Joost. »Sonst wären wir nicht so gut gelaunt gewesen.«

»Nichts wussten wir«, ergänzte ich.

»So ist es auch heute, Bart. So ist es immer.« Während er das sagte, grüßte David mit erhobener Hand eine junge Frau. »David!«, rief sie fröhlich.

»Freundin von George. Enkelin von Giesma, Mathe.«

André schüttelte ungläubig den Kopf. »Irre, hier geht alles einfach immer weiter. Ist er noch am Baudartius-Kolleg?«

»Ja. Geht aber demnächst in Pension.«

»Die Menschen hier haben das Rätsel der Zeit geknackt«, erklärte Joost. »Das sagen sie nur niemandem, denn sonst wäre hier bald viel zu viel los. Aber in Zutphen bleibt alles für immer gleich.«

André winkte der Kellnerin. »Noch einen Kaffee, und dann sind wir weg.«

Wir fuhren die IJssel entlang nach Bronkhorst. Niemand erhob Einwände, als David vorschlug, uns dort kurz an einen der Tische vor dem Restaurant Wapen van Bronkhorst zu setzen. Joost sagte, er habe mein neuestes Buch gelesen.

»Wie hat's dir gefallen?«, fragte David.

»Gut«, antwortete Joost, »hab mir gleich Sorgen gemacht, Bart. Wollte dich noch anrufen, bin dann aber irgendwie wieder nicht dazu gekommen. Klasse, wie du diesen Premierminister beschreibst. Saukomisch.«

»Man borgt sich hier was, klaut da was, denkt sich den Rest aus, so ungefähr macht man das als Romanautor.«

»Ihr Schriftsteller dürft das«, sagte Joost. »Ihr macht nichts anderes, als zu plagiieren. Ihr tut so, als würdet ihr euch was ausdenken, dabei stammt alles unmittelbar aus der Wirklichkeit.« Er starrte einen Moment trübsinnig vor sich hin. »Los«, sagte er dann, nachdem er einen Zwanziger auf den Tisch gelegt hatte. »Wir brechen auf. Die Fähre wartet.«

Und dann, als wir am anderen Ufer der IJssel weiterfahren wollten, verkündete Joost plötzlich, er habe vor auszuwandern, nach Ferrara, Italien. Er habe das Vorkaufsrecht auf ein Haus in der Stadt. Kein Ferienhaus, sondern ein alter Palazzo, den er in ein Designhotel verwandeln wolle. André bremste scharf ab. David lachte laut auf, ich legte Joost die Hand auf die Schulter und starrte ihn fassungslos an.

»Joost in der Sendung *Ich wandere aus!*«, rief André. »Hast du schon bei denen angerufen? Hast du gesehen, wie die Leute nach zwei Wochen in einem Schweinestall irgendwo in den Bergen flennend auf den Knien darum betteln, nach Heerhugowaard zurück zu dürfen? Okay, wir begeben uns zum nächstgelegenen Etablissement, und da erzählt uns Joost alles von seinen Plänen. Damit hatte ich jetzt nicht gerechnet.«

Das nächstgelegene Etablissement war das Café in Bronkhorst, weshalb wir kurz danach wieder auf der Fähre standen. »Es hat uns auf dieser Seite nicht gefallen«, sagte Joost zu dem Schiffer.

Auf der Terrasse vor dem Wapen van Bronkhorst bestellten wir Strammen Max. »Schon wieder zurück?«, fragte der Kellner. »Wir haben Heimweh gekriegt«, antwortete Joost. Der Kellner nickte verständnisvoll. »Ich fahr da auch nie hin. Am anderen Ufer fängt der Westen an.«

Wenn Joost einen Entschluss fasste, geschah das selten impulsiv. Was er tat, basierte auf Axiomen, Gleichungen, Formeln.

Als wir 1982 den Ventoux hinaufgefahren waren und seine Zeit eine andere war als vorher von ihm berechnet, anders gesagt, als ich schneller gewesen war als er, lag das nicht an seinen Berechnungen, nein, seiner Ansicht nach stimmte mit der Wirklichkeit etwas nicht.

Bei der Auswahl seines neuen Wohnortes war er gründlich vorgegangen. Er hatte versucht, alles Zufällige auszuschließen, denn er wollte nicht nur einen geeigneten Ort für sein weiteres Leben finden, sondern einen Ort, an dem er endlich glücklich werden und jener ideale Joost sein konnte, der ihm seit jeher vorschwebte, aber bisher ein unerreichbares Ziel geblieben war. Er dachte in Gleichungen, deren Ergebnis, wenn man alle Unbekannten richtig errechnete, zwangsläufig der neue Joost sein musste, vollkommen glücklich in seinem selbstgeschaffenen Paradies.

Wir mussten lachen, als er uns seine Methode erklärte. Wir kannten ihn ja nicht anders, aber diesmal schien er bei seinem Versuch, jedes Risiko eines Scheiterns auszuschließen, noch einen Schritt weiter zu gehen; für Experimente blieb keine Zeit mehr.

»Erst einmal musste ich mich für ein Land entscheiden«, sagte er. »Option Nummer eins, in den Niederlanden bleiben, fiel weg, das ist wohl klar. Ich hab hier nichts mehr zu suchen, man stellt mir wegen dieser unbedeutenden Affäre hartnäckig nach, ich werde nie wieder eine Chance bekommen. Nächste Frage: Welches Land denn dann? Ich hab's gern warm und sonnig, Punkt eins. Also in den Süden. Aber nicht zu weit nach Süden, dann wird's *zu* warm, und man landet in der Sahara. Irgendwas am Mittelmeer also. Nicht zu weit entfernt von meinen Töchtern. Portugal, Spanien, Frankreich, Italien, Griechenland, Kroatien, übersichtliche Auswahl. Dann vergleicht man: Bruttonationalprodukt, Wirtschaftswachstum,

Komplexität der Sprache, Einstellung gegenüber Fremden, Steuerlast, kulturelles Klima, Erreichbarkeit, Tourismus, Rolle der Religion, Frauen, kulinarisches Niveau et cetera et cetera.«

André musterte ihn neugierig.

»Joost ...«

»Moment, André. Alle diese Faktoren trägt man in eine Excel-Tabelle ein, damit sie sich leicht vergleichen lassen. Bei jedem Thema versucht man, zu einem objektiven Urteil zu kommen. Nicht einfach, ganz sicher nicht, aber am Ende schafft man es. Ich habe insgesamt etwa sechzig Kriterien formuliert, von denen ich weiß, dass sie von Bedeutung für mein Wohlbefinden sind. Danach habe ich dann jedes Land bewertet, nach bestem Wissen und Gewissen, und ich darf sagen, das war eine ziemlich herausfordernde Selbstevaluierung.«

»Joost«, warf ich ein, »sag, dass das ein Scherz ist.«

Er tat, als hätte er mich nicht gehört. »Es ist im Grunde nicht anders als in der Wissenschaft. Man führt Daten zusammen, und heraus kommt eine Schlussfolgerung, ganz einfach. Und die Schlussfolgerung war glasklar: Italien. Da war ich froh, denn wenn man mich vorher gefragt hätte, welches Land ich vorziehen würde, hätte ich gesagt: Italien. Als ich meinen Laden hatte, bin ich ja regelmäßig nach Italien gefahren, einer der wenigen Vorteile. Was an Italien gut ist, ist die Moral. Nicht diese Calvinisten, die einen bis in alle Ewigkeit mit ihrem Gewissen und ihrem Sündenbewusstsein verfolgen, nein, in Italien ist man da ganz flexibel, das spricht mich an.«

»Das ist also der wichtigste Grund«, sagte David, »und den kanntest du schon.«

»Ich fange mit den gesicherten Daten an, den Fakten. Darauf lasse ich dann mein Bauchgefühl los – nicht umgekehrt! Intuition ist in der Wissenschaft von entscheidender Bedeutung, aber sie muss sich auf Forschungsergebnisse stützen, sonst gerät man auf Abwege.«

»Und wenn die Forschungsergebnisse von jemand anderem stammen und die Intuition von dir?« André grinste.

»Genau das meine ich, diese holländische Mentalität. Verdammt noch mal, Dré, du bist hier auch für immer der ehemalige Drogenkriminelle. In Italien würdest du ein respektierter Mann sein, da wäre alles längst vergeben.«

»*All I want is respect.*« André imitierte wieder Marlon Brando in *Der Pate*.

»Ach, Dré, verflixt ...«

»He, ich bin nie verurteilt worden. *They never got me, son.*«

»Okay, Italien«, sagte ich. »Aber Italien ist groß. Was die Moral betrifft, gehst du wohl am besten nach Sizilien.«

»*To my cousins in Corleone*«, sagte eine heisere Stimme.

»Man geht im Grunde nach dem gleichen Prinzip vor. Ich habe sämtliche Regionen aufgelistet und analysiert. Immobilienpreise, Infrastruktur, Korruptionsanfälligkeit, Touristendichte. Irgendwann schält sich ein Führungstrio heraus, in meinem Fall Emilia-Romagna, Piemont und die Marken. Also nicht die Toskana, was mich doch ziemlich überrascht hat. Die Daten von diesen drei schlüsselt man weiter auf. Und man ergänzt sie um das, was man bei Interviews und Nachforschungen an Ort und Stelle erfährt.«

»Du fährst hin und laberst in den Kneipen rum«, so fasste André die Joost-Methode zusammen.

»Zu stark vereinfacht, aber es läuft darauf hinaus. Natürlich habe ich mit einer sorgfältig formulierten Fragenliste gearbeitet.«

»Und nie eins in die Fresse gekriegt?«

»Die Antworten der Respondenten ...«

»Ich hab genug gehört, Joost«, unterbrach ihn André, der

allmählich die Geduld verlor. »Ich leite hieraus zwei Dinge ab. Erstens, dass du verrückt bist, und zweitens, dass du in Ferrara einem scharfen Weib begegnet bist und gedacht hast: Okay, Ferrara also.«

»Soll ich euch noch erklären, wie mir die Idee mit dem Designhotel gekommen ist?«

»Nein, lieber nicht«, antwortete ich.

»Davon hast du sicher in irgendeinem Magazin beim Zahnarzt gelesen«, meinte André. »Ich wette, vor ein paar Wochen hast du nicht mal gewusst, was ein Designhotel ist. Ich weiß es übrigens immer noch nicht. Bart, weißt du's?«

»Ich bin mal in Maastricht in einem Designhotel gewesen. Seltsame Farben, kahle Böden und ein Kunstwerk an der Wand.«

»De Vriendschap ist ein Designcafé«, sagte Joost. »Das bedeutet, dass man über die Einrichtung nachgedacht hat, dass man ein Thema gewählt hat, eine Idee.«

»Ich dachte, wir hätten einfach Caffè San Marco in Triest kopiert«, sagte André.

»Stimmt. Man lässt sich inspirieren. Kunst. Ein Designer ist jemand mit ästhetischem Gespür und einer Antenne für den Zeitgeist.«

»Ein Phrasendrescher mit Porsche, grüner Brille und Bärtchen, der dreihundert Euro pro Stunde nimmt.« André machte eine wegwerfende Handbewegung.

»David!«, rief Joost. »Sag du doch mal was zu diesem Kokser.«

»Hast du Fotos?«, fragte David.

Joost holte sein iPhone aus der Tasche.

»Der Kerl kann so schwätzen, dass er das Wichtigste vergisst«, sagte André fassungslos. »Uns die Villa zu zeigen, die er kaufen will. Statt uns zu erklären, aufgrund welcher wissenschaftlicher Daten du das Vorkaufsrecht erworben hast, dafür ist später noch Zeit.«

»Das ist eine lange Geschichte«, begann Joost.

»Später!«

Joost zeigte uns Fotos von einem großen Stadthaus aus rotem Backstein in einer schmalen Straße. Es hatte eine hohe Eingangstür, zwei hohe Fenster links und ein großes Fenster rechts davon. Auf der ersten Etage gab es vier etwas kleinere Fenster und auf der zweiten, gleich unterm Dach, vier quadratische. Auf den Fotos vom Inneren des Hauses konnte man erkennen, dass es schon seit längerer Zeit unbewohnt war. Die Räume waren leer, die Wände farblos und rissig. Eine breite Treppe zur ersten Etage sah so aus, als könnte sie jeden Moment einstürzen.

»Mein Gott, Joost«, sagte ich. »Das ist kein Haus, das ist eine…«

»Alt«, sagte André, plötzlich äußerst interessiert.

»Vierzehntes Jahrhundert«, sagte Joost. »Stadtpalast. Der ehemalige Palazzo von Stella de' Tolomei, der Geliebten des Niccolò d'Este, auch Stella dell'Assassino genannt. Das heißt…«

»Da muss einiges gemacht werden«, stellte André fest, »das ist offensichtlich renovierungsbedürftig.«

»Mörder. Dieser Niccolò hatte zehn Kinder mit zehn verschiedenen Frauen. Eines Tages geht eine von ihnen fremd, mit einem seiner Söhne. Er lässt beide einen Kopf kürzer machen. So war das damals. Und er will gleich noch ein Gesetz erlassen, das die Todesstrafe für Ehebrecher vorsieht…«

»Wie…«, begann ich.

»Aber seine Ratgeber sagen, das geht nicht…«

»Was kostet so was…«

»Weil Ferrara dann bald entvölkert wäre. Haha! Tolle Geschichte, was?«

»Bart möchte wissen, wie du das finanzierst«, sagte André.

»Gute Frage. Ich hab mich von der Universität nicht zum Nulltarif in die Wüste schicken lassen, das ist das eine. Mein Haus in Leiden hab ich vor kurzem zum Höchstpreis verkauft. Und dann gibt's da noch einen geheimen Finanzier …« Er schaute André an.

»Jetzt ist es kein Geheimnis mehr«, sagte André mit scheinbar empörtem Blick. »Okay, vor gut einem Jahr hab ich Joost gesagt, dass er von mir eine kleine Hypothek bekommen kann, wenn das mal nötig sein sollte. Zu vernünftigen Zinsen. Hatte ich fast schon vergessen.«

»Darüber müssen wir nachher mal kurz sprechen.«

»Andrés Bank Nederland«, sagte André. »Wie ist das mit dem Vorkaufsrecht?«

»Das Haus gehört der Kommune. Ich habe beim Makler mit einem Beamten gesprochen und gesagt, dass ich ernsthaft interessiert bin, dass sie aber noch ein bisschen Geduld haben müssen. Ich musste natürlich erst mit dir darüber reden.«

»Wie viel brauchst du?«

»Ferrara ist nicht so teuer.«

»Ab wann könntest du's haben?«

»1. April.«

»Warte noch kurz, bevor du was unterschreibst.«

»Warum?«

»Ich kenne jemanden in der Gegend. Wie weit ist es von Ferrara nach Mailand?«

»Ich schätze, zweihundertfünfzig Kilometer.«

»Ich ruf sie gleich an. Adresse?« Schon waren die Rollen vertauscht, André übernahm die Initiative, Joost beantwortete kleinlaut seine Fragen.

»Via Cammello 13.«

»Der Name des Maklers? Sie braucht einen Schlüssel.«

»Sie?«

»Sie. Name des Maklers?«

»Bruno Buzzoni, Corso della Giovecca.«

»Die Böden? Hast du die mal begutachten lassen? Die Deckenbalken? Wie steht's mit der Elektrizität? Nach den Schaltern zu urteilen noch aus der Zeit von Garibaldi. Heizung?« André wartete nicht einmal mehr Joosts Antworten ab, er hielt sich schon sein iPhone ans Ohr.

»Bianca«, sagte er herzlich. »*Come stai?*« Er ging zu einem ruhigen Eckchen der Caféterrasse.

»Kann er denn Italienisch?«, fragte Joost.

»Bart?« David schaute mich fragend an. »Anfang Mai nach Ferrara? Wenn Joost es am 1. April bekommt, hat er vier Wochen Zeit, um es ein bisschen herzurichten und ein paar Betten aufzustellen.«

»Anfang Mai nach Ferrara.« Ich wusste nicht auswendig, ob ich im Mai und den Monaten danach irgendwelche Verpflichtungen hatte, aber wenn ja, waren sie hiermit aus dem Terminkalender gestrichen.

André kam zurück. »Geregelt«, sagte er, während er sein Telefon auf den Tisch legte. »Morgen fährt sie hin.«

Joost starrte André verwirrt an. »Wer ist Bian…«

»Klassefrau. An ihr wirst du noch deine helle Freude haben.«

»*The Italian Connection*«, sagte ich.

»Ich hab gerade zu Bart gesagt, dass wir Joost nicht allein nach Ferrara gehen lassen können«, sagte David, »das wird nichts. Er kann ein paar geschickte Helfer gebrauchen.«

»Natürlich kommen wir mit«, erwiderte André, »wenn du's nicht vorgeschlagen hättest, hätte ich es. Joost würde in so einer Stadt untergehen.« Er hatte wieder nach dem iPhone gegriffen, um seinen Terminkalender zu studieren.

Joost blickte mit offenem Mund von André zu David.

»Anfang Mai nach Ferrara«, wiederholte David.

»Ausgezeichnet. Wir machen einen Arbeitsurlaub draus. Wie mein Pegoretti sich freuen wird, endlich in die Heimat.« Das Pegoretti war seine italienische Rennmaschine, von der er immer sprach, als wäre sie sein Kind.

Es war wieder wie früher, wenn wir uns langweilten und einer von uns vorschlug, nach Amsterdam zu fahren. Dann standen wir auf, gingen zum Bahnhof und fuhren los, als hätte es schon seit Monaten auf dem Plan gestanden.

»Was ihr vielleicht nicht wisst«, sagte Joost, »Ferrara ist die Fahrradhauptstadt Italiens.«

Natürlich wussten wir das.

»SPAL«, sagte ich und sah fragende Blicke. Ich war der Einzige von uns, der jeden Montag nach den Ergebnissen im italienischen Fußball schaute.

»Der Fußballverein von Ferrara. Società Polisportiva Ars et Labor. Stehen gerade ziemlich weit oben in der Serie B. Vielleicht bekomme ich noch die letzten Spiele und das Play-off mit.«

»Dann bin ich dabei«, sagte André.

»Italien, Jungs«, sagte Joost, »da fällt alles mit der Kunst zusammen. Damit bräuchte man unserer ersten Liga gar nicht zu kommen.« Ich war mir sicher, dass er noch nie von der SPAL gehört hatte.

»Die *biancazzurri*«, sagte Joost mit triumphierendem Grinsen.

4

Niemanden kenne ich so lange wie André. Wir sind zusammen aufgewachsen, und bis wir achtzehn, neunzehn Jahre alt waren, gab es nur wenige Tage, an denen wir uns nicht gesehen haben. Er ist mein Bruder und dennoch immer ein Fremder geblieben. In unserer Jugend war mir das nicht bewusst; als wir siebzehn waren, dachte ich noch, man könnte einen anderen Menschen genauso gut kennen wie sich selbst, oder zumindest annähernd. So war es mit André und später auch mit Joost und David.

Ich hatte immer geglaubt, ich wäre für André, Joost und David ein offenes Buch, wie sie für mich, als gäbe es ein Gruppenbewusstsein, in dem unser individuelles Dasein aufging. So denkt man, wenn man seine Illusionen noch nicht verloren hat. Erst später geht einem auf, dass alles viel komplizierter ist, dass man von sich selbst überrascht werden kann, dass es im eigenen Geist dunkle Regionen gibt, die sich nur schwer erkunden lassen und die man lieber meidet. Und wenn man sie schon selbst nicht betreten will, wie sollen andere wissen, wer man ist? Und wie soll man dann den anderen kennen? Man stellt fest, wie herrlich naiv das eigene Selbstbild gewesen ist, und preist die Zeit, in der einem dieses Glück noch vergönnt war – die Tage, in denen alles noch so einfach und harmlos erschien. In denen man glaubte, die eine Seele könne sich mühelos der anderen öffnen.

So entdeckt man die Einsamkeit. Ich habe unsere Freundschaft nie verleugnet, auch nicht in den langen Jahren nach Peters Tod, in denen wir uns nicht gesehen haben. Aber mir wurde klar, dass ich die Bedeutung von Freundschaft überschätzt hatte, dass Offenheit zwischen Menschen Grenzen hat. In meinem Umfeld konnte ich Experimente mit vollkommener Transparenz beobachten, und ich sah, dass Menschen daran kaputtgingen; dass sie ihre Seele preisgaben und zurückblieben wie eine geplünderte Stadt.

Die eigene Innenwelt ist auch ein Unterschlupf, und wer ihn verlässt, geht große Risiken ein. Das wird uns in Zukunft noch große Probleme bereiten: dass andere durch das Anschlagen einer Taste unsere tiefsten seelischen Regungen sichtbar machen werden, wie sie in der giftigen Suppe aus Daten und Algorithmen an die Oberfläche kommen, fehlerlos, besser, als wir selbst sie jemals hätten erkunden können, so dass wir plötzlich uns selbst und andere deutlich wie nie zuvor sehen und unser Innerstes vor allen entblößt wird. Dann gibt es nur noch einen Weg, den durchbohrenden Blicken zu entkommen und Ruhe zu finden.

So wie David, André und Joost nur einen Teil von mir kannten, wie mir nun klar war, so war natürlich auch mein Wissen über sie begrenzt. Mal spürten sie genau, was ich nach fünfzig Jahren Freundschaft erwartete (ein Wort, einen Blick, einen Scherz), doch im nächsten Moment wurde ich völlig überrascht, sogar von André, der plötzlich rechts abbog, wenn ich mir ganz sicher war, dass er sich für links entscheiden würde; der über etwas lachte, was er meiner Erinnerung nach früher nie komisch gefunden hatte, oder den irgendetwas, was ich sagte, wütend machte, etwas Harmloses, das ich schon hundertmal gesagt hatte.

Es ist nicht nur so, dass wir den anderen schlecht kennen, er verändert sich außerdem ständig, er und seine Standpunkte, seine Haltung, seine Überzeugungen, seine Ziele.

André hat einmal zu mir gesagt, er habe das Gefühl, dass ich ihn beobachte, dass ich alles, was er sagt, irgendwo notiere, um es später in einem Roman verwenden zu können. Ich habe nicht widersprochen.

5

Am Tisch im Restaurant von Schloss Engelenburg sagte André, er verliere allmählich sein Talent für Monomanie. »Ich werde ruhiger, langsam verflüchtigt sich der Drang, mich zu beweisen. Mich mir selbst zu beweisen, meine ich, nicht mal anderen. Das brauchte ich, um morgens im Spiegel jemanden zu sehen, den ich respektieren konnte, einen, der Dinge tat, die andere nicht ohne Weiteres nachmachen würden.«

»Ganz schön kompliziert, Mann«, sagte Joost. »Du hast also jeden Morgen im Spiegel jemanden gesehen, der nicht der war, der er sein wollte.«

»Ja, ich hab mir selbst Aufträge erteilt. Du musst dies tun, du musst jenes tun. Sonst bleibst du für immer eine Null. So hab ich mich dann wieder aufgerafft.«

»Meine Güte.«

»Hat mir viel gebracht. Ich hab mir vor langer Zeit den Auftrag erteilt, ein vermögender Mann zu werden. Das hat geklappt. Dann wollte ich raus aus dem dreckigen Milieu. Hat auch geklappt.«

»Die Reihenfolge war gut gewählt«, meinte Joost. »Ich rasiere mich morgens vor dem Spiegel einfach nur und denke an gar nichts.«

»Nein, und deshalb bleibst du ewig dieselbe arrogante Pfeife. Ich glaube, du übst vor dem Spiegel immer noch deine Nobelpreisrede ein.«

»Wie viel hat dir der Kokshandel eigentlich insgesamt eingebracht, Dré?« Joost setzte sein falsches Lächeln auf. »Darauf war ich immer schon neugierig. Drei Millionen? Fünf?«

»Du denkst viel zu klein, Mann. Borniertes Arztsöhnchen.«

»Und wo ist dann der ganze Zaster? Natürlich alles schwarz, es wird doch immer schwieriger.«

»Liegt sicher in einem Koffer unter meinem Bett, in Zwanzigern. Und jetzt werd ich das Geld waschen, indem ich dir eine kleine Hypothek gebe.« André blickte von einem zum anderen und machte mit drei Fingern und Daumen eine Plappergeste. »Dieser Kerl hat von nichts Ahnung. Labert nur so drauflos, unglaublich.«

»Was ist das nächste Ziel?«, fragte ich.

»Das nächste Ziel ist die Ziellosigkeit.« Er schaute uns der Reihe nach triumphierend an, als hätte er uns das Geheimnis des Lebens offenbart. »Ich glaube, das Geheimnis des glücklichen Alterns liegt im Akzeptieren der Ziellosigkeit.«

»Blödsinn«, entgegnete Joost. »Picasso ist glücklich alt geworden, weil er bis weit über neunzig Ziele hatte. Meistens das Modell, das gerade nackt in seinem Atelier stand.«

»Das steckt nicht in dir, Dré«, sagte ich. »Ziellosigkeit tritt bei dir erst ein, wenn man dich begraben hat. Vielleicht.«

»Ich spüre, dass die Ruhe kommt«, sagte er. »Ich muss nicht mehr unbedingt was erreichen.«

André und ich rauchten noch, obwohl wir beide behaupteten, wir hätten eigentlich aufgehört.

»Mit David ist irgendwas«, sagte er, als wir auf der Terrasse vor dem Restaurant standen.

»Wie meinst du das?«

»Es ist sein Blick. Nicht die ganze Zeit, aber manchmal. Als ob ihm plötzlich etwas einfällt, das ihm Angst macht. Ich kenne diesen Blick. Ich kenne ihn von mir selbst und von anderen. Der kann einen verraten.«

»David handelt nicht mit Koks.«

»Es ist auch nicht die Angst vor dem Schurken, der dir gegenübersteht, nicht direkt jedenfalls. Man hat Angst, dass man zerstört wird.«

Mir war schon öfter aufgefallen, dass ihm seine Jahre als Kokaindealer zu überraschenden Einblicken in die menschliche Psyche verholfen hatten. Er kam aus einer Welt, in der jeder nur seinen eigenen Vorteil im Auge hatte. Aus einem amoralischen Universum, in dem dennoch eine Art Reinheit existierte, ohne Beiwerk und ohne alles Unechte, und mit einem einzigen Wert: Überleben. Einer Welt ohne die Heuchelei der wohlanständigen Gesellschaft, in der es genauso brutal zugeht, nur verdeckt und tief unter der Oberfläche. Das Leben in dieser Welt hatte Andrés Sinne geschärft, es hatte ihn gelehrt, auf jedes noch so unauffällige Signal zu achten, weil es Unheil ankündigen konnte.

»Er ist müde«, sagte ich. »Die Arbeit in der Gastronomie schlaucht. Hoher Blutdruck. Ein paar Wochen italienische Sonne werden ihm guttun.«

6

Bei der Tour de France fahren jedes Jahr Söhne von Radrennsportlern mit, die ein Vierteljahrhundert zuvor selbst daran teilgenommen haben. Unsere Wahlfreiheit ist begrenzt, durch Bequemlichkeit, den Widerwillen gegen neue Wege oder unseren natürlichen Hang zu dem, was wir kennen. Auf jeden Fall ist Anna auch Journalistin geworden. Sie hatte Literaturwissenschaft studiert, dieses Studium aber genau wie ich abgebrochen. Nach ihrer Entscheidung für den Journalismus war sie in kürzester Zeit aufgeblüht. Alles, was in ihr steckte, aber lange verborgen geblieben war, wurde auf einen Schlag freigesetzt: Schreibtalent, Fleiß, Idealismus; sie hatte ein Ziel und steuerte geradewegs darauf zu, mit einer Begeisterung, die ich selbst nie gekannt hatte. Sie meinte, es gebe nur ein Mittel gegen die zahlreichen Versuche, die Wahrheit zu verschleiern und zu manipulieren, nämlich die kompromisslose Suche nach den Fakten. Sie hatte ihre Rolle gefunden.

Nach nicht einmal zwei Jahren als Journalistin bekam sie für einen Bericht über einen Bauern, der Selbstmord begangen hatte, nachdem Grundstücksspekulanten ihn in die Mangel genommen hatten, einen wichtigen Preis. Plötzlich sah ich sie in Talkshows, in denen sie einleuchtend darlegte, warum sie ihre Arbeit für wichtig hielt. Die Zukunft lag ihr zu Füßen, sie musste nur noch aus all den Möglichkeiten, die sich ihr boten, die richtige Wahl treffen.

Was mich noch mehr als alles andere erstaunte, war ihr Selbstvertrauen. Sie strahlte eine Selbstsicherheit aus, die mir völlig fremd war.

Ende Oktober, ein paar Wochen nach der Fahrradtour durch den Achterhoek, lud sie mich zu einem Essen ein, »um etwas Wichtiges zu besprechen«. Wir verabredeten uns wie immer im Il Colosseo, einem kleinen italienischen Restaurant in einer schmalen Straße in Alkmaar.

Ich saß schon am Tisch, als sie hereinkam, und das Erste, was mir auffiel, war das Zögernde in ihrem Blick. Sie ist schwanger, dachte ich – der Urgedanke jedes Vaters, der in den Augen seiner Tochter eine gewisse Reserviertheit und Bedrücktheit liest, und darunter große Freude.

»Na, raus damit«, sagte ich, um es ihr einfacher zu machen, als sie auf ihrem gewohnten Platz an der Wand saß und die Frau des Kochs ein Bier und einen Weißwein auf den Tisch gestellt hatte.

Anna schaute mich fragend an. »Du denkst natürlich: Sie ist schwanger.«

»Och, nein, nicht direkt ...«

»Doch, das hast du gedacht. Aber ich muss dich enttäuschen, Papa. Damit warte ich noch ein paar Jahre. Außerdem hab ich noch keinen geeigneten Vater gefunden.« Ich versuchte, meine Erleichterung zu verbergen, es war jetzt besser, den etwas Enttäuschten zu spielen. Sie blätterte in der Speisekarte, obwohl es zu unseren Ritualen gehörte, hier immer das Gleiche zu bestellen. Ich beschloss, für den Rest des Abends ihr die Regie zu überlassen.

Sie war schweigsam. Auf meine Fragen antwortete sie nur knapp. Ja, sie arbeite an ein paar interessanten Sachen (an welchen, sagte sie nicht). O ja, ihren Freundinnen gehe es auch sehr gut (außer der einen, die einen Burn-out habe). Einen Burn-out mit siebenundzwanzig? (»Es gibt ziemlich viele junge Frauen, die an Burn-out leiden.«)

Ich vermutete, dass sie nach den richtigen Formulierungen suchte. Je mehr Zeit verging, ohne dass sie geeignete Worte fand, desto besorgter wurde ich.

»Joost wandert aus«, sagte ich. Sie kannte meine Freunde. Zwischen ihr und David hatte sich sogar eine besondere Beziehung entwickelt. Sooft es ging, begleitete sie mich nach Zutphen. Für Anna war David ein weiser Freund, der ein offenes Ohr für ihre Probleme hatte, auch für die, über die sie nicht mit ihrer Mutter oder mir sprach. Sie wusste, dass er niemals urteilen würde, sondern nur aufmerksam zuhörte. Er sprach es nie aus, aber ich war mir sicher, dass sie für ihn die Tochter war, die er nicht bekommen hatte.

»Wandert aus? Wohin?«

»Nach Italien, Ferrara.« Vor meinen Augen wurde sie für einen Moment wieder ein kleines Mädchen.

»Ferrara! Weißt du noch, Papa, dieser Bananenbaum auf dem Innenhof des Hotels?« Sie kannte die Stadt, weil wir auf dem Weg nach Süden einmal ein paar Tage dort verbracht hatten.

»Weiß ich noch. Das Foto hängt an meiner Pinnwand. Hotel Europa.«

»Was macht er denn da? Hat er eine Stelle an der Uni?«

»Nein, Joost fängt ganz neu an. Er eröffnet ein kleines Hotel.«

Darüber musste sie laut lachen. »Ihr seid wirklich unbeirrbar, was?«

»Wie meinst du das?«

»Ich meine, ihr tut so, als wäre das Leben unendlich. Als könnte man immer wieder mit etwas Neuem anfangen.«

»So kann man's auch sehen. Aber ich fürchte, in diesem Fall ist es eher ein Ausdruck von Verzweiflung.«

»Ich finde es schön.« Wir schwiegen, während die Frau des Kochs den Servierwagen neben unseren Tisch schob. Darauf lag ein ausgehöhlter Käselaib, in dem sie mithilfe von etwas Alkoholischem ein Feuerchen für die Spaghetti Bolognese entzündete.

»Papa …«

»Ja.«

»Ich muss dir etwas erzählen.«

»Ja, deswegen sitzen wir ja hier, oder nicht? Natürlich auch, weil es gemütlich ist, aber …«

»Ich habe ein Angebot bekommen.«

»Was für ein Angebot? Von wem?«

»Deine alte Zeitung hat mir eine Korrespondentenstelle angeboten.«

Ich fühlte etwas Bedrohliches kommen. »Wow!« sagte ich. »Das ist eine Ehre! Wenn es mich natürlich auch nicht besonders überrascht. Wo?« Ich hoffte, dass es nicht allzu weit entfernt sein würde. Paris, London, und dann regelmäßige Besuche. Ich sah sie zögern.

»Naher Osten. Standort Amman.«

Es war, als würde mir jemand zwischen den Schulterblättern eine spitze Nadel in den Rücken stechen. Anna schaute mich an, ihr Blick bat um Verzeihung.

»Amman, mein Gott. Dann musst du also auch nach Syrien und in den Jemen und den Gazastreifen. Und in all die anderen schrecklichen Gegenden.«

»Ja, das ist der Nahe Osten. Und Libyen.«

»Um Himmels willen.« Ich musste erst einmal wieder zu mir kommen, wie ein Boxer, der eine linke Gerade abbekommen hat. Ich trank einen Schluck Bier.

»Eine schwere Aufgabe, Anna, eine sehr schwere. Und eine riskante. Schließlich gibt es da jede Menge gemeingefährliches Pack. Religiöse Fanatiker, die auf belebten Märkten Autobomben zünden. Und die hin und wieder einen Journalisten entführen und enthaupten.« Mir wurde eiskalt, ich bereute sofort, das gesagt zu haben. Vor meinem inneren Auge erschienen Bilder, die ich nicht sehen wollte. Ich sah Anna, kniend und mit verbundenen Augen, und hinter ihr einen Irren mit einem Krummschwert. Hinter meiner schönen, lieben Tochter, die mit ihrer Suche nach der Wahrheit die Welt verbessern und alles Schlechte bekämpfen wollte. Tränen traten mir in die Augen. Ich sah, dass auch sie mit heftigen Gefühlen zu kämpfen hatte.

»Ich finde, du solltest da noch mal sehr gründlich drüber nachdenken. Hast du schon mit deiner Mutter gesprochen?«

»Ja.«

»Meine Güte, Anna. Das ist der Schreck meines Lebens. Du bist noch so jung. Du hast gar keine Erfahrung mit solchen Ländern!«

»Erfahrungen sammelt man, indem man etwas tut.«

»Das ist wahr. Richtig. Völlig richtig. Aber man kann natürlich auch anderswo als im Nahen Osten eine Menge Erfahrungen sammeln. Zum Beispiel in einem Land wie Frankreich, in Paris …«

»Papa.«

»Ja.«

»Ich habe mich schon entschieden.«

»Aber warum …« Ich wollte fragen, warum sie mich dann noch um Rat fragte, doch mir fiel rechtzeitig ein, dass sie das gar nicht getan hatte.

»Ja.«

Ich bekam keinen Bissen mehr hinunter. Ich überlegte, ob

man als Vater das Recht hat, ein Veto gegen eine Entscheidung seiner erwachsenen Tochter einzulegen, ob ich ihr einfach verbieten konnte, dieses unglückselige Vorhaben auszuführen, obwohl sie sechsundzwanzig war. Mir kam der Gedanke, am nächsten Tag den Chefredakteur anzurufen, ihm zu sagen, dass er verantwortungslos handelte, und ihn zu fragen, ob er vielleicht auch seine eigene Tochter zu den *killing fields* schicken würde.

»Papa.«

»Ja, Liebes?«

»Du musst ein bisschen Vertrauen zu mir haben.«

»Klar, natürlich habe ich Vertrauen zu dir.«

»Man wird mich intensiv betreuen. Ich hab schon eine Verabredung mit Klaas Boomsma. Der hat es auch überlebt. Ich gehe bestimmt keine unverantwortlichen Risiken ein.«

Wie hatte es so weit kommen können? Ich hätte mir mehr Mühe geben müssen, ihr den Journalismus auszureden, diese Berufswahl konnte ja zu nichts Gutem führen. Warum musste ausgerechnet meine Tochter die Berichterstattung aus dieser rückständigen Wüstenregion voll blutrünstiger Terrorbanden übernehmen? Ich hätte selbst nie Journalist werden dürfen, dann wäre das nicht passiert, dann wäre sie vielleicht wie ihre Mutter Lehrerin in irgendeiner kleinen Stadt geworden.

»Und wo wirst du wohnen?«

»Ich hab über einen Mitarbeiter der Botschaft ein Apartment gefunden.«

»Für wie lange schickt man dich dahin?«

»Das haben wir noch nicht vereinbart. Es wird von Jahr zu Jahr entschieden.«

»Von Jahr zu Jahr, mein Gott.« Ich wusste nicht mehr, was ich sagen sollte. Ich drehte die Spaghetti so langsam wie möglich um meine Gabel, als könnte ich so all unsere Stunden in diesem Restaurant zurückrufen, Stunden, in denen alles in Ordnung gewesen war – na ja, irgendetwas war natürlich immer, sie hatte ihr Studium abgebrochen, sie hatte mit Freunden Schluss gemacht, ihre Eltern hatten sich scheiden lassen, ihr Großvater war gestorben, aber diese Dinge waren Peanuts im Vergleich zu dem, was nun drohte. Ich schaute sie mit flehendem Blick an. Was sollte ich tun, damit sie ihre Entscheidung zurücknahm? Ich war zu allem bereit.

Mit einem leisen Lächeln hob sie die Gabel zum Mund. Sie schien erleichtert zu sein. »Und morgen habe ich einen Termin in Hilversum. Sie wollen, dass ich Reportagen für *Nieuwsnet* mache.«

Das war eine beruhigende Vorstellung – eine Fernsehkamera und die entsprechende Bekanntheit schienen mir einen gewissen Schutz zu bieten. »Kannst du das denn?«

»Ich glaube schon. Wenn alles klargeht, bekomme ich eine Einführung. Wie man vor der Kamera spricht und so.«

»Die neue Christiane Amanpour.«

»Da müsste ich erst fließend Englisch sprechen.«

Sie schloss nichts aus, sie hatte viel weiter gesteckte Ziele, und sie bewegte sich entschlossen darauf zu.

Meine Sorge wich allmählich dem Stolz. Meine Tochter hatte den Mut, Dinge zu tun, die ich nicht einmal in Erwägung gezogen hatte.

»Was für eine Frau du doch bist, Anna.«

»Wie meinst du das?«

»Was für eine starke Frau. Meine Tochter! Wie kommst du auf solche Gedanken?« Ich versuchte, entspannt zu klingen.

»Ehrgeiz. Und Neugier, glaube ich.« Ich suchte nach einem Vorwurf in ihrem Blick, aber nichts ließ darauf schließen, dass sie in mir einen Menschen sah, der sein Leben ohne Risiken gelebt hatte – obwohl sie damit nicht unrecht gehabt hätte.

»Neugier? Ich weiß auch so ganz gut, was da unten passiert.«

»Neugier auf mich selbst. Ich will wissen, ob ich es kann. Und das lässt sich nur herausfinden, indem ich es versuche.«

»Ich hab dich lieb, kleine Anna. Ich werde dich oft besuchen. Und du musst alle zwei Monate nach Hause kommen, alles verarbeiten und Ruhe finden. Oder alle sechs Wochen, das wäre noch besser, glaube ich. Wenn ich mich nicht täusche, fliegt die KLM direkt nach Amman. Ich bezahle dir die Tickets, wenn dieses Scheißblatt es nicht tut. Wenn man nicht aufpasst, kriegt man da unten schnell eine posttraumatische … ähm …«

»Belastungsstörung.«

Als ich nach Hause kam, hatte die Sorge wieder allen verfügbaren Raum in meinem Kopf eingenommen. Ich rief Hinke an, um sie zu fragen, ob sie vielleicht noch eine rettende Idee hätte, doch sie ging nicht ans Telefon. Ich versuchte, mich davon zu überzeugen, dass es keinen Sinn hatte, mich gegen das Unvermeidliche zu wehren; dass ich, um nicht zu zerbrechen, nachgiebig sein musste wie ein Schilfrohr im Wind. Irgendwann würde Anna als gefeierte Korrespondentin aus Amman zurückkehren. Ich würde sie von Schiphol abholen, und anschließend würden wir im Il Colosseo den gesamten Weinvorrat auftrinken, um das Ende des Albtraums zu feiern. Ich hatte keinerlei Veranlagung zu einer stoischen Lebenshaltung, aber jetzt glaubte ich gerade lange genug daran, um mich zu beruhigen und einzuschlafen. Als ich nach einer Stunde wieder aufwachte, fiel mir ein, dass ich völlig vergessen hatte, sie zu fragen, wann sie nach Amman gehen würde. Ich schickte ihr eine WhatsApp-Nachricht.

»Am ersten Januar.«

»Am ersten? Seltsam. Warum nicht am zweiten?«

»Am ersten.«

Wir verabredeten, dass sie an Silvester zu mir kommen und ich sie dann zusammen mit ihrer Mutter an Neujahr nach Schiphol bringen würde.

Am nächsten Tag rief ich David an und erzählte ihm von Annas Vorhaben.

»Schreib's auf«, sagte er. »Erst Joost mit seinen komischen Plänen, jetzt das. Es fällt dir in den Schoß. Andere Schriftsteller müssen sich alles ausdenken, du musst nur genau hinsehen und zuhören und Dinge notieren, bevor du sie vergisst. *Das Jahr der Veränderungen*, toller Titel. Klingt ein bisschen nach Paustowski.«

»Ein Tagebuch, meinst du?«

»Tagebücher sind eine Pest. Dieses Gelaber von Schriftstellern, die nichts erleben, aber ihre Leser mit Lappalien aus ihrem langweiligen Leben anöden. Wie sie einen anderen Autor im Café treffen. Nein, Mann, einen Roman. Okay, zurück zu Anna.«

»Es ist beschissen! Heute Morgen wache ich auf und spüre gleich etwas Schweres, Drohendes, eine dunkle Wolke. Was ist das, frage ich mich. Und dann fällt's mir wieder ein, Anna reist zu den Schlachtfeldern.«

»Bart?«

»Ja?«

»Ich wusste es schon. Sie war hier.«

»Oh, verdammt. Und du sagst natürlich nichts.«

»Das musste sie selbst tun.«

»Hättest du's ihr nicht ausreden können?«

»Nein. Das darf man auch nicht versuchen. Sie weiß genau, was sie will und warum. Jedes Argument, das man anführen könnte, um sie zum Hierbleiben zu überreden, wäre unaufrichtig. Und egoistisch.«

»Trotzdem ist es beschissen.«

»Klar.«

Wir verabredeten, vor Annas Abreise noch einmal zu dritt in Zutphen essen zu gehen.

Zwei Wochen später, als wir im Vaticano zu Mittag aßen, gab David ihr eine Halskette mit einem kleinen schwarzen Stein. »Das ist ein Amulett«, erklärte er. »Es hat vor langer Zeit meiner Urgroßmutter gehört, die aus irgendeinem Bergland in Indien nach Surinam ausgewandert war. Eine lebensgefährliche Reise, aber dank dieses Steins ist ihr nichts passiert. Auch meine Großmutter hat mit dem Amulett am Hals ein langes, gesundes Leben gehabt. Von ihr hat meine Mutter es geerbt.«

»Und hat es bei ihr auch gewirkt?« Anna rieb mit den Fingerspitzen über den Stein.

»Na ja, als junges Mädchen war sie mal in Österreich in einem Bus unterwegs. Der Busfahrer schläft ein, der Bus landet in einer Schlucht. Viele Verletzte, alles ziemlich schlimm, aber meine Mutter klettert unversehrt aus dem Wrack heraus, nicht mal eine Schramme. Was glaubst du, woran das lag?«

»An dem Amulett?«

»Genau. Das macht unverwundbar. Das sind so seltsame Dinge, die niemand begreift, aber es gibt sie.«

Ich hatte gar nicht gewusst, dass Davids Mutter einmal mit einem Bus verunglückt war. »Ich hab dich nie mit diesem Kettchen um den Hals gesehen«, sagte ich.

»Nein, das Amulett wirkt nur bei Frauen. Und ich habe keine Schwestern, nur einen Bruder. Deshalb hat es schon seit Jahren in einer Schublade in meinem Schlafzimmer darauf gewartet, dass sich wieder eine Trägerin findet. Und das ist nun Anna.« David öffnete den Verschluss und legte ihr die Kette um. »So, jetzt bist du geschützt.« Anna küsste ihn auf beide Wangen. »Das ist unglaublich lieb von dir, Daaf! Sieh mal, Papa!« Das Schwarz des Steins bildete einen starken Kontrast zu ihrer hellen Haut.

7

Ich überlegte, ob ich einen Herzinfarkt simulieren sollte, als ich Anna vor der Zoll- und Passkontrolle auf Schiphol in den Arm nahm. Der Sekt von Silvester war noch in meinem Blut und sorgte für Kopfschmerzen und Selbstmitleid. Ich schaute mich um und war mir sicher, dass kein Mann auf dem Flughafen so bedauernswert war wie ich. Ich beneidete die Reisenden, die in ihre Heimat zurückkehrten, die unser kaltes Land verlassen und sich auf das Wiedersehen mit Angehörigen und Freunden freuen konnten. Ich sah die Geschäftsleute, die routiniert mit ihren Diplomatenköfferchen und ihren Pässen in den Händen Schlange standen. Die wohnten in Amman ganz bestimmt in gut gesicherten Hotels und würden nächste Woche mit profitablen Verträgen zurückkehren. Für sie war die Welt überall gleich.

Aber ich war mit meiner Exfrau hier, und unsere Tochter stand im Begriff, in einen Teil der Welt zu fliegen, in dem es von Dschihadisten, Selbstmordattentätern und ähnlichen Idioten nur so wimmelte. Ich verstand nicht, wie Hinke anscheinend so entspannt und fröhlich mit Anna plaudern konnte, als würden wir auf ein Rundfahrtboot warten. Sie werde bald einmal nach Amman fliegen, hörte ich sie sagen, »dann können wir vielleicht auch kurz Beirut sehen, das Paris des Nahen Ostens«. Ein netter Einkaufsbummel mit der Tochter zwischen Trümmerhaufen – man musste die Dinge eben von ihrer positiven Seite sehen. »Und ich möchte auch gern mal zu dem Kloster von Khalil Gibran«, fügte sie hinzu. Ich wusste nicht, wer das war, und wollte es auch nicht wissen. Vielleicht war dies einfach Hinkes Methode, sich die Sache erträglich zu machen, damit sie Anna nicht anflehte, es sich noch anders zu überlegen.

Ich hatte Anna genug Geld überwiesen, damit sie sich jederzeit auch das teuerste Ticket für den Rückflug kaufen konnte. Das war meine Methode. Anna war die Gelassenheit selbst. *»Don't worry, dad«*, sagte sie, »alles wird gut.«

Ich sagte, sie solle in Amman möglichst schnell Kontakt mit erfahrenen Reportern der *New York Times* oder des *Guardian* aufnehmen. »Und nicht mit Fotografen! Fotografen sind lebensmüde Typen, völlig durchgeknallt, die riskieren alles für ein gutes Bild. Halt dich bloß fern von denen.« Sie nickte, und ich glaubte, ein leises Lächeln zu sehen. Wieder fragte ich mich, warum sie die Sicherheit hier gegen die Hölle auf Erden tauschen wollte, und musste mir auf die Zunge beißen, um nicht noch einmal davon anzufangen.

Auf dem Weg durch die Kontrolle drehte sie sich um und hob die Hand. Es war unerträglich, ich dachte, dass ich es mir nie verzeihen würde, wenn ich sie nicht aufhielt und wenn sie dann in ein paar Monaten (oder schon früher, denn in den ersten Wochen war sie natürlich besonders gefährdet) in einem Sarg zurückkehrte (sofern man sie denn finden und in die Heimat überführen würde). Ein Schauder überfiel mich, ich befürchtete, einen Panikanfall zu bekommen. Es war doch meine väterliche Pflicht, einzugreifen, sie notfalls mit Gewalt nach Hause zu schleifen, nur zu ihrem Besten. Sie war zu jung, zu unschuldig, zu naiv. Diese Bestien warteten schon grinsend auf das schöne Mädchen, das der Welt sagen wollte, was da unten geschah.

Ich schaute Hinke an. Dachte sie das Gleiche?

»Sie ist noch so klein«, sagte ich. Eine lächerliche Bemerkung, aber sie drückte genau aus, was ich empfand. Am Vorabend hatte sie mir stolz ihren Stahlhelm und ihre kugelsichere Weste gezeigt – die kleinste verfügbare Größe. Ich selbst war einmal in Sarajevo gewesen, vor vielen Jahren, als dort noch ein Krieg wütete. Die anderen Journalisten, mit denen ich reiste, hatten mich mitleidig angeschaut, als ich sagte, dass ich keine schusssichere Weste bei mir hatte. Ich hatte es abgelehnt, eine mitzunehmen, weil sie mich daran erinnert hätte, dass ich auf dem Weg in eine gefährliche Gegend war, in der Scharfschützen sich ein Vergnügen daraus machten, auf Journalisten zu schießen. Es hätte das Verleugnen der Gefahr unmöglich gemacht, und dieses Verleugnen war mein einziger Schutz.

Ich erinnerte mich an einen Abend in der Stadt, als ich mit ein paar Kriegsberichterstattern auf einer Restaurantterrasse saß. Wir waren die einzigen Gäste. Ich saß neben einer jungen Journalistin vom *Guardian*, wie alt mag sie gewesen sein? Sie war jünger als ich, ich war zweiunddreißig, und sie hielt sich schon seit Jahren im Kriegsgebiet auf. Sie hatte blondes Haar und war fröhlich – wenn ich mich an ihr Gesicht zu erinnern versuchte, wurde sie zu Anna. Sie sah, dass ich Angst hatte, weil die Serben die Stadt mit Raketen beschossen. Sie beugte sich zu mir. »Wenn man die Rakete hört, braucht man sich keine Sorgen zu machen«, erklärte sie, »denn dann schlägt sie woanders ein. Wenn man sie nicht hört, bleibt von diesem Tisch und von uns nichts übrig. Und dann braucht man sich auch keine Sorgen zu machen.« Mein Gott, dachte ich, ich höre nichts, wahrscheinlich ist gleich alles vorbei.

»Hab ich dir mal die Geschichte von dieser Reporterin in Sarajevo erzählt?«, fragte ich Hinke, als wir in einem der gesichtslosen Flughafencafés einen Kaffee tranken und versuchten, wieder zu uns zu kommen.

»Erst hundertmal.«

»Sie sah Anna ähnlich.«

»Das denkst du jetzt.«

»Was haben wir falsch gemacht, Hinke?«

»Nichts, Bart. Unsere Tochter ist erwachsen, und sie hat über ihre Entscheidung gründlich nachgedacht. Wir haben im Gegenteil vieles richtig gemacht.«

»Vielleicht zu richtig. *Etwas* weniger Selbstvertrauen wäre besser gewesen.«

»Ich bin stolz auf sie. Und auch ein wenig auf uns.«

»Anscheinend findest du es gar nicht so schlimm.«

»Ich finde es furchtbar.« Die Antwort beruhigte mich ein winziges bisschen, ich war nicht allein.

»Es wird schon gut gehen«, sagte ich. »Anna ist nicht leichtsinnig.«

»Nein. Ich hoffe nur, dass sie nicht süchtig nach der Gefahr wird. All diese Kriegsberichterstatter und Fotografen brauchen den Kick des Gefährlichen. Die können nicht mehr zu Hause bleiben und einfach nur ihre Kinder zum Hockey fahren.«

»Bei Anna wird das nicht so sein, dafür ist sie zu nüchtern.«

»Ich hoffe es.«

Ich brachte Hinke nach Amsterdam, anschließend fuhr ich nach Hause, wo ich in tiefe Niedergeschlagenheit und Selbstmitleid versank. Ich verfolgte Annas Flug auf Planes Live. Als sie gelandet war, suchte ich in meiner Nachrichten-App nach »Amman«. Es gab nichts zu berichten. Danach suchte ich auf Google Street View ihre Straße. Ich stoppte vor dem weißen Gebäude, in dem ihr Apartment lag. Autos und Fußgänger kamen vorbei. Die Aufnahmen waren ein Jahr alt, trotzdem beruhigte mich das Alltägliche der Bilder.

Ich schlief auf dem Sofa ein und wurde zwei Stunden später von meinem Mobiltelefon geweckt. Eine WhatsApp-Nachricht. »Ich bin da! Schönes Apartment! Suche jetzt schnell ein Restaurant.« Sie schickte mir ein Selfie mit erhobenem Daumen. Weil sie die obersten Knöpfe ihrer Bluse geöffnet hatte, wegen der Wärme natürlich, sah ich das Kettchen mit dem schwarzen Stein an ihrem Hals.

Ich rief Klaas Boomsma an, der Amman gegen Brüssel getauscht hatte. Ich kannte ihn noch aus meinen Jahren bei der Zeitung.

»Sie ist angekommen«, sagte ich. »Das Stadtviertel, in dem sie wohnt, ist das halbwegs sicher?«

»Es ist eins der besseren Viertel von Amman«, antwortete er. »Und Amman ist eine sichere Stadt. Ein bisschen langweilig sogar, nicht wie Beirut. Wenn man auch natürlich nie wissen kann, wie lange das so bleibt, im Nahen Osten. Machst du dir Sorgen?«

»Ja, schon ein bisschen.«

»Ich hab mich ausführlich mit deiner Tochter unterhalten. Ich würde mir keine Sorgen machen, die Frau weiß, was sie tut.«

Es berührte mich ganz merkwürdig, dass er »Frau« sagte.

8

Im ersten großen Bericht der neuen Nahost-Korrespondentin ging es um einen schweren Anschlag in Bagdad ein paar Tage zuvor.

Ich sah meine Tochter vor mir, wie sie zögernd an zerfetzten Autowracks und feuergeschwärzten Fassaden vorbeiging, auf der Suche nach Augenzeugen. Ich betrachtete die Fotos und empfand Abscheu und einen tiefen Hass auf die Täter, die all dies angerichtet hatten und vielleicht sogar gleichzeitig mit meiner Tochter dort umherstreiften, wie Pyromanen, die den Brand beobachten wollen, den sie gelegt haben.

Sie schrieb über einen Mann, der zwischen den Trümmern filmte. Ich sah sie mit einem Tuch vor dem Mund, um den Gestank des Todes abzuhalten. Sie schilderte ein Detail, einen ausgestopften weißen Vogel zwischen Schutthaufen.

Es war ein typischer Anna-Bericht, viel mehr als nur eine journalistische Routineübung. Sie hatte nach Zeugen und Betroffenen gesucht, ihr Artikel war voller Symbolik, fiktionale Elemente sollten die Wirklichkeit greifbarer machen, eine Wirklichkeit, die für normale Zeitungsleser bei einer rein sachlichen Beschreibung völlig unvorstellbar geblieben wäre. Es waren gerade die absurden Details, denen der Bericht seine Kraft verdankte und die einen in ihre Welt hineinzogen.

»Annas Bericht gelesen?«, fragte Hinke über WhatsApp.

»Grässlich«, antwortete ich, »aber schön geschrieben.« Ich hatte bohrende Kopfschmerzen und fragte mich, was sie mit diesem weißen Vogel ausdrücken wollte. Und ich dachte an ihren Satz über Bagdad als eine Art Dartscheibe, eine Stadt, in der täglich an mehreren Stellen Bomben explodierten. Über diese Dartscheibe bewegte sich auch Anna. Nur ein gnädiges Schicksal konnte verhindern, dass sie im falschen Moment am falschen Platz war und der Pfeil sie traf.

Zwei Tage später schrieb Anna, dass ihre erste Fernsehreportage fertig war. Ich rief sofort David an. »Am Donnerstag kommt Annas erste Reportage im Fernsehen«, sagte ich so gleichmütig, wie ich konnte, doch David hörte meine Aufregung. »Komm zu mir«, sagte er, »du solltest dir das nicht allein ansehen.«

Sie stand im Zentrum von Bagdad vor einem zerstörten Haus, erklärte ruhig, was geschehen war, und nannte die Verantwortlichen für den Anschlag. Sie trug ein Kopftuch, das sie festhalten musste, weil es sonst weggeflogen wäre. Ich schaute ihr in die Augen und hoffte, dass sie mich ansah – ich war mir sicher, dass sie mich ansah. Du musst so tun, als ob du mit einem Freund sprichst, hatte man ihr beigebracht, oder mit deinem Vater.

»Fantastisch«, sagte David, als der Bericht zu Ende war. »Hast du das Amulett gesehen?« Er tippte energisch auf seinem Mobiltelefon herum. »Das Kind ist ein Naturtalent. Ich schreibe ihr, dass Onkel David stolz auf sie ist.« Ich wäre gern in Davids Café hinuntergegangen, um die Gäste zu fragen, ob sie meine Tochter gesehen hatten.

9

Ich füllte die Monate vor unserer Reise nach Ferrara mit Büchern über die Stadt, mit Filmen und stundenlangen Internetrecherchen. Ich klammerte mich an Ferrara, als hinge mein Leben davon ab. Als ich Anna vorschlug, im Sommer ein paar Wochen mit uns in Italien zu verbringen, antwortete sie, das sei eine wunderbare Idee.

Die Aussicht, zusammen mit Anna durch die Straßen zu gehen, machte Ferrara noch attraktiver; in dieser Stadt würde ich für ein paar Wochen von all meinen Sorgen und Ängsten befreit sein. So wurde »Ferrara« zu einem anderen Wort für Glück.

Außerdem gab mir dieser Plan das Gefühl, dass sie vorerst sicher sein würde. Ein Plan ist so etwas wie eine Versicherung oder ein nicht rückzahlbarer Vorschuss. Er scheint die Zukunft festzulegen, und das kann man in unsicheren Zeiten gut gebrauchen.

Die Bücher von Giorgio Bassani, die allesamt in Ferrara oder in der unmittelbaren Umgebung spielen, hatten schon vor langer Zeit eine Sehnsucht nach dieser Stadt voller Geschichten in mir geweckt, und nun hatte ich das Gefühl, bald ein Teil davon zu sein – aber nur, wenn ich die Stadt wirklich kennenlernte, nicht als Tourist, sondern so, wie Bassani sie gekannt hatte.

Seine Erzählung *In einer Nacht des Jahres 1943* handelt von der Erschießung von elf Männern am frühen Morgen des 15. Dezember 1943 im Corso Roma als Repressalie für die Ermordung des faschistischen Konsuls Bolognesi. Die Geschichte beruht auf historischen Fakten, allerdings hat Bassani etliche Details verändert. Bolognesi hieß in Wirklichkeit Igino Ghiselli, und die elf Männer wurden nicht am 15. Dezember, sondern einen Monat früher erschossen. Bassani brauchte Schnee für den Schauplatz seiner Handlung. Ghiselli war nicht wie bei Bassani in einem Fiat 500, sondern in einem Fiat 1100 erschossen worden. Auch die Namen der Ermordeten hatte der Autor geändert, und zwei von ihnen waren nicht vor der Mauer am Burggraben des Castello Estense erschossen worden, sondern in der Via Boldini bei der Bastion San Tommaso. Nun, in meinen eigenen Geschichten war es ja auch nicht anders. Worauf es ankam, war die Beschreibung Ferraras, der Atmosphäre und des Charakters der Stadt.

Die Bedeutung so mancher Details der Erzählung entging mir, mein Wissen über das Italien der Vorkriegszeit war sehr lückenhaft. Ich hatte nicht gewusst, dass Ferrara eine der Brutstätten des italienischen Faschismus gewesen war, dass in keiner anderen Stadt so viele Menschen in Benito Mussolinis Partito Nazionale Fascista eingetreten waren, dass sich vor der Casa del Fascio in der Viale Cavour lange Schlangen gebildet hatten. Sogar in der großen jüdischen Gemeinschaft der Stadt hatte die Partei viele Anhänger, was mich verblüffte – auch dies war meiner Unwissenheit geschuldet. In den faschistischen dreißiger Jahren hatte Ferrara sogar einen jüdischen Bürgermeister.

Einer von Mussolinis wichtigsten Handlangern war Italo Balbo, aufgewachsen in Ferrara in einem Haus in der Via Mortara, Nummer 49. Indem er den »Marsch auf Rom« mitorganisierte, war Balbo 1922 an Mussolinis Machtübernahme beteiligt. Man nannte seine Schlägerbande die Celibanisti, nach dem Kirschbrand Celibano, den Balbos Männer nach ihren Aktionen im Caffè Mozzi neben dem Caffè della Borsa im Corso Roma zu trinken pflegten. Als der Gebrauch von Stöcken verboten wurde, schlugen sie ihre Gegner mit brettharten Stockfischen nieder.

Das Caffè Mozzi gab es nicht mehr, was ich schade fand. Ich hätte dort gern mit David einen Celibano getrunken und ihm die dazugehörige Geschichte erzählt.

Ich musste mich dieser Stadt hingeben, und sie musste mir gehören; ich wollte eine Liebesbeziehung. Stundenlang schlenderte ich auf meinem Bildschirm durchs Zentrum, einen Stadtplan würde ich nicht mehr brauchen.

Ich tauchte in die Geheimnisse Ferraras ein, in die Einzelheiten, die ihren Charakter ausmachten, und nichts war mir zu banal oder zu ordinär. Ich fand sogar heraus, wo der berühmte *dottore* Francesco Conconi wohnte, der Biochemiker und ehemalige Rektor der Universität, der seinen Schülern Michele Ferrari und Luigi Cecchini gezeigt hatte, wie man mithilfe von Epo durchschnittliche Radrennfahrer in unermüdliche Maschinen verwandeln konnte: in einem weißen Haus, Via Montebello Ecke Via Bellaria.

Eine der bösartigen Hauptpersonen von Bassanis Erzählung heißt Carlo Aretusi, Beiname *Sciagura*, Unheil.

Wer in Ferrara erinnert sich nicht an die Nacht des 15. Dezember 1943? Wer kann jemals in seinem Leben die endlosen Stunden jener Nacht vergessen? Es war für alle eine angstvoll durchwachte, nicht enden wollende Nacht gewesen; mit brennenden Augen hatten sie durch die Jalousien auf die in der Düsternis der Verdunkelung liegenden Straßen gestarrt, und jede Minute hatte sich ihnen das Herz zusammengekrampft bei dem Geknatter der Maschinengewehre oder dem plötzlichen, noch lärmenderen Vorbeifahren von Lastwagen mit bewaffneten Männern.

Wir haben keine Angst vorm Tode,
Es lebe der Tod, hoch lebe der Friedhof…

sangen sie auf ihren Wagen, unsichtbar im Dunkeln, wenn sie durch die menschenleeren Straßen fuhren.

Giorgio Bassani ist auf dem jüdischen Friedhof in jenem Teil der Stadt begraben, der seit dem Mittelalter die Addizione Erculea genannt wird, einer Stadterweiterung, die das erste Beispiel für Stadtplanung überhaupt ist. Von der Via Montebello aus geht man ein kleines Stück in die Via delle Vigne hinein, und schon ist man da.

All meine Entdeckungen hielt ich in einem schwarzen Moleskine-Notizbuch fest, um nichts zu vergessen. Es füllte sich schnell. »*In einer Nacht des Jahres 1943* handelt von Feigheit«, notierte ich. »Man wird Zeuge furchtbarer Ereignisse, aber aus Angst leugnet man sie. Film: *Die lange Nacht von 43*, Florestano Vancini (Ferrara, 1926). Sehen!«

Noch einer anderen Person begegnete ich bei meiner Suche: Rudolf Agricola, ein Niederländer, hatte im 15. Jahrhundert einige Jahre in Ferrara am Hof des Herzogs Ercole d'Este gelebt. Er hatte als einer der Ersten das Leben Petrarcas beschrieben und ihn berühmt gemacht. Petrarca kannte ich von seiner Besteigung des Ventoux und von Peters Laura-Sonetten, er war einer von Peters Helden. Petrarca hatte nie in Ferrara gewohnt, aber seine letzten Lebensjahre in Arquà verbracht, sechzig Kilometer nördlich der Stadt. Dort liegt er auch begraben.

Es war, als würde in meinem Kopf ein Netz gesponnen.

10

Am 3. Mai flogen David und ich nach Venedig. Wir hatten beide nur einen kleinen Rucksack bei uns, die Koffer hatten wir nach Ferrara vorausgeschickt. Als wir auf Schiphol ein Bier tranken, kam David auf Anna zu sprechen. »Sie schreibt tolle Artikel.« Er hatte De Vriendschap vorübergehend George überlassen, der in Zutphen liebevoll »Der Massai« genannt wurde.

»Ja«, sagte ich, »sie malt alles wunderbar aus. An Ereignissen herrscht ja kein Mangel. Im Grunde tut sie das Gleiche wie ich. Erzählt Geschichten. Nur dass es da viel gefährlicher ist. Aber dein Amulett hat sie bisher gut beschützt.«

»Hatte ich einen Tag vorher beim Juwelier am Korenmarkt gekauft«, sagte er wie nebenbei. »Achtzehn Karat Gold und Onyx.«

»Häh …«

»Man muss die Dinge mit Bedeutung aufladen, Bartje. Man muss sie mit Geschichten verzaubern, es spielt keine Rolle, ob die Geschichten wahr sind. Sie fühlt sich jetzt um einiges sicherer. Und so wird die Geschichte wahr, das Ding wird sie schützen, verlass dich drauf. Mach dir keine Sorgen, Bart, es wird bestimmt gut gehen. Sie ist ja kein kleines Mädchen mehr.«

»Mit einem Pseudo-Amulett. Verflixter surinamischer Winti-Priester.«

»Sag's ihr nicht. Das würde den Zauber brechen. Hätt ich bloß den Mund gehalten, du hast auch dran geglaubt.«

Ich teilte Joost per WhatsApp mit, dass wir auf dem Weg waren, anschließend André. »Hole gleich das Pegoretti ab«, antwortete er. »Neue Reifen, neue Kette, neue Bremsklötze. Morgen nach Deutschland, und dann los. Hab richtig Lust drauf!«

In der Zeitung, die ich auf Schiphol gekauft hatte, stand ein Interview mit Tom Dumoulin. Er war einer der Favoriten des Giro d'Italia, der am 5. Mai beginnen würde.

Vom Flughafen Marco Polo fuhren wir mit dem Bus nach Padua. Dort stiegen wir im Hotel Casa del Pellegrino ab, wo David Zimmer reserviert hatte; er meinte, der Name »Haus des Pilgers« passe gut zu unserem Vorhaben. Wir wollten nämlich von Padua nach Ferrara zu Fuß gehen, auf einem Pilgerweg, der Cammino di Sant'Antonio genannt wird und von Venetien nach La Verna in der Toskana führt.

Wir blieben einen Tag in Padua, David wollte die berühmten Fresken von Giotto in der Scrovegni-Kapelle sehen. Dass sie berühmt waren, wusste nur er, ich nicht. Wir mussten erst eine Viertelstunde in einem Vorraum warten, bevor wir hineindurften, weil unsere Körperwärme sonst Schäden an den Bildern verursachen konnte. Als wir endlich drin waren, staunte ich über Davids Detailwissen. »Man muss sich ein bisschen vorbereiten«, meinte er. »Wenn man nicht weiß, was man sieht, kann man es nur schön finden, und darum geht's nicht. Es geht darum, dass man es versteht. Außerdem wird es noch schöner, je mehr man darüber weiß.«

Ich holte mein Notizbuch aus dem Rucksack und zeigte es David. »Ich hab mich auch vorbereitet«, erklärte ich. »Ich habe viel zu Ferrara recherchiert, und jetzt hab ich das Gefühl, dass ich schon da wohne, keine andere Stadt kenne ich so gut.«

David blieb lange vor dem *Jüngsten Gericht* stehen. Er zeigte auf eine der Figuren, einen Mann mit weißem Hut. »Manche sagen, es ist ein Selbstporträt von Giotto. Andere glauben das nicht, weil Giotto als der hässlichste Mann von Florenz galt. Ein Zwerg von einem Meter vierzig. Angeblich war Dante mal hier, als Giotto an diesen Bildern gearbeitet hat. Er hat sich gefragt, wie so ein hässlicher Mann etwas so Schönes malen konnte.«

»Faszinierend, dass Menschen so lange an das hier geglaubt haben«, sagte ich. »Dass sie sich so lange haben Angst machen lassen. Und dass die größten Künstler ihren Beitrag zu dieser Lügenpropaganda geleistet haben. Hatten anscheinend kein Problem damit, das einfache Volk in Angst und Schrecken zu versetzen.«

»So ein Künstler musste auch von was leben. Giotto war reich, als er starb. Und vielleicht hat er selbst an das geglaubt, was er malte.«

»Das glaube ich nicht.«

»Warum nicht?«

»Siehst du nicht die Ironie?«

David betrachtete das Bild noch einmal genau. »Vielleicht hast du recht«, sagte er nach einer Weile. »Wenn man das damals auch gesehen hätte, wäre er auf dem Scheiterhaufen gelandet.«

Wir gingen hinaus. David legte mir die Hand auf die Schulter. »Glaubst du an ein Jüngstes Gericht?«

»Das hat sich ein Wahnsinniger ausgedacht.«

»Ich meine eine Art letztinstanzliches Urteil darüber, wie ein Mensch gelebt hat.«

»Das wäre Hochmut.«

»Wir vergessen ihn. Egal, was für ein Leben er gelebt hat. Das ist eigentlich noch schlimmer als ein Jüngstes Gericht.«

»Unsinn, Daaf. Die Menschen damals hatten Angst davor, ewig geröstet zu werden. Es war Erpressung. Ich hatte schon als Kind große Angst vor der Ewigkeit, sogar vor der Ewigkeit im Himmel. Ewigkeit ist unerträglich.«

»Endlichkeit ist auch nicht das Wahre.«

Am nächsten Tag gingen wir die erste Etappe nach Monselice. Unterwegs sprachen wir nicht viel. David schien in Gedanken versunken zu sein. Er hatte sich neue Wanderschuhe gekauft und klagte schon nach wenigen Stunden über wehe Füße.

Weil das Städtchen Monselice nicht gerade zu längerem als unbedingt notwendigem Verweilen einlud, brachen wir am nächsten Morgen in aller Frühe auf. Wir nahmen die Brücke über die Etsch und kamen um die Mittagszeit in Rovigo an. David machte einen ziemlich erschöpften Eindruck. Nach dem Einchecken im Hotel Villa Regina Margherita zog er sich sofort in sein Zimmer zurück. »Erst ein bisschen zu Atem kommen. Wenn du mich um zwei Uhr weckst, können wir Mittag essen.« Ich fragte, ob er durchhalten würde oder ob wir am nächsten Tag mit dem Taxi nach Ferrara fahren sollten.

»Kommt nicht infrage. Für morgen hab ich was ganz Spezielles gebucht. Und da kann man nicht mit dem Taxi ankommen. Da werden nur abgekämpfte Pilger eingelassen, die so aussehen, als hätten sie gerade auf den Knien den Kreuzweg hinter sich gebracht.«

»Ein Kloster?«

»Ja. Gar nicht so weit von hier. Ich kaufe mir gleich noch Blasenpflaster, dann geht's morgen wieder. Wenigstens kann ich dann die Stigmen an meinen Fersen vorzeigen.«

Unser Etappenziel lag nördlich des Po in der Nähe von Polesella. Wenige hundert Meter entfernt war der Fluss. Das Kloster, ein strenger, quadratischer, zweistöckiger Bau, sah verfallen aus. Es hätte ohne weiteres eine verlassene Ruine sein können, von der Zeit und den Elementen ausgezehrt und vom Efeu fast erwürgt.

Ich schaute David an. »Bist du sicher, dass wir hier richtig sind? Wir können auch nach Polesella weitergehen und da ein hübsches kleines Hotel suchen.« Er schüttelte den Kopf. »Das ist es. Ich erkenne es von den Fotos.« Er klopfte an die farblose Tür, aber nichts rührte sich. Er ging ein paar Schritte zurück und blickte zu einem offenen Fenster hinauf, in dem sich ein Vorhang träge im kaum spürbaren Wind bewegte.

»*Ciao! Chi è?* Ich frage, ob jemand da ist.« Noch mindestens zwei Minuten vergingen, bevor sich etwas tat, ich hatte schon die Hoffnung aufgegeben, dass man uns jemals einlassen würde, und hätte mich gern damit abgefunden. Nicht nur schien das Gebäude dem Tod geweiht zu sein, es strahlte auch diese schwarze katholische Trübsal aus, die mir als Kind schon Angst gemacht hatte, wenn ich in Zutphen auf der Straße die Nonnen sah.

Plötzlich wurde ein anderes Fenster geöffnet, im Erdgeschoss. Ich erschrak, ein Gesicht wie dieses hatte ich nie zuvor gesehen. Der Mann, der uns anstarrte, sah so aus, als hätte er sich soeben aus seinem Grab erhoben. Er hatte eine Gesichtshaut wie aus Pergament und die gelblichen Augen eines kranken Kaninchens. Seine Nase hatte die Form eines krummen Vogelschnabels, und während er uns anschaute, hielt er mit der rechten Hand seinen langen weißen Bart, als könnte der sonst weggeweht werden. Einen besonders gastfreundlichen Eindruck machte er nicht.

»Catweazle«, flüsterte ich David zu.

»Ho prenoted ulna camera qui«, rief David. Ich konnte mir nicht vorstellen, dass der Mann wusste, was reservieren bedeutete. Ich sah, dass auch David Zweifel kamen.

»Komm, Daaf«, sagte ich. »Der Alte ist völlig neben der Spur. Das hier ist eine Irrenanstalt für Mönche, und er ist der letzte Patient. Alle anderen sind tot. Lass uns gehen, mir ist es hier nicht geheuer.«

»Signor David Castelen«, sagte der Mönch. *»Benvenuto. Vengo!«* Seine Stimme knarrte wie eine alte Eiche im Wind, es war eine Art Ächzen. *»Mi scusi, non mi aspettavo che Lei fosse così presto.«*

»Er kommt«, erklärte David mit verhaltenem Triumph in der Stimme. »Er entschuldigt sich, er hatte nicht so früh mit uns gerechnet.«

»Wo hast du so viel Italienisch gelernt? Meine Güte, du redest wie Beppe Grillo.«

»Sprachtalent. Und ich hab im letzten halben Jahr an einem Intensivkurs Italienisch im Baudartius teilgenommen, zweimal pro Woche.«

Die Pforte öffnete sich quietschend. In der Maske aus Pergament hatte sich ein Lächeln geformt, und auch in den Augen konnte man nun so etwas wie Freundlichkeit lesen. Der Mönch drückte erst David die Hand, dann mir. Es fühlte sich an, als würde er einen kalten Lederhandschuh tragen. *»Seguitemi.«* Er drehte sich um und schlurfte vor uns her durch einen hohen Gang. Der Gang führte zu einem Raum, in dem nichts als ein dunkler, vermutlich Hunderte von Jahren alter Schreibtisch stand. Das Eichenholz war zerfurcht, die Platte verzogen. Der Boden aus dunklen Marmorfliesen war uneben, es gab nur ein einziges kleines Fenster, an der Decke hing eine nackte Glühlampe. Obwohl es draußen mindestens dreißig Grad warm war, fröstelte ich; hier drin war es kühl wie in einer Gruft.

Der Mönch setzte sich an den Schreibtisch, öffnete eine Schublade und holte einen Kugelschreiber und zwei Formulare heraus. Er legte sie vor uns auf den Tisch und gab uns mit einer Geste zu verstehen, dass wir sie ausfüllen sollten. Die bekannten Hotelrituale in einer Gruft – ich fand das ein bisschen lächerlich. Doch ich war Luft für ihn, der Mönch ignorierte mich völlig und starrte ununterbrochen David an, als würde er ihn wiedererkennen, könnte sich aber einfach nicht daran erinnern, woher er ihn kannte. Vielleicht hatte er einfach noch nie einen schwarzen Mann gesehen.

»*In quanti siete?* Ich frage, wie viele sie hier sind«, sagte David, ohne mich anzusehen.

»*Sono l'ultimo. Ho sepulto tutti i miei fratelli. E i giovani non lo vogliono più fare. È troppo pesante.*«

»Er ist der Letzte. Er hat alle seine Brüder begraben. Die Jugend will so was nicht mehr, sagt er, es ist zu schwer.«

»Kann ich mir vorstellen. *Jesus Christ.*«

»Pass auf, was du sagst. Er empfängt uns, weil du Jesus sein könntest. Oder ich.«

»*Non durerà a lungo*«, sagte der Mönch.

»Es wird nicht mehr lange dauern, meint er.«

»Nein, ich gebe ihm noch ein paar Wochen.«

»*Ogni volta che entra qualcuno, penso: forse è lui. Me l'aspetto già da un po.*«

»Er erwartet ihn jeden Tag, und einen Moment hat er gedacht, ich wäre es.«

»Wer?«

»Jesus oder der Tod, das hab ich nicht ganz verstanden.«

»Vielleicht beide.«

»Kann sein.«

»Man muss ja verrückt werden, allein in so einem Spukschloss, wundert mich gar nicht.«

David bat den Mönch, uns unsere Zimmer zu zeigen. Der Mann erhob sich mühsam und zeigte in Richtung Gang. David hatte seinen Rucksack abgenommen. Als ich das Gleiche tun wollte, erreichte mich eine WhatsApp-Nachricht von Anna. Der Mönch erschrak von dem Benachrichtigungston und drehte sich um, anscheinend hatte er noch nie die Töne eines iPhones gehört.

»Ho novantun' anni«, hörte ich ihn sagen.

»Er ist einundneunzig.«

»Ich stecke mitten in den Vorbereitungen für eine Reise nach Libyen«, schrieb Anna. »Kostet ziemlich viel Zeit. Dann wieder eine Weile hier, und danach möchte ich in der dritten Juliwoche nach Rom fliegen. Dann sehen wir uns.« Ich schickte ihr ein strahlendes Smiley.

Eine Minute später rief André an. Er war zuerst mit dem Auto nach Donauwörth gefahren. Von dort wollte er mit dem Rad die siebenhundert Kilometer nach Ferrara zurücklegen, über die Alpen einschließlich der Dolomiten, ungefähr der alten Via Claudia Augusta folgend. Er hatte mich aufgefordert, ihn zu begleiten, aber da hatte ich glücklicherweise schon mit David verabredet, dass wir nach Ferrara wandern würden.

Zu Fuß gehen sei etwas für Menschen an der Schwelle des Todes, hatte André gesagt, Radfahren sei das Leben.

Er keuchte ein wenig, und ich hörte den Fahrtwind in seinem Telefon.

»Wo bist du?«

»Noch etwa dreißig Kilometer vor Ostiglia. Da endet die Via Claudia Augusta. Ein Kaff, mein Fahrer sucht im Augenblick ein Hotel in der Nähe.«

»Fahrer?«

»Ja, der Fahrer von meinem Tesla, mit meinen Koffern. Driver Derek. Oder hast du gedacht, ich wäre mit 'nem Anhänger am Rad über die Berge gefahren? Und ihr?«

»Ein Kloster am Po. Mit *einem* Mönch. Der glaubt, dass ich Jesus bin und David der Tod. Oder umgekehrt.«

»Meine Güte, toller Laden. Sag ihm, dass der Apostel Andreas auch noch kommt. Wo ist das genau?«

»In der Nähe von Polesella.« Ich hörte, wie er Driver Derek zurief, dass er im Navi Polesella eingeben sollte.

»Sechzig Kilometer«, sagte eine Stimme.

»Geht ja. Straßenname, Bart, Nummer, genaue Koordinaten.«

»Schicke ich über WhatsApp«, sagte David, der mithörte.

»Und dieser Mönch soll schon mal zwei zusätzliche Zellen fertig machen. Und eine kohlehydratreiche Mahlzeit.«

David war schon dabei, dem Mönch zwei weitere Gäste anzukündigen.

Zwei Stunden später kam André an, eine GoPro-Kamera am Helm. »Ich halte alles fest«, sagte er, als ich darauf zeigte. Er löste den Apparat vom Helm und gab ihn mir. »Ein bisschen zusätzliches Gedächtnis, könnte man sagen. Wir werden doch älter, und dann vergisst man manches. Ich bin der Fly-on-the-wall-Filmer bei diesem ganzen Projekt.«

»Projekt?«

»Ja, was sonst?«

An dem großen Tisch im Refektorium mussten viele Generationen von Mönchen ihre bescheidenen Mahlzeiten zu sich genommen haben; eine genaue Untersuchung des Holzes hätte längst vergessene kulinarische Geheimnisse lüften können. Zwei schon geöffnete, dunkle Flaschen Rotwein standen darauf, gedeckt war für sechs Personen.

»Jetzt kommt es«, sagte David und rieb sich die Hände. Ich schaute ihn fragend an, aber er zeigte nur auf den Tisch, hob den Finger und schnüffelte genüsslich.

Durch die geschlossene Küchentür hörte man Kochgeräusche, und langsam füllte sich das Refektorium mit Düften, die ich nicht gleich einordnen konnte, bei denen mir aber das Wasser im Mund zusammenlief.

Dann öffnete sich die Tür, und eine Frau, die ich auf ungefähr achtzig schätzte, kam herein, einen großen schwarzen Kochtopf in den Händen. Sie hatte ein freundliches Gesicht und trug ein rotes Kopftuch. Ihre Holzschuhe machten auf dem Steinboden Geräusche, die ich zuletzt in meiner Kindheit gehört und inzwischen vergessen hatte. Sie stellte den Topf auf den Tisch, sagte leise etwas, was wir nicht verstehen konnten, und schaute den Mönch an, der hinter ihr hereingekommen war.

»*Pollo alla cacciatora*«, sagte der Mönch.

»Huhn nach Jägerinnenart«, übersetzte David. »Nach allem, was ich gehört habe, das beste von ganz Italien.« Er schaute mich an. »Vor einiger Zeit erzähle ich einem Gast im Café von unseren Wanderplänen, ich zeige ihm, wo wir hergehen wollen, und er legt den Finger auf Polesella. Da ist ein Kloster, sagt er, in dem eine alte Frau kocht, immer dasselbe Rezept, *pollo alla cacciatora*. Die Hühner laufen frei im Garten, bis sie in den Topf kommen. Es muss unter uns bleiben, sagt er, sonst wird das Kloster bald überrannt, und das will man da nicht, aber dieses Huhn ist einfach himmlisch. Man muss da einmal gewesen sein, bevor man stirbt, sonst fehlt einem eine wichtige Erkenntnis. Welche Erkenntnis denn, frage ich. Aber das konnte er nicht erklären, dafür müsste man erst dieses Huhn kosten.«

»Also hier jagt man Hühner«, sagte André. »Was für ein Kunststück.«

Der Mönch und die alte Frau hatten sich zu uns an den Tisch gesetzt. Der Mönch faltete seine runzligen Hände und betete. David, der neben ihm saß, tat das Gleiche. Als der Mönch das Kreuz geschlagen hatte, öffnete auch David die Augen. Der Mönch schenkte der Frau und sich ein Glas Wein ein und hielt es einen Moment hoch. Auch wir hoben die Gläser.

»*Salute*«, sagte David.

Die Frau füllte Hühnerschmortopf auf die Teller, und wir fingen an zu essen.

»Verstehst du, was der Mann gemeint hat?«, fragte David.

Ich nickte zögernd, aber eigentlich wusste ich es nicht. Das Huhn war köstlich, und von dem frischen Gemüse, in dem es geschmort worden war, hatte das Fleisch ein wunderbares Aroma bekommen, das ja, aber mir war nicht klar, welche tiefe Erkenntnis damit verbunden sein könnte. »Es ist auf jeden Fall kein Masthuhn.«

»Bartje hat keine Ahnung«, sagte André. »Und ich auch nicht. Sag's uns, Daaf. Verkünde dein Kochevangelium.«

David wandte sich der Frau zu. »*Perché il pollo è così gustoso?*«, fragte er. »*Puoi spiegare ai miei amici?*« André sah ihn fragend an. »Ich frage, warum das Huhn so köstlich ist und ob sie das ein paar dummen Holländern kurz erklären könnte.« Eine Röte überflog die Wangen der alten Frau.

»Bist du sicher, dass du sie nicht gefragt hast, wann sie das letzte Mal gevögelt hat?« André war aufgestanden und filmte die Szene.

»*Chi te l'ha data, la ricetta?*«, fragte David. »Ich frage, von wem sie dieses Rezept bekommen hat.«

»*Mia madre.*«

»Von ihrer Mutter.«

»*E lei, di chi l'aveva ricevuta?*«

»*Di sua madre.*«

»Von deren Mutter.«

Der Mönch entblößte grinsend seine gelben Zähne, als hätte sich uns das Geheimnis des Lebens offenbart. David schaute uns triumphierend an, während der Mönch, dessen Augen plötzlich glänzten, zu reden begann.

»Tja, Daaf, unser Italienisch ist noch nicht *so* …«, begann André.

»Dieses Rezept gibt es seit sieben mal sieben Generationen«, erklärte David. »Ihr kostet Wissen und Erfahrung aus dem Mittelalter und noch viel länger zurück. Das Gemüse wird in Butter und nicht in Olivenöl geschmort, weil die Barbaren aus dem Norden, die sich hier vor anderthalb Jahrtausenden niedergelassen haben, Butter lieber mochten als Öl.«

»Und?«

»Was man hier schmeckt, ist die Zeit«, erklärte David, »geronnene Vergänglichkeit, das Unveränderliche der Dinge, der ewige Kreislauf des Lebens, die Unsterblichkeit des Wissens, die Summe Tausender Erfahrungen. Und all das in einem Huhnrezept. Es ist die ewige Liebe.« Er klang wie ein vom Geist erfüllter Evangelist vor einer Horde von Heiden.

»Wow«, sagte Driver Derek, »ganz was anderes als Kentucky Fried Chicken.«

Am Abend, auf dem Weg zu meinem Zimmer, bemerkte ich im Gang eine kleine Nische mit einer Marienskulptur, die mir bis dahin nicht aufgefallen war. Davor klebten Kerzenstümpfe, in einer Schachtel lagen neue Kerzen. Ich zündete eine große an, ließ ein wenig Wachs auf den Backstein tropfen und stellte die brennende Kerze vor Maria auf. »Heilige Mutter Gottes, ich will nicht lang drum rum reden, tu, was deine

Aufgabe ist«, flüsterte ich, »ihr Name ist Anna, aber das weißt du natürlich schon.«

Am nächsten Morgen brachte der Mönch selbstgebackenes Brot, Käse und Kaffee. Die Frau ließ sich nicht blicken. Der alte Mann hatte fast nur Augen für David. Er schien ihn etwas fragen zu wollen, wusste aber wohl nicht, wie er seine Frage formulieren sollte. Schließlich holte er aus einer Tasche seiner Kutte einen Zettel, auf dem etwas mit Bleistift geschrieben war, und gab es David. Der las einen Moment und sagte: »Das ist das Huhnrezept!« Der Mönch lächelte und flüsterte David etwas ins Ohr. »Seine Schwester hat keine Kinder und er natürlich auch nicht. Deshalb gibt er es mir.« Er umarmte den Mönch und küsste ihn auf beide Wangen.

»Das macht er mit allen Gästen, Daaf«, sagte André. »Alter Marketingtrick. Den Mönchen von heute kann man nicht über den Weg trauen.« David ignorierte die Bemerkung und brachte den Zettel sorgfältig in seinem Portemonnaie unter.

Der Mönch schaute David lange schweigend an. Schließlich strich er sich mit seiner runzligen Hand über die Augen. »*Lo so*«, sagte er.

»*Vabbè*«, erwiderte David. »*Non dire altro.*«

»Worüber redet ihr?«, fragte André. Doch David antwortete nicht.

Bevor David und ich uns wieder auf den Weg machten, rief Anna an. »Hi, Papa, wo bist du?«

»In einem Kloster mit einem einzigen Mönch, der nur ein einziges Gericht zubereiten kann. Mit David und André. Wie laufen deine Vorbereitungen für Libyen?«

»Gut.«

»Du fliegst?«

»Ja. Ein bisschen weit mit dem Auto.«

»Mit wem reist du?«

»Ähm … mit einem Fotografen.« Sie schien auf meine Reaktion zu warten, aber ich sagte nichts. »Es wird seine zehnte Reportage in Libyen. Ein Deutscher, und sehr erfahren. Und der Fahrer ist Libyer und hat Kontakte.«

»Was schätzt du, wie lange es dauert?«

»Zwei Wochen vielleicht. Hängt ein bisschen von den Umständen ab.«

Was sollte ich sagen? Ich wusste nichts über das Reisen in Libyen. »Ist es unbedingt nötig? Schließlich gibt's da jede Menge Milizen, die sich gegenseitig abschlachten und für ungebetene Zeugen nicht viel übrighaben.«

»Ich will mit eigenen Augen sehen, was los ist.« Es klang sachlich und ein wenig ungeduldig, als hätte sie eigentlich keine Zeit für ein Gespräch mit jemandem, der ohnehin keine Ahnung von ihrem Beruf hatte. »Am 22. Juli, das ist ein Samstag, fliege ich nach Rom. Ich schicke dir noch nähere Angaben.«

»Dann hole ich dich ab!«

»Ich kann auch gut mit dem Zug fahren.«

»Ich hole dich ab. Am liebsten würde ich heute schon hinfahren und auf dem Flughafen auf dich warten.«

»Fände ich übertrieben.«

»Anna?«

»Ja?«

»Pass gut auf dich auf.« Ich erinnerte mich, dass ich das Gleiche vor zehn Jahren gesagt hatte, als sie mit ihren Freundinnen in Urlaub fuhr. »*Love you.*«

»*Love you.* Bestellst du David Grüße von mir? Sag ihm, dass sein Amulett sehr gut wirkt.«

André sah, dass David mühsam ging, und schlug ihm vor, sich im Wagen mitnehmen zu lassen, doch David lehnte ab. Als Driver Derek den Tesla startete und langsam wegfuhr, starrte der alte Mönch ihm verblüfft nach. Er hob die Hände an die Ohren und schüttelte den Kopf. David erklärte ihm, dass es sich um ein Elektroauto handelte.

»Pegoretti«, sagte André zu dem Mönch und zeigte auf sein Rad.

»Dario«, erwiderte der Mönch, *»di Caldonazzo.«* Ein triumphierendes Grinsen erschien auf seinem Gesicht, und er sagte etwas zu David.

»Er weiß, wer Dario Pegoretti ist«, erklärte David. »Er war im Kloster der Einzige, der den Giro verfolgt hat.«

»Wir kommen bald mal wieder«, sagte ich und sah David an.

»Torneremo presto.«

Wenn es ums Abschiednehmen geht, bin ich ein Feigling, ich ertrage Abschiede nicht, erst recht nicht, wenn es sich höchstwahrscheinlich um einen endgültigen handelt. Ich will den Tod bannen, indem ich einen Vorschuss auf die Zukunft nehme. Ich stellte mir den sterbenden Mönch vor, allein in seinem Kloster. Hoffentlich würde seine Schwester da sein, um ihm die Augen zu schließen. Vielleicht konnten wir von Ferrara aus einmal mit dem Rad hierherfahren.

Es war, als könnte er meine Gedanken lesen.

»Ci vendiamo in cielo.«

»Was sagt er?« André setzte seinen Helm auf und filmte den Mönch.

»Dass wir uns im Himmel wiedersehen«, sagte David, während er mit ausgebreiteten Armen auf den Mönch zuging.

Wir wanderten am Nordufer des Po entlang, bis wir ihn bei Santa Maria Maddalena überqueren konnten, um die letzten Kilometer bis Ferrara hinter uns zu bringen.

11

Italienische Städte erwecken nie den Eindruck, dass sie einen von Herzen willkommen heißen. Die Ankunft ist fast immer enttäuschend, meist sieht man ein Industriegelände, auf dem früher einmal viel los war, dessen Gebäude aber nur noch Schemen sind. Die Straßen sind erbärmlich; scheinbar willkürlich verteilte Tankstellen, bei denen kein Tropfen Benzin mehr zu haben ist, führen einen aussichtslosen Kampf gegen die Natur. Die schlecht instand gehaltenen Wohnblocks der Außenbezirke zeugen von der Endlichkeit aller Dinge, von Entmutigung und aufgegebenen Hoffnungen. Es ist, als würde die Stadt einen prüfen, als müsste man ihr beweisen, dass man die Schönheit wert ist, die man sucht und die einem verheißen wurde. Ferrara ist eine dieser Städte, deren Schönheit von Schäbigkeit umhüllt ist.

Als David und ich in die Via Cammello einbogen – ich kannte den Weg genau –, sahen wir André, der den Tesla einseifte. Es war eine so alltägliche Szene, dass ich das Gefühl hatte, schon seit Jahren in dieser Straße zu wohnen. »Ich glaube, ich sollte dich auch waschen, Daaf«, sagte André. »Schnell den Staub runter.«

»Bitte eine lange Fußmassage mit kostbarem Öl«, erwiderte David, das Gesicht vor Schmerz verzogen.

In meinem Notizbuch stand, dass die Straße nach der

Familie Cammelli benannt war, deren bekanntester Vertreter der spätmittelalterliche Dichter Antonio Cammelli war. Irgendwo hatte ich außerdem gelesen, dass die Fassade des Hauses, das Joost gekauft hatte, aus dem 5. Jahrhundert stammte. Ich beschloss, diese Information bis zu einem geeigneteren Moment für mich zu behalten.

Die Tür der Stadtvilla öffnete sich, und Joost kam heraus. »Da sind ja unsere Pilger!«, rief er. »Mein Gott, Jungs, wie froh ich bin, dass ihr da seid.« Ich sah ihm an, dass er es ehrlich meinte. Im Haus schenkte er uns Pellegrino ein.

»Einen Moment verschnaufen, und dann bitte eine Führung«, sagte David, der sich mit einem Taschentuch den Schweiß vom Gesicht wischte.

Das Haus mochte einmal ein Palazzo gewesen sein, doch der Verfall hatte gnadenlos zugeschlagen. Es war eher das abgenagte Gerippe eines Palazzos. Man musste sich schon sehr anstrengen, um noch etwas von seiner vergangenen Glorie zu sehen, auch wenn Joost sich große Mühe gab, vor unseren Augen die reiche Geschichte des Hauses lebendig werden zu lassen, während er uns seine Pläne darlegte. Je mehr Räume wir zu sehen bekamen, desto stärker wurde das Gefühl der Mutlosigkeit, besonders als in einem der oberen Zimmer die morschen Dielen unter David nachgaben und nur Andrés rasches Zupacken verhinderte, dass er eine Etage tiefer landete.

Es war nicht ohne weiteres ersichtlich, was Joost in den vergangenen vier Wochen eigentlich getan hatte. »Vorbereitende Arbeiten«, sagte er, »davon sieht man nichts.«

»Ich bin froh, dass ich Bianca darauf angesetzt habe, Joost«, sagte André, während er eine Runde mit seiner GoPro drehte, »sonst wär ich jetzt überzeugt, dass man dich gründlich beschissen hat. Aber sie meinte, es wäre das Geld wert, nur frage ich mich jetzt allmählich, ob sie nicht selbst an dem Komplott beteiligt ist. Mann, das sieht ja lebensgefährlich aus!«

Joost zeigte mit spöttischem Blick auf die Kamera.

»Ich drehe einen Dokumentarfilm«, erklärte André.

»Einen Dokumentarfilm.«

»Ja. Weißt du, was das ist, ein Dokumentarfilm? In meinem geht es um einen Professor, der verrückt geworden ist und in Italien ein Designhotel aufmachen will.«

»Sehr witzig, Dré.«

»Ich mein's ernst. Und pass auf, was du sagst, Dokumentarfilmer verwerten alles. Kennst du Frans Bromet? Der macht's auch so.«

»Was weißt du schon über Dokumentarfilme, Dré. Weißt du, was ein Script ist?«

»Mensch, laber nicht, man findet doch alles im Internet. Heute besucht doch niemand mehr vier Jahre lang eine Filmakademie, um zu lernen, wie man Dokumentarfilme macht. Das ist altmodischer Quatsch. Siehst du nie Videos von Vloggern? Das ist der neue Dokumentarfilm. Kamera an, fertig; iPhone geht auch. Und ich fotografiere schon seit mindestens zwanzig Jahren. Also in Sachen Bildkomposition kann man mir nichts mehr beibringen.«

»Der Kerl schwafelt von Bildkomposition, als ob er Tarantino wäre.«

André holte sein iPhone aus der Tasche und suchte etwas. »Hört mal kurz zu, Onlinekurs Dokumentarfilm, Lektion eins. *Remember, filmmaking is an art, not a science. The only way to TRULY learn how to make documentaries is … to make documentaries.*« Er schaute Joost triumphierend an.

»Heute dreht er Dokumentarfilme«, sagte Joost, »morgen kauft er einen Weinberg und übermorgen fängt er mit Fallschirmspringen an. Pure Verzweiflung.«

»Da hast du recht«, meinte André. »Aber fällt dir was Besseres ein? Nein, sonst würdest du nicht ein Designhotel in einer Ruine eröffnen wollen.«

»Du musst durch das, was du jetzt siehst, hindurchsehen.« André zoomte das Loch im Fußboden heran und richtete die Kamera anschließend auf Joost. »Das ist die Kunst beim Hauskauf«, fuhr Joost unbeirrt fort. »Ein komplett restauriertes und umgebautes Haus zu kaufen ist verdammt einfach, das kann jeder. Hier muss man die Möglichkeiten sehen. Man projiziert sozusagen das Ideal auf die Wirklichkeit. Und was man dann sieht, ist großartig, eine Perle dieser Stadt.«

Die elektrischen Leitungen im Palazzo stammten aus der Zeit unmittelbar nach der Erfindung der Glühlampe, Wasserrohre aus Blei endeten plötzlich im Nirgendwo. Die Decken waren braun angelaufen, die Fenster hingen schief in den Rahmen.

»Hat hier in letzter Zeit jemand gewohnt?«, fragte David.

»Nein«, antwortete Joost. »Es steht seit 1991 leer. Damals ist die letzte Bewohnerin gestorben, eine adlige Dame von dreiundneunzig Jahren. Ihre Erben haben das Haus geplündert, angeblich hingen hier noch Gemälde an den Wänden, die man für verschollen gehalten hatte. Italienische Renaissance-Meister. Die Erben haben einen Wahnsinnsreibach gemacht und wohnen jetzt wahrscheinlich in einem Luxusstadtpalast in Rom. Jedenfalls im Winter, den Sommer verbringen sie in ihrem großzügigen Feriendomizil auf Capri. Das heißt, so stelle ich's mir vor, ich weiß nicht, ob es so ist. Vielleicht wohnen sie ja in Paris oder New York. Dieses Haus haben sie der Stadt Ferrara geschenkt. Auf die paar Hunderttausend kam's ihnen nicht an, und sie hätten es ja sonst restaurieren müssen. So sind sie's auf die einfachste Art losgeworden.«

»Kann mir sehr gut vorstellen, wie erleichtert sie waren«, sagte André.

»Also, ich spreche eines schönen Tages im Rathaus mit einem Beamten über meine Pläne«, fuhr Joost fort. »Er geht zum Schrank, öffnet eine Schublade, holt ein Foto raus und sagt: Wäre das nicht etwas für Sie? Und ich wusste sofort: Das ist es. So, wie es manchmal mit einer Frau ist, so war's bei mir mit diesem Haus. Liebe auf den ersten Blick.«

»Und bei der Stadt haben sie natürlich gedacht: Endlich, nach dreißig Jahren, kommt ein Trottel, der sein Geld in dieses Fass ohne Boden stecken möchte. Gelobt sei die Jungfrau Maria, gelobt sei der heilige Antonius, wir sind es los!« André brach ein Stück Marmor von einem Kaminsims ab. »Seht euch das an!«

»Dré! Lass das, das ist echt mittelalterlich, Mensch!«

Wir setzten uns in die Küche. Dort stand ein altertümlicher Herd, es gab fließendes Wasser, an der Decke hing eine nackte Birne an einem braunen Draht. In der Mitte stand ein langer Tisch mit sechs Stühlen. Joost ging zu einem uralten Kühlschrank und holte eine Flasche Prosecco heraus, die er mit triumphierender Miene hochhielt. Dann stellte er vier Gläser auf den Tisch, würgte den Korken aus der Flasche und schenkte ein.

»Jungs, auf unser Wiedersehen und die ewige Freundschaft! Ich fing schon an zu vereinsamen, ehrlich. Bei so einem Abenteuer lässt man doch mehr zurück, als man denkt.«

»Red keinen Quatsch, Joost. Du bist jetzt … wie lange weg? Vier Wochen?«

»Dré, du bist in der ersten Hälfte deines Lebens nicht aus dem Achterhoek rausgekommen und in der zweiten nicht aus Rotterdam. Du kennst das Gefühl von Heimatverlust nicht.«

»Heimatverlust?«, fragte ich.

André schaute Joost grinsend an. »Er meint, dass es für ihn hier viel schwieriger ist, Frauen ins Bett zu kriegen. Niemand kennt ihn hier, und er spricht nur so Sprachführer-Italienisch.«

»Joost, auf einen erfolgreichen Umbau«, sagte David. »Es gibt verdammt viel zu tun, aber ich bewundere deinen Optimismus. Du hast jetzt schon was Italienisches an dir. Diese wunderbare Unbekümmertheit. Großartig. Alles wird gut, davon bin ich überzeugt. Nicht zuletzt, weil wir jetzt hier sind.«

»Danke, Daaf. Ich weiß das sehr zu schätzen.« Joost machte eine ausholende Armbewegung, als wollte er die Bruchbude mit einer magischen Geste und ein paar Zaubersprüchen in den Traumpalast verwandeln, der ihm vorschwebte. »Klein und exquisit. Jedes Zimmer mit eigenem Charakter. Mit Kunstverstand eingerichtet, vielleicht engagiere ich Studenten von der Kunstakademie. Unten eine kleine, aber feine Bibliothek. Eine Lounge, die einem gleich signalisiert: Achtung, das ist kein Hotel für Krethi und Plethi. Kein Massentourismus. Leute mit kurzen Hosen und roten Schweißköpfen kommen hier nicht rein. Ein Hotel für kulturell interessierte Weltbürger mit dickem Portemonnaie. Ledersofas, Gläsergeklingel, keine Aufzugmusik, sondern Schubert, Kronleuchter. Ein Ort, der die Illusion von Vollkommenheit hervorruft, eine Atmosphäre heiterer Ruhe, in der man ein gutes Gespräch führen kann. Weg von allem Hässlichen, zurück zur Schönheit.«

»Klingt gut«, meinte David.

»Werbegeschwätz«, sagte André.

Joost funkelte ihn böse an. »Ferrara hat keine Werbeslogans nötig. Es ist eine Stadt der Renaissance. Geburtsort von Michelangelo Antonioni, dem weltberühmten Regisseur von, äh …«

»*Die Nacht, Blow Up, Zabriskie Point*«, sagte ich.

»Das war nach der Renaissance«, bemerkte André.

»Danke, Bart«, sagte Joost.

»*Chronik einer Liebe*«, ergänzte ich, »sein erster Langfilm, 1950, in Ferrara gedreht.«

»Von solchen Informationen hat man wenigstens was«, meinte André. »Bart *weiß* Dinge, der labert nicht nur einfach drauflos wie du, Joost. Bart liefert harte Fakten.«

»Er weiß jetzt schon mehr über Ferrara als die Ferraresi selbst«, sagte David. »Die ganze Geschichte der Stadt hat er in einem Notizbuch festgehalten.«

»Hast du schon so was wie einen Entwurf für diesen Laden, Joost?«, fragte André. »Was hast du vor Augen, außer Baby-Boomer, die in der Lobby über Piero della Francesca schwafeln?«

»Hab ich alles im Kopf. Bis ins Detail, Design und nichts als Design.«

»Joost und Design. Nie was von gemerkt. Du, Bart?«

»Nein, nie. Aber vielleicht hat er neuerdings irgendwelche Wohnmagazine abonniert.« Ich blickte mich suchend um.

Joost war noch nicht fertig. »Okay, wo war ich? Bassani! Der berühmte Schriftsteller, wahnsinnig beliebt bei Lesern und Leserinnen, bei Jung und Alt. Geboren, aufgewachsen und gestorben in Ferrara. Bart, wie heißt noch dieses Buch? Ich werde allmählich dement.«

»*Die Gärten der Finzi-Contini*. Über das jüdische Ferrara der Vorkriegszeit. *Il giardino dei Finzi-Contini.*«

»Genau. Klassiker … Und dann ist da natürlich noch Lucre…«

David fiel ihm deklamierend ins Wort. »Seit vielen Jahren

hatte ich den Wunsch, über die Finzi-Contini zu schreiben – über Micòl und Alberto, über Professor Ermanno und Signora Olga – und über alle die, die sonst noch in dem Haus am Corso Ercole I d'Este in Ferrara wohnten oder wie ich in der Zeit kurz vor Ausbruch des letzten Krieges …«

Joost starrte ihn mit großen Augen an.

»Der erste Satz der *Finzi-Contini.* Großartiges Buch. Verfilmt von Vittoria de Sica, 1970. In der Hauptrolle …«

Ich wusste, was jetzt kommen würde. »Nein, Daaf.«

»Dominique Sanda. Liebling unseres toten Freundes Peter. Doppelgängerin von …«

Joost hob verzweifelt die Hände. »Verflucht noch mal! Da geht's wieder los! Die Vergangenheit verfolgt uns wie ein hungriger Schakal!«

»Laura«, sagte David. »Wir können sie fragen, ob sie kommen will, sie wohnt in der Nähe. Wo war es? Arezzo?«

»Dann bin ich *sofort* weg«, erklärte André. »Scheiße noch mal.«

»Vielleicht ist sie gut in Installationsarbeiten«, sagte ich.

Es war ein Gespräch in dem nun schon seit vier Jahrzehnten gewohnten Ton. Ich merkte, dass es mich aufmunterte. Ich sah Anna vor mir, auf einer langen, geraden Straße nach Tripolis. Zu ihrem achtzehnten Geburtstag hatte ich ihr *Die Gärten der Finzi-Contini* geschenkt, und plötzlich vertraute ich fest darauf, dass alles gut gehen würde.

»Bassani hat sein Leben lang nach der Vergangenheit gesucht«, sagte David.

»Genau wie wir«, meinte André.

»Aber er hat versucht, sie schreibend zum Leben zu erwecken, und das ist ihm wunderbar gelungen. Ich verstehe ihn gut. Die Zukunft ist endlich, aber die Vergangenheit bleibt für immer.«

»Man muss sie aber nicht immer wieder ausgraben«, erwiderte André. »Ein Name, Joost, hast du schon einen Namen?« Er war aufgestanden.

»Ähm, dann ist da wie gesagt noch Lucrezia...«, begann Joost.

»Will ein Designhotel aufmachen und weiß noch nicht mal, wie es heißen soll. Unbegreiflich. Mann, alles beginnt mit einem Namen. Das wusste schon der Schöpfer, im Paradies. Ohne Namen existiert nichts.«

»Wenn du für mich Führungen veranstalten würdest, Bart«, sagte Joost. »Du könntest meinen Gästen alles über Ferrara erzählen, wäre das eine Idee?«

André ging zur Küchentür. »Bin gleich wieder da. Heute ist noch genau eine Sache zu erledigen.«

»André geht kurz in den Puff«, meinte Joost. »Von dem vielen Radfahren bekommt man ein viel zu hohes Testosteronniveau. Das muss dann wieder runter.«

Nach zwei Minuten kam André zurück, in den Händen etwas Großformatiges, mit Schutzfolie umwickelt.

»So, das hab ich dann doch wieder mitgebracht. Für's Gemeinschaftsgefühl.« Es war das Foto von uns allen auf dem Ventoux, Juni 1982. »Das erste Kunstwerk in deinem Designhotel, Joost. Es heißt *Il gioventù*. Die Jugend.« Er zeigte auf die abgebildeten Personen. »David, ehemaliger Reisebüroinhaber, dann Cafébesitzer in Zutphen, jetzt Rentier. Peter, vielversprechender Dichter, tödlich verunglückt am Ventoux. Bart Hoffman, ursprünglich Journalist, heute Bestsellerautor. Joost, verkrachter Wissenschaftler, jetzt der Basil Fawlty von Ferrara. Und André Tankink, früher Händler in illegalen Genussmitteln, ewig junger Gott.« Sein Finger kehrte zur Bildmitte zurück und zeigte auf das Mädchen, das er übersprungen hatte. »Und Laura, Schicksalsgöttin, die Lucrezia Borgia von Zutphen.« Er ging mit dem Foto zur Wand und suchte nach einer geeigneten Stelle.

Joost näherte sich ihm drohend. »Bevor du wieder anfängst zu bohren, Dré, erst muss die Stuckatur fertig sein!« Er schaute auf das Foto. »Wie schön sie doch war«, sagte er dann.

12

Wir fingen mit dem Renovieren der Küche an. »Wir kommen aus dem Achterhoek, und deshalb ist die Küche für uns das Wichtigste«, sagte André. »Achterhoeker haben auch ein Wohnzimmer, sitzen aber am liebsten den ganzen Tag in der Küche. Kaffee trinken aus dem Steingutservice mit Blümchenmuster, klatschen und tratschen, Kartoffeln schälen und das Schmorfleisch aufsetzen. Sobald die Küche halbwegs in Ordnung ist, sehen wir weiter, die wird unser Stützpunkt, das Basislager sozusagen.«

»Morgen kommt ein Beamter, um die letzten bürokratischen Details zu regeln«, sagte Joost. »Was das angeht, hab ich mich ein bisschen verschätzt, muss ich sagen. Man hat sich hier im Geheimen verschworen, junge Unternehmer in den Wahnsinn zu treiben. Ihr würdet nicht glauben, wie viele Formulare ich schon ausfüllen musste.«

»Junge Unternehmer«, spottete André, »Joost, der junge Unternehmer.«

»Dann ist da noch was«, fuhr Joost fort, »der Umbau muss innerhalb von sechs Monaten abgeschlossen sein, von April an gerechnet. Bis 1. Oktober muss alles fertig und offiziell abgenommen sein. Wenn nicht, wird die Genehmigung zurückgezogen, und der ganze bürokratische Leidensweg beginnt von vorn. Mein Kontaktmann bei der Stadtverwaltung bezweifelt sogar, dass ich in dem Fall noch eine weitere Genehmigung bekommen würde. Also, nicht geschafft bedeutet so viel wie aus und vorbei. Pleite. Dann muss ich mich im Po ertränken.«

»Ein bisschen Druck kann nicht schaden«, meinte André.

Jeder von uns hatte sein eigenes, mehr oder weniger bewohnbar gemachtes Zimmer; wir hatten herumliegendes Gerümpel weggeräumt, den Boden gesaugt, Vorhänge aufgehängt. Mein Zimmer erinnerte mich stark an meine Studentenbude, ich hatte ein Bett, einen Schrank, einen Stuhl und einen alten Schreibtisch, den ich in einem der anderen Zimmer gefunden und in meins geschleift hatte. In Andrés Zimmer stand außer einem Bett nur eine Rennmaschine, sein Pegoretti.

Nach anderthalb Wochen Werkelei gab es in dem Haus immer noch nicht viel, was nach Designhotel aussah. Weil wir alle keine erfahrenen Heimwerker und auch nicht besonders talentiert waren, mussten wir vor jeder Arbeit erst einmal auf YouTube nach Anleitungsvideos suchen. Joost hatte angefangen, in der Küche die Wand über der Spüle und der Arbeitsplatte neu zu kacheln, doch das Ergebnis war deprimierend. Schon nach einem Tag fielen zwei der Kacheln herunter. André hatte ein paar Wasserleitungen zur ersten Etage hin »verlängert«, aber sobald er dort einen Hahn öffnete, tröpfelte das Wasser an einer Deckenlampe entlang in die Lounge. David und ich erledigten einfachere Arbeiten wie Schleifen und Lackieren, aber auch hier waren nicht unbedingt Fortschritte erkennbar. An die Elektroinstallationen wagten wir uns noch gar nicht heran. Heimlich machte sich Mutlosigkeit breit.

André und ich besuchten das letzte Spiel von SPAL in dieser Saison, gegen Bari. Die Karten hatten wir auf dem Schwarzmarkt gekauft, schon Wochen im Voraus war das Stadion ausverkauft. Nach dem Spiel wurde im Stadion und später in der Stadt ein gewaltiges Fest gefeiert, denn zum ersten Mal seit einem halben Jahrhundert war der Verein wieder in die Serie A aufgestiegen, die höchste Liga.

»Das sind sehr gute Neuigkeiten«, meinte Joost, als wir zurückkamen. »Fußballreisen sind ein Wachstumsmarkt.«

André schaute ihn grinsend an. »Ein ganz anderes Publikum als deine Bassani-Leser, Joost. Kann passieren, dass sie dir dein Hotel umbauen, aber auf ihre Weise.«

»Ich muss auch ein bisschen an die Auslastung denken.«

Ein paar Tage später erklärte Joost beim Frühstück, es werde Zeit, »große Eingriffe« vorzunehmen, das sei ihm in der Nacht klar geworden. Wir müssten uns vom Großen zum Kleinen hinarbeiten und nicht »in nebensächlichem Quatsch und Details« hängenbleiben. Die erste große Arbeit, die auf uns wartete, war die Entfernung einer Wand in der geplanten Lounge. Er hatte einen Vorschlaghammer gekauft und überreichte ihn André. »Du bist der Abreißer von uns vieren«, sagte er. »Bitte sehr.«

André starrte die Wand wütend an, als hätte sie ihn tödlich beleidigt. Den schweren Hammer fest in den Händen, schien er sich auf einen vernichtenden Schlag vorzubereiten. Ich legte meinen Pinsel auf die Lackdose, David hörte auf zu schleifen, Joost beobachtete David von einer Leiter aus, auf der er irgendetwas nicht klar Erkennbares tat.

»Du bist dir also ganz sicher, dass das keine tragende Wand ist, Joost?«, fragte André, ohne Joost anzusehen. »Du kannst mir garantieren, dass nicht das ganze Gebäude einstürzt, wenn ich diese Wand mit einem fürchterlichen Schlag zerstöre, und man uns unter den Trümmern rausziehen muss?« Er schwang den Hammer leicht hin und her.

»Es ist keine tragende Wand, Dré. Und warum sie weg muss, hab ich ja schon erklärt.« Joost deutete mit einer ausladenden Bewegung um sich. »Das hier wird die Rezeption plus Lounge. Hinter der Wand ist ein unnützer Raum, mit dem ich nichts anfangen kann, weiß der Kuckuck, warum der überhaupt da ist.«

»Und die Denkmalschutzleute haben nichts dagegen?«

»Die haben keine Ahnung, worauf es bei einem Designhotel ankommt. Außerdem gibt's in Italien viel zu viele Denkmäler, um die sie sich kümmern müssten. Wo sollen sie anfangen, das ganze Land ist ein Denkmal.«

»Die Genehmigung von der Stadt deckt das ab?«

»Hat nichts damit zu tun. Es ist mein Haus, und ich mache hier, was ich will. Wände kommen, Wände gehen, so ist das nun mal.«

»Okay.« André schwang prüfend den Hammer, als müsste der bevorstehende Schlag die Mutter aller Hammerschläge werden. »Ganz sicher?«

»Tu es, Dré.«

André packte den Stiel noch etwas fester, stellte sich so hin, dass der Vorschlaghammer die Wand unmittelbar neben der Tür zum dahinter liegenden Raum treffen würde, atmete tief ein und holte aus. Ich hielt den Atem an, David machte ein Gesicht, als würde er Zeuge einer Hinrichtung, Joost stand wie versteinert auf seiner Leiter. Der Schlag und Andrés Fluch dröhnten durchs Haus, alles bebte, Staub schwebte durch die Luft.

André starrte die Wand an, verwundert über die geringe Wirkung seines Schlags. Anderthalb Meter über dem Boden war gerade einmal ein Stein verschwunden, neben dem Türrahmen gab es jetzt ein kleines Loch. Mit gequälter Miene rieb er seine linke Hand. Er schaute uns nicht an, sondern holte wieder aus, und wieder. Wie besessen, ein alter Krieger auf dem Schlachtfeld. Immer schneller folgten die Schläge aufeinander, er keuchte, Schweiß brach ihm aus allen Poren, sein T-Shirt war bald durchweicht. Der weiße Kalkstaub breitete sich überallhin aus. David begann fürchterlich zu husten.

»Dré! Dré! Stopp!«, rief Joost. »David kriegt keine Luft mehr!«

André warf Joost einen wütenden Blick zu. »Geht's, Daaf? Vielleicht solltest du mal kurz raus.« David antwortete mit einer Geste, die »halb so schlimm« ausdrückte. André hob den Hammer und schlug wieder drauflos. Das Loch vergrößerte sich nun schnell, und er schien in eine Art Trance zu geraten. Hin und wieder machte er eine kurze Pause, betrachtete, was er angerichtet hatte, und holte zum nächsten Angriff aus. Er schien erst aufhören zu wollen, wenn die ganze Wand kurz und klein geschlagen war. Bruchstücke von Steinen flogen durch den Raum, der Türrahmen zersplitterte. Weil sie nicht mehr gestützt wurden, fielen von weiter oben große Steinbrocken herunter, so dass André regelmäßig zur Seite springen musste. Er ging so in seiner Zerstörungsarbeit auf, dass er eine Art Unverwundbarkeit ausstrahlte. Der Lack, den ich eben aufgetragen hatte, war von einer weißen Staubschicht bedeckt. Joost starrte fassungslos diesen Terminator an, der das Werk der Maurer aus der Zeit vor sieben Jahrhunderten ins Nichts beförderte.

André erinnerte mich an einen unbesiegbaren griechischen Helden, der Rache für das ihm selbst und den Seinen angetane Unrecht nahm. Der Vernichtungsdrang, der von ihm Besitz ergriffen hatte, war beängstigend, man sah die Mordlust in seinen Augen. Ich wusste, was in ihm vorging, der Blick, mit dem er mich hin und wieder ansah, sagte alles. Verstehst du?, fragten seine Augen, weißt du, was ich hier mache? Die beiden anderen denken, ich schlage nur diese Wand kaputt, aber du weißt es besser, nicht wahr?

In Wirklichkeit wollte er seine eigene Vergangenheit kurz und klein schlagen. Damals war er auf dem schweren Rad seines Vaters den Ventoux hinaufgefahren, um die zerstörte Bindung wiederherzustellen. Er brauchte Schmerz und Erschöpfung, um mit Vergangenem ins Reine zu kommen. Vor fünfhundert Jahren wäre er ein Geißelbruder gewesen und blutüberströmt durch die Straßen gezogen.

An diesem Vormittag versuchte er mit Gewalt, die verfluchte Zeit selbst zu zermalmen, die Zerstörerin aller Dinge, und es war eine Demonstration seiner Kraft und Unbarmherzigkeit, als Warnung an den Tod, den feigen, hinterhältigen Räuber. Irgendwann würde auch er sich geschlagen geben müssen, doch so weit war es noch lange nicht.

Als die Wand nur noch ein Haufen Schutt auf dem Boden war, schien André zu sich zu kommen. Mit ein paar leichteren, gezielten Schlägen klopfte er die letzten Steine los, dann schaute er uns mit leerem Blick an und warf den Vorschlaghammer hin.

»So«, sagte er, »das war die Wand. Und das war die letzte Arbeit, die ich in diesem Haus getan habe.« Es klang endgültig, ich wusste, dass nichts ihn würde umstimmen können. Er sprach kühl und sachlich, als hätte er während der Zerstörungsarbeit über alles nachgedacht und einen Entschluss gefasst.

»Zwei wehe Hände«, sagte er, während er sie kurz hob. »Ein Paar dicke Arbeitshandschuhe wäre kein übertriebener Luxus gewesen, Joost.« Er hob ein Tuch vom Boden auf, schüttelte es aus und ging zu dem Ventoux-Foto. Mit einer Sanftheit, die in schrillem Kontrast zu dem gerade zu Ende gegangenen Schauspiel stand, wischte er den Staub von dem Bild. »Ich hab keine Lust, als alter Mann noch Wände einzuschlagen, weil ein von allen guten Geistern verlassener Professor behauptet, dass er alles im Kopf hätte. Ein Plan! Wo ist denn dieser Plan?«

»Gerade hast du aber noch ziemlich fit ausgesehen, Dré«, meinte David. »Von wegen alter Mann. Eher ein Killer. Eine *one man destruction unit.*«

»Ich hab gedacht, du wärst verrückt geworden«, sagte Joost.

André deutete mit dem Kopf in meine Richtung. »Fragt Bart. Wenn wir früher im Sandkasten was Wunderschönes gebaut hatten, eine Burg oder so, musste ich draufspringen und es kaputtmachen. Bart hat mit Lego tolle Sachen konstruiert, ich hab sie zerlegt. Keine Ahnung, wieso.«

»Hauptsache, du kommst hier nicht auf solche Ideen«, sagte Joost, »außer wenn ich es sage.«

André ging zu der Wand, an der Joost an diesem Morgen Stuck angebracht hatte, und beäugte die Arbeit demonstrativ. »Nennst du das Stuck? Mann, das ist 'ne Hautkrankheit!« Mit dem Zeigefinger schrieb er »Scheiße« in den noch feuchten Mörtel.

»He, he!«, rief Joost.

David war blass und atmete schwer. Während er sich auf die Treppe setzte und sich den Schweiß von der Stirn tupfte, sagte er: »Joost, er hat recht. Wenn wir so weitermachen, schaffen wir's niemals rechtzeitig. Du hast nur noch gut vier Monate. Sieh dich doch mal um, es ist ja noch viel schlimmer als an dem Tag, als wir angekommen sind.«

Joost schaute ihn ratlos an. »Man muss erst abbrechen, bevor man …«

»Unsinn, Joost«, sagte ich. »Du bist ein entlassener Wissenschaftler, der mehr von der Stringtheorie als von Installationen versteht. André kann gut Wände zusammenhauen, ist aber auch kein Experte für die subtileren Arbeiten. Ich bin Schriftsteller, das sagt ja schon alles. Wir können nichts anderes als schreiben, wir sind die größten Pfuscher der Schöpfung. Schau mal die Lackschicht hier, ich kann wieder von vorn anfangen. Schwachsinnige Planung. Ich glaube, wir haben die Arbeit unter- und unsere Fähigkeiten überschätzt. Und sieh dir David an, der ist völlig fertig.«

»Geht schon wieder«, sagte David. Joost nahm einen Spachtel und versuchte, Andrés Graffiti zu entfernen.

13

Eine Stunde später saß ich in meinem Zimmer und tippte, als draußen im Gang David und André vorbeikamen, frisch geduscht und in sauberen Sachen. Sie gingen die Treppe hinunter.

»Viel Erfolg mit deinem Stuck, Joost, wir sind mal kurz weg«, hörte ich André sagen. »Freier Nachmittag. Bart sitzt oben und schreibt, du möchtest bitte möglichst ruhig sein, die Kunst gedeiht am besten in der Stille.«

Eine weitere Stunde später sah ich durchs Fenster, wie André den Tesla halb auf dem Gehweg parkte. Hinter ihm hielt ein Land Rover mit italienischem Nummernschild. Nachdem André und David ausgestiegen waren, hoben sie die Hand in Richtung Land Rover und zeigten auf das Haus. Eine Frau stieg aus dem Wagen. Sie trug ein himmelblaues Kleid, hatte ihre Sonnenbrille auf ihr blondes Haar geschoben und schaute sich prüfend um. Vorsichtig betrat sie mit ihren Pumps den gepflasterten Gehweg. Ich schätzte sie auf Mitte vierzig. Als sie hereinkam, schaltete Joost seine Schleifmaschine aus.

Ich stand auf und schaute von oben in die Lounge hinunter. »Joost, das ist Bianca«, hörte ich André sagen. Er wandte sich der Frau zu. »Joost. *Capo di tutti capi.*«

Ich wusste, wie Joost reagieren würde, der Joost, den ich seit Jahrzehnten kannte und der in Gegenwart einer schönen

Frau ein anderer Mensch wurde. Er schaute André an und nickte scheinheilig in Richtung Bianca. »Bekannte von dir? Oder an der Autobahn aufgelesen?« David schüttelte verärgert den Kopf.

»Bianca de Jong« – André betonte den Nachnamen – »ist Architektin. Sie war schon einmal hier, ich hab damals in Bronkhorst vor dem Café mit ihr telefoniert, *remember?*«

Joost versuchte, seinen Fauxpas wiedergutzumachen. »Ja, natürlich, Bianca. Entschuldigung, ich hatte dich einen Moment vergessen. Danke, dass du den Palazzo damals baulich gecheckt hast, das war wichtig.«

»Nichts zu danken«, erwiderte Bianca kühl.

»Sie übernimmt hier die Koordination«, erklärte André, »sonst wird das nichts, schon gar kein Designhotel. Sie wird jetzt alles aufnehmen und ausmessen und was weiß ich noch, und dann macht sie einen Plan, einen Entwurf, und engagiert Fachleute. Weißt du, was das ist, ein Entwurf? Weißt du, was Fachleute sind? Die hauen nicht einfach Löcher in Wände, sondern wissen auch, warum und wofür. Und die Stuckarbeiten übernimmt ein Stuckateur. Das ist nämlich ein Beruf, du Pfeife. Genau wie das Einrichten eines Hotels. Du hast jede Menge Unsinn im Kopf, aber davon, worauf's bei so einem Umbau ankommt, hast du keinen Schimmer. Null, *nada,* nix.«

»Na ja, also …«

»Gar nichts bringt er zustande, echt nicht«, sagte André zu Bianca. »Zwei linke Hände. Weiß alles über Elementarteilchen, kriegt aber nicht mal 'nen Dübel in die Wand.«

Bianca holte eine kleine Kamera aus ihrer Tasche und blitzte Joost ins Gesicht.

»Polytechnikum Mailand«, sagte André. »Oder war es Turin, Bianca?«

»Mailand. Da wohne ich immer noch, aber ich war zufällig hier in der Gegend.« Sie wandte sich an Joost. »Einen Latte bitte, ohne Zucker. Und dann an die Arbeit. Erst einmal gehen wir kurz die Genehmigungen durch. Ein schöner Raum ist das hier. Kann man was Besonderes draus machen.« Sie zeigte auf den Schutthaufen, der am Morgen noch eine Wand gewesen war. »Was ist hier passiert?«

»Da war eine ziemlich hässliche alte Wand, ich will diesen Raum …«

»Ich weiß, was da gestanden hat.«

»Es war …« Joost wollte anscheinend die Geschichte der Wand erzählen, doch Bianca brachte ihn mit einer Handbewegung zum Schweigen und machte Fotos. »Diese Treppe ist fantastisch, aber es muss noch einiges dran gemacht werden.«

Joost blieb neben ihr stehen. »Darf ich dir … Ihnen vielleicht ein paar kleine Ideen vorlegen, Frau de Jong?«, fragte er in einem Wir-Architekten-unter-uns-Ton. Sie antwortete nicht und ging weg. Joost blickte ihr verblüfft nach und schaute dann André fragend an.

»Ich übernehme die Kosten für den Umbau«, sagte André sachlich. »Zehn Prozent der Anteile an diesem Laden, aber wir können es auch bei der Hypothek drauflegen. Regeln wir später beim Notar. Meine Güte, Joossie, das hier muss man professionell angehen. Bianca nimmt die Sache in die Hand, und du tust, was sie sagt. So jemanden braucht man in Italien, sonst kriegt man nichts auf die Reihe, *niente*.«

»Er hat wieder mal recht«, meinte David.

»Dieses Projekt wird mir einfach aus der Hand geschlagen!«

»Wofür hat man denn Freunde, Joost«, erwiderte André. »Und bisher gab es überhaupt kein Projekt. Du verhältst dich wie ein Idiot, der einen Campingplatz in Kroatien aufmachen will, obwohl er noch nie gecampt hat und Kroatien nicht auf der Landkarte findet.«

»Immerhin habe ich dieses Haus entdeckt!«, lamentierte Joost. »Und ich habe immer noch neunzig Prozent der Anteile!«

»Und eine nicht unerhebliche Hypothekenschuld«, ergänzte André.

Bianca war in die Küche gegangen, ich kehrte in mein Zimmer zurück.

Ich saß am Laptop und versuchte, den Faden wiederaufzunehmen, als die Tür geöffnet wurde.

»Und das ist Bart, berühmter Schriftsteller«, sagte André. »Arbeitet an einem Roman. Vielleicht kommst du bald darin vor, als ›Die Frau, die plötzlich die Treppe heraufkam‹.« André sprach mit Bianca, als würden sie sich schon sehr lange kennen. Er legte mir die Hand auf die Schulter. »Bart, Bianca. Sie wird ab heute den gesamten Umbau koordinieren.« Bianca kam mit ausgestreckter Hand auf mich zu und stellte sich vor. Dann sah sie Petrarcas *Canzoniere* neben meinem Laptop liegen. »Wundervoll. Die hab ich schon mit achtzehn gelesen. Hatte ich von meiner ersten Liebe bekommen.«

»Jemand mit einem Plan«, sagte ich. »Endlich. Hallo, Bart Hoffman.«

»Hoffman, *as Dustin*? Siehst ihm ähnlich.« Sie betrachtete mich prüfend.

»Ja, mit Doppel-f.« Ich sah, dass Joost den Kopf zur Tür hereinsteckte. »Tolles Kompliment, Bart. Dustin ist achtzig.«

»Dustin Hoffman in *Asphalt-Cowboy*«, erwiderte Bianca, ohne sich zu Joost umzudrehen. Sie zwinkerte mir zu.

»Und was hältst du davon?«, fragte ich. »Von Joosts Designhotel-Idee, meine ich.«

»Es gibt noch viel zu tun, wird ein hartes Stück Arbeit, aber ich sehe Möglichkeiten.« Sie tippte mit dem Zeigefinger auf das Buch. »Nummer 87.« Sie hatte elegante Finger und benutzte keinen Nagellack. »Wie gute Schützen mit geschärften Sinnen, sowie die Bogensehne schwirrt, entscheiden, ob Pfeile sich verachtenswert vergeuden, und welche das gesteckte Ziel gewinnen …«

»Schön«, sagte ich und versuchte zu lächeln.

Sie schlich pantomimenhaft auf Zehenspitzen davon, bedeutete André, ihr zu folgen, scheuchte Joost mit wedelnden Händen auf den Gang und schloss übertrieben leise die Tür. Ich schlug das Buch auf und blätterte zu Sonett 87. Unten hörte ich André zu Bianca sagen, dass sie um sieben in der Osteria Francescana in Modena erwartet würden. Dieses berühmte Restaurant hatte er schon einmal erwähnt. Als ich es googelte, sah ich, dass man drei Monate im Voraus reservieren musste.

Eine sehr alte Eifersucht, die ich gleich wiedererkannte, meldete sich zurück.

Bevor sie aufbrachen, schaute André noch einmal herein. »Morgen nach Forlì, Bart, zwölfte Etappe Giro d'Italia. Nur knapp neunzig Kilometer von hier. Jetzt haben wir wieder Zeit für die wirklich wichtigen Dinge, wir besorgen uns ein Autogramm von Tom Dumoulin.« Dumoulin trug seit ein paar Tagen das rosa Trikot. Ich nickte.

»Gut, dann bin ich jetzt weg. Ich seh dich morgen früh. Der Wein in der Osteria Francescana ist viel zu gut, um auf ihn zu verzichten, nur weil man noch fahren muss.«

»Hotel?«

»Hotel.«

14

Zwei Tage später saß André in der Küche und las auf seinem iPad die Zeitung. Als er mich hereinkommen sah, stand er auf, um einen Espresso für mich zu machen. Er hatte die glänzende ECM-Maschine selbst gekauft, weil er meinte, in einem italienischen Designhotel könne man keinen holländischen Filterkaffee trinken. Während er den Siebträger festmachte, deutete er auf sein iPad. »Artikel von deiner Tochter.«

Ich zog das iPad heran. »Von Anna Hoffman«, las ich und: »Misrata, 20. Mai.« Sie schrieb über einen jungen Mann, der in den Besitz der Pistole von Oberst Gaddafi gelangt war, nachdem man den Diktator gelyncht hatte. Zu dem Artikel gehörte ein Foto der Waffe, aufwändig vergoldet und mit Edelholzgriffschalen. Sie erwähnte das hohe Gewicht der Pistole. Solche Waffen sind auch nichts für kleine Mädchen, dachte ich, die sind für Mörder mit großen Killerhänden.

In Misrata sei es dunkel, und es regne, schrieb sie. Ein Schauplatz für einen Horrorfilm, dachte ich, mit irren religiösen Fanatikern an jeder Straßenecke. Grinsenden Scheusalen mit Blut an den Händen.

Der junge Mann, der die Pistole jetzt besaß, *»the man with the golden gun«*, habe sie gebeten zu schreiben, dass er nicht der Mörder Gaddafis sei – in Misrata gab es nicht wenige, die immer noch Anhänger des toten Herrschers waren und dessen vermeintlichen Mörder ohne Skrupel abschlachten würden. Ich fragte mich allerdings, ob diese Leute niederländische Zeitungen lasen.

»Der Tod ist da das Natürlichste von der Welt«, sagte ich zu André, nachdem ich alles gelesen hatte. »Mord erregt diese Leute. Sie schießen sich gegenseitig ab wie Kaninchen. Und ausgerechnet da ist sie unterwegs. Wo es keinen interessiert, dass sie einen Vater und eine Mutter hat, eine Lebensgeschichte, nur die besten Absichten. Sie ist ein bewegliches Ziel, eine Art Tontaube. Ein Scharfschütze sieht sie ...«

»Hör auf, Bart.«

»Sie haben da schon so viele Töchter sterben sehen. Es lässt sie kalt. Sie empfinden eine Sekunde Erregung, wenn sie getroffen haben, dann ist es schon wieder vorbei, und sie suchen die nächste Gelegenheit für einen Adrenalinstoß.«

»Schluss jetzt! Komm, wir gehen mal kurz in die Stadt.«

15

Sobald Bianca die Sache in die Hand nahm, machte der Umbau Fortschritte. Sie hatte Zeichnungen angefertigt und in einer Excel-Tabelle sämtliche geplanten Arbeiten bis ins Detail aufgelistet. Jeden Tag waren nun Handwerker im Haus, die in schnellem, unverständlichem Ferrareser Italienisch miteinander sprachen, uns ignorierten und nur auf Fragen und Anweisungen von Bianca antworteten. Joost bemühte sich, wenigstens noch den Schein einer gewissen Autorität aufrechtzuerhalten, doch er hatte keine Chance. Bianca hatte ihm die Aufgabe zugewiesen, die Handwerker mit Mittagessen zu versorgen. »Und ich meine nicht ein labberiges Brötchen mit Käse und einem Becher Buttermilch, sondern ein richtiges Mittagessen, damit sie durchhalten. Sie arbeiten schwer und müssen ordentlich essen.«

Sie und Joost gingen regelmäßig in die Stadt, um alles zu besprechen. Joost konnte es nicht lassen, uns jedes Mal, wenn sie zur Tür hinausgingen, bedeutungsvoll zuzuzwinkern.

Ich erkannte das Muster von früher wieder. Als ich mit David darüber sprach, nickte er. »Brünstige Männchen und eine schöne Frau«, sagte er. »Nur dass diesmal kein Dichter dabei ist, der inszeniert und manipuliert.«

»Unglaublich«, erwiderte ich. »Dreieinhalb Jahrzehnte später und die gleiche Dummheit. Wir lernen nichts dazu, Daaf.«

»Verdammt wenig jedenfalls.«

Um dem Lärm der Bohrmaschinen, Schleifer und Betonmischer, dem Geschrei der Männer und den italienischen Schlagern, die aus ihrem voll aufgedrehten Radio schallten, zu entkommen, verließen André, David und ich schon früh am Morgen die Baustelle und versuchten unser Glück in der Stadt. Ich hatte ein ruhiges Café mit WLAN entdeckt, David spazierte in seinem weißen Leinenanzug ohne festen Plan durch die Straßen, las auf einer Caféterrasse die Zeitung, aß irgendwo zu Mittag und unterhielt sich auf dem Markt mit den Verkäufern. Sie freuten sich, wenn er kam, denn er hatte immer einen großen Beutel bei sich, ließ sich gern von der hervorragenden Qualität ihrer Lebensmittel überzeugen und erkundigte sich eingehend nach der jeweils besten Zubereitungsart.

Es wäre naheliegend gewesen, in die Niederlande zurückzukehren, denn im Haus gab es für uns kaum noch etwas zu tun. Doch André sagte, es gefalle ihm sehr gut in Ferrara. Die Stadt schien für ihn der ideale Ort für süßes Nichtstun zu sein. Ich vermutete, dass auch Bianca eine Rolle spielte. Er erkundete die Umgebung mit dem Rad und erklärte, er übe sich darin, die Tage »ohne bestimmtes Ziel« zu verbringen. »Und zwar, ohne abends mit einem Schuldgefühl zu Bett zu gehen. Nicht einfach, aber ich mache Fortschritte.«

Und ich? Ich durchstreifte gern die Stadt und suchte nach ihrer Geschichte und ihrer Seele. Ferrara hatte mich bezaubert.

Außerdem dauerte es nicht mehr lange, bis Anna kam.

16

Ferrara ist eine Stadt der Mauern. Von der alten Stadtmauer sind noch neun Kilometer erhalten. Manche Straßen sind irgendwann einfach mit einer Mauer versperrt worden. Die Gärten der Stadtvillen sind von hohen Mauern umgeben, außerdem müssen die mittelalterlichen Architekten eine Vorliebe für blinde Mauern gehabt haben. Diese vielen Mauern geben Ferrara etwas Verschlossenes, aber auch Mysteriöses – als müssten Geheimnisse gehütet werden.

Roelof Huisman, besser bekannt als Rudolf Agricola, wurde in dem Dorf Baflo als Sohn eines Abtes aus Aduard nördlich der Stadt Groningen geboren. 1475 traf er in Ferrara am Hof des Herzogs Ercole I. d'Este ein, des späteren Schwiegervaters der Lucrezia Borgia.

Er war ein Gelehrter, den sogar Erasmus als überlegenen Geist anerkannte, aber auch ein begabter Musiker. Außerdem entwarf er eine Gebärdensprache für Gehörlose, und als Orgelsachverständiger war er am Umbau der Orgel der Groninger Martinikerk beteiligt. In Ferrara studierte er Griechisch und spielte für ein Gehalt von fünf Goldstücken im Monat die Orgel der Kathedrale. Was mich aber besonders für ihn einnahm, war seine Leidenschaft für Ballspiel und Boxen. Er spielte eine wichtige Rolle bei der Verbreitung des humanistischen Denkens im nördlichen Europa, fand aber dennoch Vergnügen daran, Mitmenschen rechte Haken zu verpassen.

»Er war ein Athlet«, sagte ich zu André, als ich ihm auf einer Caféterrasse von meinem neuen Helden erzählte. »Ein hochgebildeter Athlet. Hat immer viel trainiert, wie übrigens auch sein großes Vorbild Petrarca.«

»In unserer Zeit wäre er bestimmt Radrennfahrer geworden«, meinte André. »Rudolf Agricola und Bauke Mollema, das unschlagbare Duo aus dem Norden. Die Kopfsteinpflasterbestien. Zusammen mit Petrarca, dem Moser des 14. Jahrhunderts. Mollema ist auch nicht gerade dumm, hab ich gelesen. Vielleicht studiert der auch irgendwann in Ferrara. Hast du ihn gesehen, in Forlì? Mann, diese Nase, typisch mittelalterlich.«

Er winkte dem Kellner. *»Uno Agricola per favore«*, sagte er.

»Moser ist auch oft nach Ferrara gekommen«, sagte ich, »zu *dottore* Conconi. Sein legendärer Angriff auf den Stundenweltrekord ist bis ins Detail in dieser Stadt geplant worden.«

»Vielleicht ja auf dieser Terrasse. Den Stundenweltrekord ficken, kann man das eigentlich sagen?«

Am Sonntag saßen wir vor dem Fernseher und sahen, wie Tom Dumoulin den Giro gewann. Vor dem Mailänder Dom schwenkte er stolz die große goldene Trophäe. »Was für eine Klasse«, sagte André, »der gewinnt auch noch irgendwann die Tour. Oder, Bart? Tut's dir jetzt nicht leid, dass du kein Radsportreporter mehr bist?«

»Nein. Dann hätte ich jetzt in einer Halle voll schwitzender Italiener meinen Bericht tippen müssen.«

»Vielleicht kann er demnächst das Hotel eröffnen«, sagte Joost. »Das wär natürlich eine Superwerbung.«

Es war nicht allzu schwierig, Agricola durch die Stadt streifen zu sehen, ich brauchte mir nur vorzustellen, ich wäre er. Ferrara ist immer noch mittelalterlich, die Straßen sind dieselben wie vor Jahrhunderten, zahlreiche Häuser im ältesten Teil der Stadt stammen sogar aus der Zeit, bevor Agricola hier gelebt hat. Ohne Zweifel ist er auch durch die Via Cammello gegangen, im Mittelalter eine Straße mit vielen Läden und Werkstätten. Und vielleicht ging er wie ich gern in das Judenviertel rings um die Via Mazzini, die Via Vignatagliata und die Via Vittorio.

Ich versuchte, ihn zum Leben zu erwecken, aus seinen Briefen, aus den wenigen kurzen Biografien, aber vor allem aus meiner Fantasie. Rudolf wurde mein Abgesandter, nicht an einem anderen Ort, sondern in einer anderen Zeit. In der Kathedrale hörte ich ihn die Orgel spielen. Wenn ich den großen Saal des Castello Estense betrat, schaute ich mit seinen Augen, manchmal sah ich ihn auch auf dem Markt. Ich sprach mit ihm und fragte ihn um Rat.

So wurde er langsam, aber sicher zu einem alten Freund, einem Vorgänger, der sich ebenfalls bemüht hatte, ein Ferrareser zu werden. Ich wählte sein von Lucas Cranach gemaltes Porträt als Hintergrundbild für meinen Laptop, ein sympathisches Gesicht mit freundlichen Augen und einem ironischen Lächeln um die Lippen. »Guten Morgen, Rudolf«, sagte ich, wenn ich den Computer morgens startete.

Mir kam der Gedanke, dass in den Archiven von Ferrara mehr über seine Jahre in der Stadt zu finden sein müsste. Dass ich herausbekommen könnte, wo er gewohnt, womit er seine Zeit verbracht, ob er vielleicht eine Geliebte gehabt hatte. Je länger ich darüber nachdachte, desto stärker wurde mein Wunsch, auf die Suche zu gehen. Die Idee half gegen meine Grübelei wegen Anna.

In Ferrara ist die Vergangenheit überall, manchmal hat man das Gefühl, dass sie die Stadt beherrscht und gegenwärtiger ist als das Heute. Dabei haben sich die Einwohner nicht einmal besondere Mühe gegeben, die Vergangenheit zu bewahren, das tun die Menschen nur dort, wo wenig an vergangene Zeiten erinnert. Ferrara ist voll von Dingen, die an früher erinnern. Die Vergangenheit ist öfter beschädigt, aber nie ausgelöscht worden. Die Stadt liegt auf einer Verwerfung, manchmal bebt die Erde, was Risse in jahrhundertealten Mauern oder Schlimmeres verursacht. Im Mai 2012 ereigneten sich innerhalb von zehn Tagen drei schwere Beben, es gab Tote, Häuser stürzten ein, aber die Vergangenheit blieb.

Sie wird bleiben, bis der große Schlag kommt, bis ein Seebeben, wie Wissenschaftler es vorhersagen, einen Tsunami auslöst, der den gesamten adriatischen Küstenstreifen verschlingt und aus Ferrara eine Stadt am Meer macht oder eine überschwemmte Stadt, deren Geschichte untergegangen ist.

17

Es war noch früh, als mich ein Rumoren aus der Lounge weckte. Ich ging hinunter. André war dabei, die Reifen seines Pegoretti aufzupumpen. »Dumoulin hat mich wieder motiviert. Ich fahr eine kleine Runde über den Deich«, erklärte er, ohne aufzublicken. »Kommst du mit?«

»Womit denn?«

Er löste den Schlauch der Pumpe vom Ventil, stapfte mit seinen Radschuhen in Richtung Garten und kam mit einer schwarzen Wilier-Rennmaschine zurück. »Leihrad. Deine Größe.« Am Lenker baumelte ein Einkaufsbeutel mit Fahrradkleidung. »Anziehen und los«, sagte er und prüfte den Reifendruck meines Rades.

Ferrara liegt nicht am Po, aber bis zum Fluss sind es nur ein paar Kilometer. Wir fuhren gemächlich über den Deich. Auf den halb im Wasser stehenden Bäumen saßen Silberreiher. Das Vertraute der Szene tat mir gut: vor mir Dré, das Summen der Reifen, das gleichmäßige Treten.

Ich schob mich neben André. »Dieser Stil von Dumoulin«, sagte er. »Einfach umwerfend, wie der fährt. Aber versuch das mal mit deinem alten Körper. Ist doch echt ein Jammer, dass ich damals das Fahren aufgegeben hab. Könnten wir nicht mal zusammen bei einem der großen Etappenrennen mitreisen? Ich fotografiere, du schreibst ein Buch drüber. Und abends suchen wir uns nette Restaurants und reden die ganze Zeit über Radrennen.«

»Ein früherer Kollege von mir, der über Radrennen berichtet, begegnet eines Abends in einem Hotel irgendwo in den Vogesen einer Französin«, sagte ich. »Eine schöne Frau, sie kommen ins Gespräch, und am Ende landen sie zusammen im Bett. Am nächsten Morgen reitet sie auf ihm, und als er kurz davor ist zu kommen, meldet sich ihr Handy. Sie nimmt ab, es ist ihr Mann. Mein Kollege hört sie lieb mit ihrem Ehemann sprechen, am Nachmittag wird sie wieder zu Hause sein, wahrscheinlich um drei Uhr herum, und sie hat Sehnsucht nach ihm. Danach legt sie auf und macht weiter, ohne ein Wort darüber zu verlieren.«

»Das meine ich, solche Sachen erlebt man, wenn man dem Peloton hinterherreist. Wahrscheinlich warst du das in Wirklichkeit selbst.«

»Nein, das nicht.«

»Aber worauf willst du hinaus?«

»Es gibt die eine Wirklichkeit, einen Mann und eine Frau, die vögeln, und einen Ehemann am Telefon. Aber die drei erleben diese Wirklichkeit völlig unterschiedlich, jeder sieht sie anders.«

»Philosoph.«

»Ich sehe Annas Wirklichkeit anders als sie und auch anders als du. Es ist unmöglich, diesen Gegensatz zu überwinden. Und das macht alles schwierig. Deshalb liege ich halbe Nächte wach. Ich kann nur spekulieren, ich weiß nichts.«

»Aber diese Frau hat ihren Mann ganz einfach hinters Licht geführt. Sie hätte auch zu ihm sagen können: Ich vögele gerade mit einem scharfen Typ, einem Journalisten, ruf in einer halben Stunde noch mal an.«

»Wäre ehrlicher gewesen, aber ich vermute, für den Franzosen wäre die Sache auch in dem Fall anders gewesen als für sie oder für meinen Kollegen. Der kam, als er sie so reden hörte. Er hatte auf einmal eine Fantasie von einem Dreier.«

»Kann ich mir vorstellen. Aber was hat das mit Anna zu tun?«

»Ich weiß, wo Anna ist, und ich hab eine ungefähre Vorstellung davon, was sie tut. Trotzdem weiß ich nicht annähernd, wie ihr Leben gerade aussieht. Was sie denkt, ob sie Angst hat, ob sie die Risiken richtig einschätzt, mit wem sie spricht. Ich mache mir Sorgen, aber vielleicht ist das gar nicht nötig, vielleicht bilde ich mir nur Dinge ein und stelle mir Schreckensszenarien vor, die ganz unrealistisch sind. Ich kenne ihre Wirklichkeit nicht mehr.«

»Das wär auch so gewesen, wenn sie zu Hause geblieben wäre. Während du dir Sorgen machst, liegt sie mit irgendeinem Syrer im Bett. Na und?«

»Dré … du hast keine Tochter in einem Land voller Sprengfallen.«

»Um die fährt sie herum. Bei mir hat es nun mal nicht so sein sollen. Vielleicht wär's besser gewesen, wenn ich eine Tochter bekommen hätte. Durch Kinder kriegt das Leben automatisch einen Sinn. Man braucht sich nicht zu fragen, was denn der Sinn von alldem sein soll. Ein Kind muss versorgt werden, und damit hat sich's.«

»Also der Sinn meines Lebens ist jetzt, dass ich vor lauter Sorgen um meine Tochter nachts nicht schlafen kann.«

»Ja, sei froh.«

Wir fuhren eine Weile schweigend. Dann fragte er: »Was hält dich aufrecht, Bart?« Sein Geist war schnell und blieb nie lange bei einem Thema.

»Ich klammere mich an Illusionen, glaube ich. Ich versuche, mein Leben so einzurichten, dass es wenigstens den Anschein hat, als hätte das Ganze einen Sinn. Hab ich immer so gemacht, auch früher. Als wir beschlossen haben, nach Ferrara zu reisen, hat sich der Himmel sofort aufgeklart. Ich habe immer nach Fluchtmöglichkeiten gesucht, nie war ich zufrieden mit dem, was war, immer wollte ich etwas anderes, Besseres.«

»Warum?«

»Ich hatte das Gefühl, dass das Leben überraschend bleiben muss.« Es klang wie eine billige Lebensweisheit aus einem Interview mit einem Soapsternchen in *happinez.* »Dabei ist das doch eigentlich blödes Geschwätz«, sagte ich. »Wir müssten im Gegenteil danach streben, alles Überraschende aus unserem Dasein zu verbannen. Erst wenn man so leben kann, ist man auf dem richtigen Weg.«

»Nein, da ist schon was dran, Bartje. Leere und Langeweile sind die größten Feinde von Männern Mitte fünfzig. Der mörderische Gedanke, dass alles geschafft ist, dass man nichts mehr muss.«

»Wieso denn das? Die meisten Leute arbeiten sich halb tot, weil sie hoffen, am Ende genau dahin zu kommen. Dass sie nichts mehr müssen. Nur schaffen die meisten das nicht. Du schon, du hast zehn Millionen auf der Bank, und davon kannst du dir so viel Freiheit kaufen, wie ein Mann von vierundfünfzig bis zum Ende seiner Tage verkraften kann. Ich hatte eigentlich angenommen, dass du das schon tust.«

»Es macht einen kaputt. Man versucht, sich einzureden, dass es toll ist, aber es ist überhaupt nicht toll.« Er nahm einen Schluck aus seiner Trinkflasche, schob sie in den Halter zurück und legte die Hand auf meinen Rücken. »Ein Mädel wie deine Tochter. Warum geht sie eigentlich in eine Weltgegend, die ein normaler Mensch meiden würde wie die Pest?« Er schien eine Fragenliste abzuarbeiten.

»Ich weiß es nicht. Vielleicht denkt sie: Ich bin Journalistin, aber nicht so eine Memme wie mein Vater früher, einer von denen, die für ihre Berichte nie das Geringste riskieren.«

»Mann, ich würde einen Mord begehen für so eine Tochter. Ich lese jeden Artikel, den sie schreibt. Ich weiß schon mehr über den Nahen Osten als Yassir Arafat. Lebt der noch?«

»Keine Ahnung. Ich glaube nicht.«

»Wenn Joosts Hotel demnächst fertig ist, was dann? Ich hab in meinem Leben genug Hoteliers gesehen, um zu wissen, dass man damit auch nicht für immer glücklich wird.«

»Das muss sich noch zeigen. Er ist auch vierundfünfzig. Die Vergangenheit wächst, und die Zukunft schrumpft. Deshalb hat man's zunehmend eilig. Man denkt: Na los, was soll's, wenn die Sache schiefgeht, geht sie eben schief.« Ich schaltete. »Nicht gewagt ist schon verloren. Und Joost hat dann auf jeden Fall Ablenkung, er muss das Hotel führen, Gäste empfangen, Personal einstellen. Vielleicht ist das Leben nichts anderes als die Suche nach Ablenkung. Man weiß, wie die Sache am Ende ausgehen wird, und das ist keine erfreuliche Vorstellung. Also sucht man nach Ablenkung, damit man nicht ständig grübelt.«

Er schaute mich lange an. »Ich glaube, du hast recht, Bart. Nur bin ich die größten Risiken eingegangen, als ich zwanzig war. Und dreieinhalb Jahrzehnte später bin ich die Vorsicht selbst. Ich lebe das Leben falsch herum, wenn ich dich richtig verstanden habe.«

»Was hindert dich daran, es anders zu machen?«

»Ach Scheiße, Bart!« Er ging aus dem Sattel und beschleunigte. »Wer zuerst bei dem Schild da ist!«

Auf dem Rückweg hielten wir vor der Gelateria La Romana in der Via Palestro, wo es das beste Eis der Stadt gibt. An der

Wand hing eine Liste mit den verschiedenen Sorten, im *Laboratorio* hinten im Laden kreierte der Eismacher neue Varianten. Ich hatte mir vorgenommen, Ferrara nicht zu verlassen, bevor ich alle probiert hatte. Ich hatte noch einiges vor mir.

»Wie weit bist du?«, fragte André und machte mit den Fingern Tippbewegungen. Ich zuckte mit den Schultern. Wir bestellten beide einen großen Becher mit drei verschiedenen Sorten, schließlich musste die Liste abgearbeitet werden.

Neben uns stand jetzt eine Frau in einem T-Shirt, auf dem unter den Wörtern »PATRICIA LOVES« das Konterfei von Schnulzensänger André Hazes zu sehen war. Sie trug einen kurzen Rock und Riemchensandalen mit hohen Absätzen.

Eis tropfte auf Andrés Radhose. »Mist!«

»Es wimmelt nur so von Geschichten«, sagte ich, »aber man muss sie erst entdecken.«

»Okay, siehst du den Mann da?« Er zeigte auf den Eismacher. »Der Typ hat La Romana auf nicht ganz astreine Weise seinem Vater und seinen sieben Brüdern abgeluchst, er geht mit den Frauen seiner Freunde ins Bett. Er ist sehr gut bestückt und schreibt erotische Gedichte. Jedes Mal, wenn er Eis probiert, überfallen ihn eine tiefe Wehmut und ein heftiges Verlangen nach der Kühle des Grabes. Aber das geilt ihn dann wieder wahnsinnig auf. Sollte man nicht meinen, wenn man ihn so sieht, oder?« André hob die Hand, der Eismacher erwiderte freundlich seinen Gruß. Die Touristin starrte André mit großen Augen an.

»Nimm das Kiwi-Eis, Patricia«, sagte er, während er seinen Becher in den Abfalleimer beförderte. »So schmeckt die Liebe. Komm, Bart, wir zahlen.«

Am Abend rief ich auf meinem Laptop eine *Nieuwsnet*-Sendung ab, weil darin eine Reportage von Anna vorkam, über einen amerikanischen Journalisten, der entführt und ermordet worden war. Sie sagte, sie habe ihn gut gekannt. Ich versuchte, in ihrem Bericht etwas zu entdecken, was mich beruhigen konnte, zum Beispiel, dass der Mann einen Fehler gemacht hatte oder unverantwortliche Risiken eingegangen war. Doch das war offenbar nicht der Fall. Alles, was diesem Amerikaner, der schon seit Jahren im Nahen Osten arbeitete, passiert war, konnte auch Anna passieren, es war einfach dummes Pech. In der Nacht tat ich kein Auge zu. Meine zwanghafte Gewohnheit, mir die schlimmsten Szenarien vorzustellen – wofür ich großes Talent besaß –, hielt mich im Würgegriff.

18

Mein Besuch im städtischen Archiv in der Via Giuoco del Pallone, praktisch gleich um die Ecke, brachte nicht allzu viel. Der Archivar war hilfsbereit, aber der Name Rodolfo Agricola war ihm nur vage bekannt. Nachdem er im PC auf seinem Schreibtisch verschiedene Suchbegriffe eingegeben hatte, schüttelte er den Kopf. Er meinte, er könne einmal einen Kollegen fragen, und riet mir, zum Palazzo Paradiso in der Via delle Scienze zu gehen, in dem die Biblioteca Ariostea untergebracht war. »Die hat alte Handschriften, vielleicht finden Sie da, was Sie suchen. Und sonst kann man Ihnen vielleicht bei der Universität weiterhelfen.« Er schrieb mir die Mailadresse eines Professors für mittelalterliche Geschichte auf, Paolo Guerini.

David erweckte noch mehr als Joost den Eindruck, sich dauerhaft in Ferrara niederlassen zu wollen. Hin und wieder telefonierte er kurz mit George, dann sagte er, dass die Geschäfte auch ohne ihn hervorragend liefen, und schwieg ansonsten. Niemals deutete er an, dass er zurückwollte, er schien geduldig auf etwas zu warten, was sich nur in Ferrara ereignen konnte. Als André einmal vorsichtig nachfragte (»Hast du kein Heimweh nach Zutphen, Daaf?«), schüttelte David den Kopf, was bemerkenswert war für einen Mann, der sein Leben lang in dieser Stadt verwurzelt gewesen war und nie den geringsten Wunsch verspürt hatte, sie zu verlassen.

Fast täglich ging er zu einem der Fischstände auf der Piazza Trento e Trieste. Vermutlich war schon ein Exemplar von jeglicher in den Wassern des Po oder des Adriatischen Meeres beheimateten Art bei uns auf den Tisch gekommen.

»Du musst mitkommen«, sagte er an einem Mittwochmorgen zu mir. »Ich möchte dich einem Fischhändler vorstellen. Ich frage mich schon eine ganze Weile, was das eigentlich für ein Mensch ist, aber ich kann ihn einfach nicht einordnen. Bin neugierig, welchen Eindruck du hast.«

Wir gingen ins Stadtzentrum, und als wir uns dem Fischstand näherten, zeigte David auf einen der Männer hinter der Theke. Ich hatte noch nie einen Fischhändler mit dem Äußeren eines Aristokraten gesehen. Sobald er David bemerkte, winkte er ihm mit einem Messer zu.

Der Mann begrüßte David wie einen alten Freund, den er nach langer Zeit wiedersah. »Perotto!«, sagte David. »Das ist mein Freund Bart. Er ist Schriftsteller. Er ist der Vater der jungen Dame, von der ich dir erzählt habe.« Perotto schaute mich prüfend an. *»It's a great pleasure meeting you.«*

Mir war sofort klar, was David gemeint hatte. Perotto trug ein kariertes Jackett, einen dunkelroten Pullunder und eine graue Kordhose, die Kleidung eines englischen Landlords. Er erinnerte mich an Stephen Fry, er war groß, mindestens 1,90 Meter, und kräftig, ohne übergewichtig auszusehen. Sein Alter ließ sich nur schwer schätzen, er konnte fünfzig, aber auch fünfundsechzig sein. Mit seinem dunklen Brillengestell und dem grauen Haar machte er einen distinguierten, aber auch irgendwie abgeklärten Eindruck, wie manche Absolventen alter Eliteuniversitäten. Seine Stimme war sonor und doch sanft, fast verführerisch.

Was mir besonders auffiel, war seine natürliche Selbstsicherheit, die man leicht mit Arroganz hätte verwechseln können, wären nicht auch eine ganz selbstverständliche Bescheidenheit und Höflichkeit spürbar gewesen.

Er zeigte David eine schöne Forelle – »die habe ich für dich zur Seite gelegt« – und erkundigte sich nach Anna, als würde er sie persönlich kennen. »Ich würde ihr gern einmal begegnen, wenn sich eine Gelegenheit ergibt«, sagte er. »*No problem*«, antwortete ich.

Perotto zog sein Jackett aus, hängte es an einen Haken an der Rückseite des Stands, schob die Hemdärmel ein Stück hoch, legte die Forelle auf ein Schneidebrett und nahm das Messer. Mit einem raschen Schnitt öffnete er den Bauch des Fischs. Auf seinem linken Unterarm hatte er eine Tätowierung, die Köpfe von drei alten Frauen nah beieinander. Darunter stand etwas, was ich nicht lesen konnte. Obwohl mein Blick nur wenige Sekunden daran haften blieb, merkte er es. Er ging mit großem Ernst vor, als handelte es sich um eine rituelle Schlachtung. Anscheinend wartete er auf eine Frage von mir, aber ich sagte nichts. Schließlich reichte er David einen Plastikbeutel mit drei ausgenommenen Forellen. Dann zeigte er auf seine Tätowierung. »Deino, Enyo und Pemphredo«, sagte er, wobei er mit dem Finger an den drei Greisinnenköpfen entlangfuhr. »*The Graiai. Dread, Horror and Alarm. My beloved girlfriends.*«

»Was ich so merkwürdig finde«, sagte David hinterher, »ist, dass er niemals lächelt.«

»Wenn der Fischer ist, bin ich Schweinebaron.«

»Ich soll ihn mal in seinem Padellone besuchen.«

»Padellone?«

»Er wohnt in einer Fischerhütte an der Küste. Einer von diesen Pfahlhütten im Wasser, wie sie hier überall am Meer und an den Kanälen und Flüssen stehen.«

»Da wär ich gern dabei.«

Am Abend des nächsten Tages betrat David mit einer Tasche in der Hand die Küche. Sein Blick war abwesend, als wäre er aus einem seltsamen Traum erwacht. Er stellte die Tasche auf den Tisch und begann schweigend auszupacken: zwei große Hühner und eine Menge Gemüse und Kräuter.

»Du warst in dem Kloster«, stellte André fest. »Hatte mir schon gedacht, dass du wieder hinfahren würdest. Wie geht's dem alten Mönch und seiner hübschen Schwester?«

»Gut«, antwortete David. »Sehr gut. Das heißt, er lebt noch. Und seine Schwester auch.« Er ging zu einem Küchenschrank und holte zwei große Töpfe heraus. Anschließend nahm er das Rezept des Mönchs aus seinem Portemonnaie und legte es auf die Arbeitsplatte. »Heute Nachmittag habe ich vier Stunden in der Kapelle des Klosters gesessen. Das war …«

»Aufregend«, unterbrach ihn Joost.

»Das war schön«, sagte David. »Ich kann verstehen, dass Menschen sich aus der Welt zurückziehen. Ich saß nur da und spürte, wie ich ruhig wurde. Es ist still ringsum, und man hat das Gefühl, dass einem jemand mit sanften, warmen Händen die Seele massiert. Es erleichtert.«

»Vielleicht komme ich mal mit«, sagte André. »Ich könnte auch ein bisschen Ruhe im Kopf gebrauchen.«

»Nimm's mir bitte nicht übel, aber ich bin da lieber allein.« Es klang freundlich, aber entschieden. »Seht mal, ein Prachtexemplar von Huhn.« David hob einen der gerupften Vögel hoch, als wollte er uns ein Kunstwerk zeigen. »Heute Mittag hat es noch nichts ahnend nach Würmern gesucht. Gleich wird es schön vor sich hin schmoren, und morgen wird es gegessen.«

19

Über boekwinkeltjes.nl hatte ich eine Ausgabe der Briefe von Rudolf Agricola bestellt. Aus Brief Nummer elf ging hervor, dass Agricolas erster Hauswirt in Ferrara Ludovico hieß und dass Agricola nach dem Tod dieses Ludovico im Jahr 1476 umziehen musste. Ich ging zur Universitätsbibliothek und erklärte einer der Bibliothekarinnen, was ich suchte, worauf sie mir zwei Bücher brachte. Sie sahen aus, als wären sie seit Jahrhunderten nicht mehr aufgeschlagen worden. Das eine hieß *Diario Ferrarese dell anno 1409 fina al 1502*, das andere *Cavalieri della città di Ferrara*.

Die Stille von Bibliotheken und Archiven sorgt für Ruhe in meinem Kopf, allerdings schafft diese innere Ruhe wiederum Raum für eine Art journalistische Besessenheit, für den allmählich immer stärker werdenden Drang, um jeden Preis nach Antworten zu suchen. Ich schlug das *Diario* auf und suchte nach einem Ludovico, der 1476 gestorben war. Nach vier Stunden hatte ich die Kombination Ludovico und 1476 zweimal gefunden. Ein Ludovico de' Severi »*fu impiccato in Ferrara 3 settembre 1476*« – er war gehängt worden. Der zweite, ein Ludovico Nigrisolo, »*hebbero grazia 1476*«; dieser hatte also »Gnade empfangen«. Vielleicht empfand man 1476 den Tod als eine Art Gnade, dann konnte er derjenige sein, den ich suchte. Ich schickte *professore* Paolo Guerini eine E-Mail, nannte die beiden Namen und fragte, ob einer von ihnen möglicherweise der Hauswirt von Rudolf Agricola gewesen sein könnte.

Ich erzählte Joost von meiner Suche. Er starrte mich einen Moment an, schaute dann auf seine Uhr und sagte: »Komm, wir gehen was essen. Mir ist gerade eine tolle Idee gekommen.«

Kurz darauf saßen wir im Restaurant Lemòkò in der Via Giorgio Byron, das zu den besseren Adressen der Stadt gehörte. Ich studierte die Karte und machte eine Notiz in meinem Moleskine-Büchlein.

»Das meine ich«, sagte Joost.

»Was?«

»Das, was du da aufschreibst. Preisniveau, Telefonnummer, Atmosphäre.«

»Für mich selbst. Oder wenn mich mal jemand anruft und fragt, ob ich weiß, wo man in Ferrara gut essen kann.«

»Hör zu, Bart. Du hast null Komma null Geschäftssinn. Wirklich katastrophal, immer schon. Du streifst den ganzen Tag durch die Stadt, du studierst ihre Geschichte, du kennst inzwischen die Vergangenheit jedes einzelnen Pflastersteins. Stimmt's, oder hab ich recht? Aber was fängst du damit an, außer dass du Notizen machst? Du investierst, ohne zu wissen, in was.«

»Es sorgt dafür, dass ich mich hier heimisch fühle.«

»Mensch, du suchst stundenlang in staubigen Archiven nach mittelalterlichen Ludovicos.«

»Zu meinem eigenen Vergnügen.«

»Jedem sein Hobby. Aber was machst du daraus? *What's the point?*«

»Worauf willst du hinaus?«

Joost hatte plötzlich etwas Autoritäres an sich, als wäre er wieder der Professor, der einem mäßig begabten Studenten erklärt, worauf es ankommt, und keinen Widerspruch duldet.

»Pass mal auf, Bart. Du wirst ein großartiges Buch über diese Stadt schreiben. Über ihre Geschichte natürlich. Über Bassani und über die Filme, die hier gedreht worden sind. Über die kulinarischen Spezialitäten, die Umgebung, die besten Restaurants, auch über den jüdischen Link. Ich hab sogar schon einen Titel dafür: *Via Cammello 13*. Super Titel, mysteriös und trotzdem sachlich genau. Du schreibst dieses Buch, und mein Hotel wird zur Ausgangsbasis für Leser und Leserinnen, die alles selbst sehen und erleben wollen, nachdem du sie wahnsinnig neugierig gemacht hast. Und wenn sie's noch nicht gelesen haben, bekommen sie ein Exemplar von mir. Du bist ein bekannter Schriftsteller, und das strahlt auf das Hotel ab. Es gibt ihm eine ganz besondere Note. Wir suchen uns einen Fotografen, du wirst in Talkshows eingeladen, und schon klingelt die Kasse. Bart Hoffman verschafft Ferrara die verdiente Aufmerksamkeit, die Leute hier können ihr Glück kaum fassen und machen dich zum Ehrenbürger. Es muss auch übersetzt werden, ins Englische, Deutsche, Französische und natürlich ins Italienische.« Er schaute mich erwartungsvoll an. »Na?«

»Gut.«

»Wie, gut?«

»Guter Plan, mach ich.«

Joost schlug mit der flachen Hand so hart auf den Tisch, dass zwei Kellner erschrocken in unsere Richtung eilten.

»Diese unerträgliche Nüchternheit. Dieses ewig Unterkühlte. Beschissener Achterhoeker! Es ist doch ein fantastischer Plan! Ich hatte erwartet, dass du mir vor Glück um den Hals fällst! Dass du sagst: Joost, alter Freund, danke, dass du dir das für mich ausgedacht hast! Mein Leben war eine einzige große Leere, und du, mein Freund Joost, hast mir wieder ein Ziel gegeben. Darf ich dich zum Dank auf den Mund küssen? Aber nein, was sagst du? Gut. Mach ich.«

»Ich frag André, ob er die Fotos macht.«

Joost beugte sich vor und begann, mit der Stirn auf den Tisch zu hämmern.

»Birra!«, schrie er. *»Birra, birra, birra!«*

»Gut«, sagte André, als ich ihm von dem Plan erzählte, »da hat Joost mal 'ne fantastische Idee gehabt.« Kurz darauf kehrte er mit einer kleinen Leica am Hals in die Küche zurück. »Komm, an die Arbeit. Wo fangen wir an? Wir müssen uns ranhalten, das Buch muss fertig sein, wenn der Umbau abgeschlossen ist. Hast du schon deinen Verlag angerufen?«

20

Am ersten Sonntagmorgen im Juli kam Bianca mit zwei Tischtennisschlägern in mein Zimmer. Sie übernachtete regelmäßig im Haus, um nicht immer nach Mailand zurückfahren zu müssen.

»Komm, Bart«, sagte sie, »wir spielen ein bisschen Pingpong. Ich weiß, wo es einen Tisch gibt.« Sie trug Sportschuhe, eine kurze Hose und ein weißes Leinenhemd. Sie war plötzlich eine andere Person als die Frau, die einem Trupp von Handwerkern Anweisungen erteilte. An die Stelle des Sachlichen war etwas Spielerisches getreten, das ich bisher nicht bemerkt hatte.

»Gut«, sagte ich, als hätte ich auch ablehnen können. »Lass mich gerade noch diesen Satz hier zu Ende schreiben, dann bin ich gleich da.«

Wir gingen zum Parco Pareschi am Corso della Giovecca. Es war noch still und kühl in der Stadt, die Sonne hatte sie noch nicht aufgewärmt. Zwischen uns war etwas Vertrauliches, das es vorher nicht gegeben hatte, als hätte das gemeinsame Ziel uns einander nähergebracht und als wäre dies nicht das erste, sondern das Gott weiß wievielte Mal.

»Wie kommt ihr voran mit dem Umbau?«

»Nach Plan. Die Leute sind gut. Ein bisschen ruppig, aber sie verstehen ihr Handwerk. Es klappt schon.«

»Auf einmal geht es schnell.«

»Das muss auch so sein. Und es ist ja kein Hochschulprojekt. Was macht das Schreiben?«

»Ich muss plötzlich an zwei Sachen gleichzeitig arbeiten. An diesem Ferrara-Kulturreiseführer und an einem Roman. Unglaublich, aber noch nie hatte ich so viel zu tun.«

»Und, macht der Roman Fortschritte?«

»O ja, immer mehr. Da entsteht etwas, wenn ich auch noch nicht genau weiß, was. Es kommt etwas Neues, und ich denke: Das passt.«

»Zum Beispiel eine Runde Pingpong.«

»Tischtennis. Wer weiß.«

»Natürlich passt das. Ich passe.«

»Du stehst schon drin.«

»Als halbwegs sympathische Figur?«

Ich schaute sie nur lächelnd an.

»Romanautoren sind auch so was wie Architekten«, meinte sie.

»Kann sein. Sie bauen Kathedralen. Oder Dorfkirchen.«

»Aber du schreibst ohne Plan, ohne Entwurf.«

»Diesmal ja. Geht nicht anders. Ich weiß ja nicht, was morgen geschieht. Oder in einer Stunde.«

»Eine Art Tagebuch.«

»Kein Tagebuch. Eine Geschichte. Ich treffe ständig eine Auswahl.«

»Wie muss man sich das vorstellen?«

»Ich bin ein Schreibdenker. Ich suche nach Puzzleteilen.«

»Ein Denkschreiber. Darf ich mal einen Abschnitt lesen?«

»Später, jetzt noch nicht. Ein Windhauch zur falschen Zeit, und die ganze Chose fällt in sich zusammen.«

»Hast du was von deiner Tochter gehört?«

»Sie packt schon fast ihre Koffer für Ferrara. Noch knapp

drei Wochen. Dann kann ich mal einen Moment mit Schreiben aufhören.«

»Wieso?«

»Ich schreibe, damit ich nicht durchdrehe.«

Ich hatte schon seit Jahren keinen Tischtennisschläger mehr in der Hand gehabt. Früher hatten wir fast täglich gespielt, in der Garage von Joosts Eltern. Doch das war lange her, und ich war schon damals nicht gut gewesen. André hatte mich sogar besiegt, wenn er mit links spielte und eine Zigarette im Mund hatte.

Sie spielte verbissen, nicht unbedingt sehr gut, aber mit ausgeprägtem Siegeswillen. Sie fluchte, wenn sie den Ball nicht erwischte oder wenn mir ein guter Schlag gelang. Bekam ich ausnahmsweise einen Sidespin hin, so dass der Ball auf ihrer Tischhälfte überraschend seitlich wegsprang, blickte sie mich ärgerlich an, als wäre das gegen die Regeln gewesen. Sie gewann den ersten Satz, vor allem, weil sie weniger Fehler machte als ich. »Hahaa!«, rief sie und reckte die Hand mit dem Schläger in die Höhe. »Eins zu null für Bettine Vriesekoop!« Was sie über niederländischen Sport wusste, reichte offenbar nur bis 1990, als sie zum Studium nach Italien gezogen war. Ich tat so, als würde mir der Satzverlust nichts ausmachen, nahm mir aber vor, sie im nächsten von der Platte zu putzen.

Tischtennis ist ein Neurotikersport, bei dem sich die Spieler in dem winzigen Universum von Tisch, Netz und Ball einschließen. Das Spiel bringt einem den Gegner sehr nah, weil man genau auf jede Bewegung achtet, auf jeden Blick, um möglichst vorherzusehen, was kommt. Ich schaute Bianca in die Augen, um zu erahnen, was sie vorhatte, ich sah, dass ihr Hemd allmählich klatschnass wurde, so dass sich ihre Brüste abzeichneten. Sie wird bald müde sein, dachte ich, und dann schlage ich zu. Doch sie gewann auch den zweiten Satz.

Tischtennis macht den Weg für Verliebtheit frei. Beim Spielen verlieren Konventionen mehr und mehr an Bedeutung, es wird ein Kampf, bei dem es darum geht, den Gegner zur Aufgabe zu zwingen, ein ritueller Balztanz. Vielleicht war auch ihr das klar. Ich gewann den dritten Satz knapp (mit einem gemeinen Netzroller), den vierten souverän. Im fünften führte ich mit neun zu fünf und glaubte, nicht mehr verlieren zu können. Doch sie gab nicht auf, sie schaute mich an, als wollte sie mich in der Luft zerreißen, ächzte laut bei jedem Schlag und machte sechs Punkte hintereinander.

Ich ging zu ihr und legte meinen roten Kopf auf ihre Schulter. Es kam mir ganz selbstverständlich vor, ich war der Verlierer, der seine Niederlage eingestand und gleichzeitig Trost suchte. Ich spürte die Wärme ihres Körpers. Noch ein wenig keuchend zog sie mich an sich. »Hast du's schon mal auf einem Pingpongtisch gemacht?«, flüsterte sie. Ich schaute sie verblüfft an, was sie sehr zu amüsieren schien. »Komm«, sagte sie, »wir gehen was trinken. Das nächste Mal dürfen wir nicht vergessen, Wasser mitzunehmen.«

Zu Hause bekam ich einen Anruf von Paolo Guerini. Er halte sich gerade in den Vereinigten Staaten auf, aber im August, wenn er wieder in Ferrara sei, könnten wir uns gern treffen. *»I am very interested in Rodolphus Agricola«*, sagte er. »Ich kann Ihre Obsession, wie Sie es in Ihrer Mail nennen, nachvollziehen. Die erste Frage, die ich mir zu historischen Persönlichkeiten stelle, lautet immer, wo sie gewohnt haben. Wenn man das Haus kennt, kommt man der betreffenden Person näher. Vielleicht kann ich Ihnen helfen.«

21

Ich stand um halb sieben auf, unten hörte ich schon David in der Küche hantieren. Es war der 22. Juli, der Tag, den ich herbeigesehnt hatte: Anna. Die Fahrt zum Flughafen von Rom dauerte viereinhalb Stunden, und Annas Maschine sollte um halb drei landen, aber ich wollte auf keinen Fall zu spät kommen und hatte mit David verabredet, dass wir um sieben Uhr losfahren würden, um auf Nummer sicher zu gehen. Zu meiner Überraschung trank auch André schon eine Tasse Kaffee.

»Was hast du vor?«

»Mitfahren.«

»Nach Rom?«

»Ja, wohin denn sonst.« Er tippte auf sein Smartphone. »Hab kurz die Ladestationen gecheckt. Italien ist da ein bisschen im Rückstand, aber es kommt hin.«

»Wie lange dauert das Laden?«

»Halbe Stunde. Keine Sorge, Bartje. Einmal laden reicht. Wir werden superpünktlich am Terminal sein. Ist dein Transparent fertig?«

»Transparent?«

»Ja: Willkommen zu Hause, Anna!«

Um halb eins lenkte André den Tesla aufs Parkdeck, und wir gingen zum Abfertigungsgebäude. Ich wollte gleich zur Ankunftshalle, aber David hielt mich fest. »Erst was essen. Das

Mädel schwebt noch überm Mittelmeer, und Alitalia hat immer Verspätung.« Er zeigte auf eine große Anzeigetafel, die drei Uhr als Ankunftszeit angab.

»Einchecken dauert in Amman immer ein halbes Stündchen länger«, meinte André. »Zusätzliche Kontrollen, und dann müssen ein paar verdächtige Bartträger ausgesondert werden.«

»Hör auf, Dré.«

»Wir kaufen auch noch was Schönes für sie«, fuhr André fort. »Man muss ihr das Gefühl geben, dass sie willkommen ist, aber nicht nur dadurch, dass man als psychisches Wrack vor der Sicherheitsschleuse auf sie wartet. Wo sind hier die Läden?«

Anna wollte drei Wochen in Italien bleiben und anschließend zwei Wochen mit ihrer Mutter auf Terschelling verbringen. »Schade«, sagte ich, »fünf Wochen wären schöner gewesen. Ich hätte Hinke nach Ferrara einladen sollen.«

»Sie ist noch nicht mal hier, Bart«, erwiderte André, »und du redest schon vom Abschied. Du darfst dich nicht so mit Gedanken an die Zukunft quälen, Mann. Wir machen die nächsten drei Wochen zu den schönsten überhaupt, und dann sehen wir weiter. Vielleicht begegnet sie ja einem attraktiven Ferrari, oder wie nennt man die, und geht nie wieder weg. Dann hast du dir ganz umsonst Sorgen gemacht.«

»Wenn du so jemanden auftreiben könntest, wäre ich dir ewig dankbar.«

»Man kann schon verstehen, dass sie auch noch zu ihrer Mutter will«, sagte David.

Um halb drei gingen wir in Richtung Sicherheitsschleuse. André hatte für Anna einen eleganten schwarzen Badeanzug gekauft und in goldfarbenes Geschenkpapier einpacken lassen; ich hatte Hinke per WhatsApp nach Annas Größe gefragt. Ich selbst hatte Parfüm gekauft, Eau d'Hadrien von Annick Goutal, nachdem die Verkäuferin gesagt hatte, endlich sei es einem Parfümeur gelungen, den italienischen Sommer in einem Flacon einzufangen. Ich fragte, ob es auch ein magisches Parfüm gebe, das eine Person für immer an einen binden könne, doch so etwas war leider noch nicht erfunden. Als sie das Geschenk eingepackt hatte, zeigte ich auf ein anderes Parfüm, Love in White von Creed, und schaute David fragend an. Er nickte.

»*That one too.*«

»Und nehmen Sie sich selbst auch eins«, sagte André mit liebenswürdigem Lächeln zu der Verkäuferin.

Als die ersten Passagiere des Flugs aus Amman zu den Gepäckbändern gingen, presste ich wie ein Kind das Gesicht an die Glasscheibe. Nach ungefähr drei Minuten sah ich sie. Ich drehte mich zu David und André um und wollte ihnen sagen, dass Anna kam, doch ich brachte kein Wort heraus. Ich begann, wie verrückt zu winken. Sie blickte in meine Richtung, sah mich aber nicht. Ihr Haar war anders, und sie trug Sachen, die ich nicht kannte. Sie schien sich auch anders zu bewegen, und einen winzigen Moment glaubte ich an eine Verwechslung. Aber dann sah sie mich und winkte zurück.

Ich umarmte sie, als wäre sie soeben von den Toten auferstanden und als könnte ich kaum glauben, wieder ihren lebendigen Körper zu spüren. André filmte, David stand ein wenig ratlos dabei. Als ich Anna losgelassen hatte, fiel sie erst ihm um den Hals und danach André. »Ein richtiges Empfangskomitee! Das ist lieb von euch!«

»Dein Vater wollte noch ein Transparent basteln, aber das haben wir ihm ausgeredet«, sagte André. »Kommt, trinken wir erst mal ein Glas teuren Prosecco. Oder gibt's das nicht, teuren Prosecco?«

Ich hatte richtig gesehen: Anna hatte sich verändert. Es waren nicht nur die Kleidung und die Frisur – ihr Haar war kürzer, wenn auch längst nicht so kurz wie bei den »praktischen« Haarschnitten von Frauen, die jegliche Hoffnung aufgegeben haben –, sondern vor allem etwas schwer Beschreibbares in ihrer Ausstrahlung. Vor knapp sieben Monaten war sie als Mädchen fortgegangen, das heißt, ich hatte sie damals noch als Mädchen empfunden, und nun saß mir, mit einem Glas Prosecco in der Hand, eine Frau gegenüber. Es war in ihrem Blick und in ihrer Art zu sprechen. Die Naivität, die ich immer zu erkennen geglaubt hatte, auch als sie längst keine Heranwachsende mehr war, hatte einem natürlichen Selbstbewusstsein Platz gemacht.

»Jetzt auspacken oder lieber nachher, wenn wir in Ferrara sind?«, fragte André und hob sein Päckchen.

»Nachher«, sagte Anna. »Lasst uns fahren, ich hasse Flughäfen.«

André fuhr den Tesla in einem irren Tempo nach Ferrara zurück. Wir sprachen nicht viel, anscheinend wollte niemand von uns das Wiedersehen durch überflüssiges Gerede entwerten. Wir mussten noch einmal laden, kamen aber trotzdem nach vier Stunden bei dem zukünftigen Hotel an. Biancas Land Rover stand noch davor. Anna schaute neugierig aus dem Seitenfenster. »Das ist es also. Schöner als auf den Fotos, noch schöner, stattlicher.«

»Warte, bis wir drin sind«, sagte André.

Zu meiner Überraschung war im Haus gründlich aufgeräumt worden, soweit das möglich war. Der Tisch in der Küche war für sechs Personen gedeckt, in einem silberfarbenen Kühler wartete eine Flasche Weißwein. Aus den Lautsprecherboxen kam leise klassische Musik, zum ersten Mal herrschte in Joosts Designhotel eine heitere Ruhe.

»Joost!«, rief André. »Dein erster Gast!« Es kam keine Reaktion.

Ich ging mit Anna die Treppe hinauf und zu dem Zimmer, das wir am Vortag behelfsmäßig für sie hergerichtet hatten. Doch auch das war auf wundersame Weise verwandelt und strahlte sogar einen bescheidenen Luxus aus. Bianca musste ein paar von ihren Handwerkern darauf angesetzt haben. Die Wände waren gereinigt, man roch noch die Beize, mit der die Holzbalken behandelt worden waren, es gab ein neues Doppelbett mit blütenweißen Bezügen, außerdem eine Sitzecke mit zwei Sesseln und einer klassischen Stehlampe, und auf dem Dielenboden lag ein schöner dunkelroter Knüpfteppich. Auch die Vorhänge waren neu. Ich legte Annas Koffer auf eine hölzerne Kofferablage, die ich noch nie gesehen hatte. Ich war erst einmal sprachlos.

»Dein Zimmer«, sagte ich schließlich bemüht gleichgültig.

»Schön, Papa!«, rief Anna, und ich freute mich, dass ich einen Moment wieder das Mädchen hörte.

»Und ob, kleine Anna!«, sagte Joost, der plötzlich in der Tür stand. Hinter ihm sah ich Bianca. »Eine Tochter mit Geschmack!«, sagte sie.

»Leider ist das Bad noch nicht fertig«, sagte Joost, »du musst dich noch ein Weilchen mit dem gemeinsamen Badezimmer begnügen. Hoffentlich kannst du damit leben.«

Nachdem Anna geduscht und sich umgezogen hatte, setzten wir uns an den Tisch. André überreichte ihr sein Geschenk. »Auch im Namen von Joost und David. Vermutlich darfst du im Nahen Osten nicht in so was rumlaufen, und Joosts Swimmingpool ist noch längst nicht fertig, aber wir fanden trotzdem, es wäre ein schönes Willkommensgeschenk. Glücklicherweise kannte dein Vater deine Größe. Und hoffentlich kannst du demnächst auf Terschelling einen Klassetypen damit verführen. Einen Leuchtturmwärter oder einen Supermann vom Seenotrettungsdienst.«

Anna errötete vor Freude, Bianca nickte anerkennend. »Na, ein Glück«, sagte Joost, »wenn ich was für meine Töchter kaufe, ist es immer die falsche Farbe oder die falsche Marke.«

»Das liegt an deinem Geschmack, Joost«, sagte André. »Du neigst ein bisschen zum Ordinären.«

Bevor Joost etwas erwidern konnte, gab ich Anna das kleine Päckchen mit dem Parfüm. »Ich hoffe, du magst es. Es ist der italienische Sommer in einem Flacon, hat die Verkäuferin gesagt. Da dachte ich: Du hast die italienischen Sommer immer sehr genossen, und so hast du jetzt immer ein bisschen davon bei dir.« Sie packte es aus und sprühte sich routiniert eine winzige Menge aufs Handgelenk. Anschließend umarmte sie mich und strich dabei mit dem Handgelenk absichtlich über meinen Hals. »Supercool, Papa!« Ich hatte gedacht, sie würde solche Ausdrücke längst nicht mehr gebrauchen.

David füllte unsere Gläser. Von Essen war noch nichts zu sehen. Trotzdem erhob sich Joost und schlug mit dem Messer an ein Glas, als stünden schon dampfende Schüsseln auf dem Tisch, anscheinend meinte er, dies sei der geeignete Moment. Als er gerade loslegen wollte, wurde an die Haustür geklopft. »Aha«, sagte er, »das wird die Cateringfirma sein.« Zwei junge Männer mit Helmen auf den Köpfen betraten die Küche, und Joost zeigte ihnen, wo sie die Kartons abstellen sollten. Ich lächelte Anna an.

»Heute ist ein besonderer Tag«, sagte Joost, nachdem David

die Tomatensuppe verteilt hatte. »Wir haben endlich unseren ersten Gast, und was für einen, bekannt aus Zeitung und Fernsehen. Anna, hoffentlich gefällt dir dein Zimmer. Heute ist hart gearbeitet worden, um eine Art Modellzimmer daraus zu machen. Bianca und ich …«

»Bianca hat alles ausgesucht, das hab ich auf den ersten Blick gesehen, ihre italienischen Handwerker haben die Arbeit gemacht, und du hast ein paar Sachen die Treppe raufgetragen.« André prostete Bianca zu. »Esst jetzt, sonst wird die Suppe kalt«, sagte Joost.

»Amman, ist das halbwegs interessant?«, fragte André, als wir mit der Suppe fertig waren. »Etwas für einen Städtetrip?«

Anna schaute uns der Reihe nach an, sie wusste, was wir erwarteten: einen Bericht über ihre Abenteuer. Ich sah, wie müde sie war.

»Ich verstehe ja, dass ihr neugierig seid«, sagte sie, »aber ich hab jetzt keine Lust zu erzählen. Ich möchte nicht über meine Erlebnisse sprechen. Ich bin unglaublich froh, dass ich jetzt hier bin, und im Moment will ich nicht mal in Gedanken wieder zurück. Ich hab da ja nicht Urlaub gemacht.« Es klang sehr entschieden. »Ihr habt meine Artikel gelesen, und da stand alles drin. Nur dass es in Wirklichkeit viel schlimmer ist, als man mit Worten ausdrücken kann.« Dabei beließ sie es.

»Kann ich gut nachvollziehen«, sagte Joost. »Ich hatte auch nie Lust, mit Leuten, die doch nichts kapieren würden, über meine Arbeit zu sprechen.«

»So ging's mir auch«, sagte André.

Anna schien erleichtert zu sein. »Ich bin neugierig, wie es hier läuft.«

Nach dem Essen fragte ich sie, ob sie Lust hätte, noch kurz mit mir auszugehen. »Ein bisschen *quality time* für Vater und

Tochter«, sagte ich, ich wollte keinen der anderen dabeihaben. Sie nickte. Wir gingen am Hotel Europa vorbei. Das Tor war geschlossen, so dass wir nicht nachsehen konnten, ob es den Bananenbaum auf dem Innenhof noch gab.

Auf der Caféterrasse gegenüber dem Castello Estense bestellten wir zwei Bier.

»Ist das schön«, sagte ich. »Wie ich das herbeigesehnt habe. Eine Art Traum war es, und jetzt ist es fast das Normalste von der Welt.«

»Heute Morgen bin ich in Amman aufgestanden, und jetzt sitze ich hier. Eigentlich geht das gar nicht. Ich meine, es geht schon, klar, aber es ist unnatürlich. Oder? Unser Geist ist nicht darauf eingestellt, der arbeitet im Schritttempo. Wir haben unser Gefühl für Entfernungen verloren, und das ist verwirrend. Mein Körper ist hier, mein Geist noch da.«

»Und bald ist es wieder umgekehrt.«

Sie schaute mich an. »Ja. Aber daran darfst du jetzt noch nicht denken.« Ihre Entschiedenheit schloss jeden Widerspruch aus.

»Weißt du schon, wie lange du noch in Amman bleiben willst?«

»Frag das nicht, Papa, das ist negatives Denken. Ich weiß, du hoffst, dass ich bald sage, es reicht, aber das werde ich vorerst nicht tun. Ich hab in diesem halben Jahr mehr gelernt als in den zehn Jahren davor. Ist das nicht auch wichtig?«

»Sicher, das ist sehr wichtig. Es ist eben nur so, dass ich ständig …« Ich vollendete den Satz nicht. »Bestellen wir noch eins?«

Als wir zurückkamen, saß nur noch Bianca am Tisch, vor sich einen geöffneten Laptop. »Planung«, erklärte sie und goss sich Wein ein. Anna ging schlafen. »Ich bin fix und fertig.« Ich holte eine Flasche Bier aus dem Kühlschrank und setzte mich Bianca gegenüber.

»Das war schön«, sagte ich.

»Sie ist dir sehr ähnlich.«

»Sie ist viel mutiger als ich. Ein bisschen zu mutig, wenn du mich fragst. Und ich habe Angst, dass es sie beschädigt, dass sie Dinge erlebt, die ein Mensch nicht folgenlos erleben kann.«

»Das gilt für uns alle. Das Leben hinterlässt Narben. Aber Anna hat was Souveränes, einen stabilen Kern, der unkaputtbar ist.«

»Woher weißt du das?«

»Ihre Augen sagen mir das, ihre Stimme und wie sie ihre Emotionen unter Kontrolle hat. Und ich kenne ihren Vater schon ein bisschen. Wenn du ein Neurotiker wärst, sähe ich die Sache vielleicht anders.«

»Ich habe so einige neurotische Züge.«

»Wer keine hat, ist kein Mensch.«

Ich stand auf, holte das zweite Fläschchen Parfüm, das ich gekauft hatte, und gab es ihr.

»Woher wusstest du, dass das meine Marke ist?«

»Ich hab diesen Duft sofort erkannt.«

»Du?«

»Nein, David.«

»Komm«, sagte sie, »in dein Zimmer.«

22

Am Montag nach Annas Ankunft, gegen drei Uhr nachmittags, stand plötzlich unangekündigt eine ältere Dame vor der Tür: Marjolein, Joosts Mutter. »Na, das ist ja ein reizendes Chaos«, waren ihre ersten Worte, als sie sich umschaute, noch bevor sie ihren Sohn umarmte. »Macht aber nichts, umso deutlicher der Unterschied, wenn alles fertig ist. Wie ich sehe, wird ja hart gearbeitet. Hältst du denn den Umbau auf Fotos fest, Joost? Die kannst du dann an die Wand hängen. Das ist interessant für die Gäste.«

Sie war nach Venedig geflogen und von dort mit dem Zug nach Ferrara gefahren. Sie hatte nur einen kleinen Rollkoffer dabei und tat fast so, als würde sie in derselben Straße wohnen und mal kurz vorbeischauen. »Ich dachte: Es ist ein Hotel, dann ist doch bestimmt ein Bett für mich frei.«

Joost schien sich aufrichtig über ihren Besuch zu freuen. Seine Mutter war siebenundachtzig, aber so vital wie eine Frau in den Vierzigern. Sie trug hippe Sneaker, eine teure Jeans und ein Sakko von Paul Smith. Seltsamerweise passte dieses jugendliche Outfit perfekt zu ihr.

Sie hatte geplant, zwei Nächte in Ferrara zu bleiben und anschließend nach Florenz und Siena weiterzureisen. »Und danach natürlich Rom. Und vielleicht Turin und Mailand.« Vor sechs Jahrzehnten hatte sie mit Joosts Vater eine »Grand Tour« durch Italien unternommen, und nun wollte sie gern auf den Spuren von damals reisen. »Allerdings ein bisschen luxuriöser. Ich schlafe natürlich nicht mehr im Zelt. Damals waren wir auch nicht in Ferrara. Schade, dass mein Mann das nicht mehr erlebt, aber mir kommt es immer so vor, als würde er auf meinen Schultern sitzen, deshalb glaube ich, dass er doch irgendwie dabei ist.«

Für mich war sie immer eine ganz besondere Persönlichkeit gewesen, und das galt heute noch. In Zutphen war sie die Frau von Welt aus Amsterdam-Süd geblieben, die aus ihren außerehelichen Liebschaften kein Geheimnis machte. Sie hatte anthroposophische Ideen vertreten, bevor die in Mode kamen, sie hatte einen scharfen Verstand, war sehr direkt und offenherzig. Das Provinzielle des Achterhoek hatte nie Macht über sie erlangt.

Als die Handwerker am späten Nachmittag das Haus verlassen hatten, setzte sie sich auf das Sofa in der Lounge und zauberte eine Schachtel kubanische Zigarren hervor. Sie nahm eine heraus, schnitt sie mit einer silbernen Zigarrenschere sorgfältig an und entzündete sie sichtlich vergnügt. »Und ein Whisky wäre auch nicht schlecht«, sagte sie zu Joost. Wir saßen ihr gegenüber wie vor langer Zeit in dem Arzthaus an der Gracht in Zutphen, Jugendliche, die eine Abgesandte aus einer anderen Welt kennenlernten. Anna hatte sich neben sie gesetzt.

Wie sich zeigte, war sie über sämtliche Entwicklungen im Zusammenhang mit dem Hotel informiert, offenbar standen Joost und sie in ständigem Kontakt. »Ich finde es großartig, dich kennenzulernen, Anna«, sagte sie. »Joost hat mir alles über dich erzählt. Bart hat eine ganz tolle Tochter, hat er gesagt. Ich habe dich schon mehrmals im Fernsehen gesehen, und dann sage ich immer: Ihren Vater kenne ich schon, seit er fünf war. Ein lieber kleiner Junge. Stimmt doch, Bart?«

»Ich bin schon seit fast einem halben Jahrhundert ein lieber kleiner Junge«, antwortete ich.

»Dein Neffe macht seine Sache sehr gut in De Vriendschap«, sagte sie zu David. »Er hat die Speisekarte ein bisschen aufgefrischt, und ich muss sagen, es ist keine Verschlechterung. Es gibt jetzt Ziegenfleisch aus dem Achterhoek. Unmöglich, dachte ich, aber es ist einfach köstlich. Ich gehe regelmäßig mit den Mädels von unserer Bigband hin, und wir sind sehr zufrieden. Er ist auch zum Anbeißen, dieser George.«

Mitteilsam, wie sie war, erfuhren wir nun auch, wie Joost über uns gesprochen hatte. Und zwar ganz anders, als ich erwartet hätte. »Ihr seid sehr wichtig für ihn«, sagte sie. »Gleich nachdem ihr angekommen seid, hat er mich angerufen und gesagt, wie froh er ist.«

»Stimmt«, sagte Joost ein wenig verlegen.

»Und dass André Bianca eingeschaltet hat, fand er auch fantastisch. Er war unglaublich erleichtert. Joost tut gern so, als ob er die Zuversicht selbst wäre und alles unter Kontrolle hätte, aber das ist nur Schein. Stimmt's, Joost? Das war schon so, als er noch klein war. Hat er von seinem Vater, der hat auch überall Gespenster gesehen. Eine leichte Form von Depression, lautete immer meine Diagnose. Sieht man bei hochbegabten Kindern öfter.«

Joost versuchte gar nicht erst, zu widersprechen oder ihre Behauptungen zu relativieren. Er gab die Verteidigungshaltung auf und entspannte sich. Es hatte einfach keinen Sinn, die Fassade aufrechterhalten zu wollen, seine Mutter hätte nicht gezögert, sie einzureißen.

Marjolein hatte im Restaurant Makorè einen Tisch für sieben Personen reserviert. »Heute Abend verprassen wir meine Rente von diesem Monat. In meinem Alter hat Sparen keinen Sinn mehr. Ehrlich gesagt, hab ich sowieso nie einen Sinn darin erkennen können. Was meinst du, André? Ich glaube, du gibst dein Geld auch mit vollen Händen aus. Aber es ist großartig, wie du meinem Sohn geholfen hast. Du warst sein Retter in der Not, hat er gesagt. Ein Glück, dass Joost noch ein paar wahre Freunde hat.« André schaute Joost ungläubig an, aber der nickte nur.

Während sie das Kopfende der Zigarre in den Whisky tunkte, deutete sie mit der anderen Hand auf das Ventoux-Foto an der Wand: Das Bild hänge nicht ganz gerade. Sie sagte, wir sollten regelmäßiger staubsaugen, sonst bekämen wir die Räume irgendwann gar nicht mehr sauber, und fragte Joost, welche Musik er für die Lounge vorgesehen habe. »Jazz, hoffe ich, und nicht etwa Aufzugsgedudel.« Ich fragte sie, ob sie noch Saxofon spielte. Das tat sie. »Auch wenn es natürlich luftmäßig schwieriger wird.«

»Joost hat viel Pech gehabt«, sagte sie zu mir, als wir im Restaurant nebeneinandersaßen. An ihrer anderen Seite saß Anna. »Erst hat man ihn wegen dieses sogenannten Betrugs an den Pranger gestellt. Dann die Scheidung. Er tut so, als hätte er das gut weggesteckt, aber es nagt an ihm. Eine Tochter in der Wüste ist natürlich auch nicht das Wahre, aber wenn sie dich liebt, ist es immer noch sehr viel besser als Töchter, die ihren Vater links liegen lassen, wie die von Joost. Das tut weh.«

Sie bezweifle, dass Joost es lange aushalten werde, den Hotelier zu spielen. »Ich kenne ihn. Nach einem halben Jahr fängt es an, ihn zu langweilen, dann verkauft er den Laden und kehrt zurück.« Das Gleiche hatte ich auch schon gedacht.

»Aber dann hat er's wenigstens versucht«, meinte Anna. »Das ist mutig.«

»Finde ich auch«, sagte Marjolein.

»Bereuen Sie irgendetwas, was Sie getan haben oder gerade nicht getan haben?« Es war Annas Frage, aber die erwartete Antwort, das las ich in ihrem Blick, war für mich bestimmt. »Nichts, was ich getan habe«, antwortete Marjolein, »aber schon das eine oder andere, was ich nicht getan habe. Ich war die Ehefrau eines Arztes in diesem provinziellen Zutphen, *of all places*. Ich habe versucht, mich davon nicht allzu sehr einschränken zu lassen, aber ein paar Rücksichten nehmen musste man schon. Deshalb ist es richtig, was du tust. Ohne Pardon deine Träume verwirklichen, auch wenn du dafür in Länder musst, in denen andere nicht mal begraben werden möchten.« Ich fand ihre Bildsprache ein wenig unglücklich, aber Anna lachte.

Ich ging mit André nach draußen, um eine Zigarette zu rauchen. Als ich mich wieder an den Tisch setzte, war Marjolein beim Thema Liebe angekommen. »Ich bin immer ziemlich monogam gewesen, auch wenn einige in Zutphen das anders gesehen haben. Hin und wieder hatte ich einen Liebhaber. Ein guter Grund, nach Amsterdam zu fahren, fand ich. Hast du eigentlich Zeit für Männer, als Korrespondentin?«

Anna schaute mich kurz an, bevor sie antwortete. »Es gibt noch nichts Ernsthaftes.«

»Die Liebe kommt schon noch, keine Sorge. Die klopft frech an jede Tür. Such nicht krampfhaft danach, würde ich raten. Und sorgfältig auswählen, das ist auch wichtig. Männer sind komplizierte Wesen, die gut schauspielern können. Ich weiß Bescheid, bin oft genug reingefallen. Na gut, das hatte auch seine komischen Seiten. Inzwischen köchelt die Liebe bei mir natürlich auf Sparflamme. Obwohl es Unsinn ist zu denken, mit siebenundachtzig müsste es doch vorbei sein. Das sind überholte Vorstellungen.«

Als wir mit dem Dessert fertig waren und der Kellner den Espresso brachte, fragte sie, ob sie einen Cognac dazu bekommen könne, und dann, ob man rauchen dürfe. Der Kellner hatte nichts dagegen. »Die Italiener stellen sich wenigstens nicht so an«, sagte sie, während sie die Havannas aus der Tasche holte. Als der Kellner sah, was geraucht werden sollte, erschrak er ein wenig und öffnete vorsorglich das nächste Fenster. Zum Glück waren alle Nachbartische inzwischen leer. »Möchtet ihr auch eine?«, fragte sie Anna und mich. Ich lehnte dankend ab, Anna nickte begeistert. Kurz darauf saugten die beiden Frauen an den riesigen Rauchkolben. »Sind die nicht wunderbar?«, fragte Marjolein. »Tunk deine auch mal in den Cognac, Anna. Das ist lecker.«

»So möchte ich auch siebenundachtzig werden«, sagte Anna auf dem Rückweg zu mir.

»Wann macht ihr den Laden auf?«, fragte Marjolein Bianca, als wir uns am Bahnhof von Joosts Mutter verabschiedeten.

»Nach meiner Planung am 23. September.«

»Dann bin ich dabei. Jedenfalls nehme ich an, dass Joost dann was Besonderes vorhat. Also, ich fand's wahnsinnig schön mit euch. Anna, pass auf, wo du hintrittst, und schick mir eine Karte aus Amman. Und besuch mich mal in Zutphen, wenn du wieder da bist.«

»Mach ich.«

»Bart, bitte schick mir ein Exemplar von deinem Ferrara-Buch, wenn es raus ist, dann kann ich es vor meinem nächsten Besuch hier schon mal lesen. Oder ist es dann noch nicht fertig? Mach zu, du hast doch nichts anderes zu tun. Weißt du, wen du nicht vergessen darfst? Savonarola, dieses niederträchtige Mönchlein. Wurde hier geboren und hat später in Florenz eine schreckliche religiöse Tyrannei errichtet. Hab ein Buch über ihn gelesen. Der katholische IS des Mittelalters. Schöner Link zur Gegenwart. Also, nichts wie ran, du kannst es. Für deinen Roman organisiere ich schon mal eine Signierstunde bei Van Someren und Ten Bosch. Mit italienischen Häppchen und Wein aus der Region, das wird der Hammer!«

Als sie abfuhr, hatte ich das Gefühl, dass wir eine intensive Therapiesitzung hinter uns hatten. »Pffff«, machte Joost, bevor wir uns umdrehten und den Bahnsteig verließen.

23

Anna, David und ich schlenderten durch die stillen Säle des Palazzo dei Diamanti. Hin und wieder wechselten wir ein paar Worte über ein Gemälde, aber meistens drückten wir wortlos aus, was wir schön fanden.

Vor einem Gemälde von Bartolomeo Veneto, früher gern als Porträt der Lucrezia Borgia bezeichnet, blieben wir lange stehen. Die Abgebildete trug ein weißes Gewand, ihre linke Brust war entblößt. In der rechten Hand hielt sie ein kleines

Blumensträußchen, das sie dem Betrachter auf verführerische Weise anzubieten schien. Unter ihrer weißen Kopfbedeckung kamen lange rotblonde Locken hervor.

»Doppelgängerinnen!«, sagte ich, als Anna neben dem Bild stand. Die gleiche edel geformte Nase, der gleiche fein umrissene Mund, Augen, die einen halb neugierig, halb distanziert anschauten.

»Bleib mal so stehen, dann mache ich ein Foto.« Der misstrauische Blick, mit dem Anna auf meine Bitte reagierte, ließ die Ähnlichkeit noch größer erscheinen.

»Soll ich auch eine Brust entblößen?«

Ich zeigte auf das Haar der Frau. »Lord Byron behauptet irgendwo, er hätte eine Locke von Lucrezia Borgias Haar aus einem Museum in Mailand gestohlen. Manche sagen, sie sei die schönste Frau auf Erden gewesen, aber auch die grausamste. Sie hatte leidenschaftliche Liebesbeziehungen.«

»Und einen Ring, in dem Gift versteckt war«, sagte Anna. »Das hab ich zumindest mal in einer Fernsehserie gesehen.« Eine Frau war neben uns stehen geblieben. Sie sagte etwas auf Italienisch, und David übersetzte. »Was ist Zinn verglichen mit Silber, was ist Kupfer verglichen mit Gold, was ist der wilde Mohn verglichen mit der Rose, was ist gefärbtes Glas verglichen mit Edelsteinen, was sind andere Frauen verglichen mit Lucrezia?« David lächelte. »Ludovico Ariosto«, sagte die Frau, *»poeta rinascimentale, ferrarese. È una donna che ti piace?«*

»Sie fragt, ob wir sie schön finden. Finden wir sie schön?«

»Sie ist wundervoll«, sagte Anna.

»Ich hätte mich in sie verliebt«, erklärte David. »Ich hätte für sie die Welt erobert und meine Rivalen an den höchsten Bäumen aufgeknüpft.« David übersetzte, was er gesagt hatte. Die Frau lachte.

»Dafür bist du viel zu nett, David«, meinte Anna.

»Er hat eine grausame Seite«, sagte ich.

»*Tu mi sembra un vero Borgia!*«, sagte die Frau.

»Da hört ihr's mal von jemand anderem. Darf ich mich vorstellen: Borgia, David Borgia.«

Die Frau deutete auf Anna. »*Le assomiglia!*«

»Sie findet auch, dass du ihr ähnlich bist«, sagte David.

Im Museumsladen kaufte er eine Reproduktion des Gemäldes.

Als wir kurz darauf über den Markt gingen, gratulierten die Marktleute David augenzwinkernd zu seiner neuen Freundin. »Das ist nicht meine Freundin«, erklärte er jedes Mal, »das ist die Tochter meines Freundes Bart. Eine berühmte Fernsehjournalistin.« Anna lächelte liebenswürdig und bekam von allen Seiten Obst und andere Lebensmittel zugesteckt. Es war wie eine Dreipersonenprozession zur Feier der heiligen Bande zwischen Vater und Tochter. Die Männer in den Marktständen erzählten David von ihren eigenen großartigen Töchtern und äußerten die Hoffnung, dass Anna mir bald einen Enkel schenken werde. »Dann kannst du ruhigen Herzens sterben«, meinte Luigi, bei dem David immer Wurst kaufte. Ich fragte Anna, ob sie ihn verstanden habe.

»*So you are Anna*«, sagte Perotto, als wir endlich am Fischstand angekommen waren. Sie blickte ihn überrascht an. »Dein Ruhm ist dir vorausgeeilt«, sagte David. »Das ist Perotto. Er hat einen Padellone am Fluss, in der Nähe der Küste.« Perotto nickte. »In Pila«, ergänzte David.

»Amman«, sagte Perotto, »*where do you live?*« Sie nannte ihre Straße. Perotto nickte, als würde er die Gegend kennen.

Anna fragte, was ein Padellone sei. »Eine Fischerhütte auf Pfählen, mit großen Netzen, die man in den Fluss hinunterlässt«, sagte David. »Wenn du willst, können wir demnächst mal hinfahren.«

»*Si*«, sagte Perotto, der anscheinend sogar Niederländisch verstand, »Sie müssen mich einmal besuchen. Bringen Sie Ihren Vater mit, dann lasse ich euch ein paar Köstlichkeiten probieren.« David schüttelte ihm die Hand und sagte noch etwas, was Anna und ich nicht verstanden.

»Ein Freund von dir?«, fragte sie David, als wir weggingen.

»Die Leute hier bezeichnen einen schnell als Freund.«

»Er scheint Amman zu kennen.«

»Wenn du gesagt hättest, dass du in Delfzijl wohnst, hätte er auch so genickt. Auf diese Art knüpfen Italiener Beziehungen.«

»Er sieht nicht aus wie ein Fischer.«

»Das stimmt. Und auch nicht wie ein Korbflechter. Körbe flicht er nämlich auch. Ein ungewöhnlicher Mensch.«

»Komisches Tattoo«, meinte Anna.

Auf dem Heimweg zeigte Anna in der Via Giuseppe Mazzini auf die Tische vor einem Café. »Ich hätte Lust auf einen Aperol Spritz«, sagte sie, »kommt, ich bezahle. Es ist noch viel zu früh fürs Abendessen.«

Ich sah meine Tochter an und fragte mich, ob sie noch dieselbe junge Frau war, mit der ich erst vor ein paar Monaten beim Italiener in Alkmaar gegessen hatte. In ihrer kurzen Jeans und dem weißen T-Shirt sah sie aus wie eine unbesorgte Touristin. Dass ihre Arme und Beine in der libyschen Wüste und nicht auf Ibiza braun geworden waren, ahnte niemand. Keiner, der sie sah, hätte vermutet, dass sie vor kurzem die Pistole des Mörders Gaddafi in der Hand gehalten hatte. Dass sie Not, Leid und Verzweiflung gesehen und neben den deformierten Wracks explodierter Autos gestanden hatte.

Wir schwiegen eine Weile, bis unsere Gläser leer waren und Anna sich David zuwandte. »Hast du Angst vor dem Tod?«

Die Frage überrumpelte ihn. Er schaute sie lange an und schien ihre Gedanken lesen zu wollen. »Ich glaube nicht«, sagte er schließlich. »Höchstens vor dem Augenblick, in dem ich sterbe, der Gedanke daran ist unheimlich. Aber das dauert hoffentlich nicht lange. Und ich hoffe, dass ich dann nicht allein bin, dass jemand bei mir ist, der meine Hand hält. Warum?«

»Weil ich mir diese Frage in den vergangenen Monaten oft gestellt habe. In Syrien war der Tod immer nah. So nah, dass man anfängt, sich solche Dinge zu fragen.«

»Und wie lautete die Antwort?«

»Ja, ich habe Angst. Und ich habe Angst um meine Eltern. Angst davor, dass sie die Nachricht von meinem Tod erhalten.« Sie schaute mich an. »Eine merkwürdige Art von Schuldgefühl, oder? Dass man sich wegen des eigenen Todes schuldig fühlt. Tut mir leid, Papa, ich bin tot, das war nicht meine Absicht.«

Ich wünschte, sie würde nicht solche Dinge sagen.

»Untersteh dich«, sagte David.

»Ja, bitte«, sagte ich. Zwei hilflose, machtlose Wörter.

Sie bestellte noch drei Aperol.

Im Hotel befestigten wir das Porträt der angeblichen Lucrezia mit Heftzwecken an der Küchentür. »Heute Abend gibt es *Cappellacci di zucca*«, verkündete David, »eine Spezialität Ferraras und das Leibgericht unserer Lucrezia. Und ab heute Abend auch das von Anna, darauf wette ich.«

Wir gingen in die Küche. Ich holte eine Flasche Bier aus dem Kühlschrank. David legte alle Zutaten, die er brauchte, auf die Arbeitsplatte, Anna sah aufmerksam zu. »Es ist ganz einfach«, sagte David. »Kürbisspalten mit ein bisschen Olivenöl drüber im Backofen garen. Währenddessen den Nudelteig anrühren, ausrollen, in Quadrate schneiden. Wenn die Kürbisspalten gar sind, pürieren und mit Parmesan und Krümeln von Mandelkeksen vermengen. Ein Löffel Kürbismasse auf ein Teigviereck, zufalten. Aber richtig falten, nämlich von Spitze zu Spitze, und dann einmal um den Finger, damit es eine Art Hütchen wird. Ein paar Minuten kochen, mit Butter und Salbei servieren. Oh, Leute, man glaubt, man wäre zur Essenszeit im Himmel gelandet.«

André kam herein. »Trattoria Gottvater, super Name. An Joosts Stelle würde ich dich sofort als Koch einstellen, Daaf. Bart, ich hab heute Nachmittag den Parco Pareschi fotografiert. Der kriegt doch ein Kapitelchen in unserem Buch?«

»Klar.«

Draußen wurde ein Motor ausgeschaltet, Joost und Bianca waren zurück. Joost betrat die Küche und zeigte auf das Porträt an der Tür. »Wer ist das?«

»Lucrezia Borgia«, antwortete David. »Anna, Bart und ich haben unseren Nachmittag der Kultur gewidmet, wir waren im Palazzo dei Diamanti.«

»Lucrezia liegt zwei Straßen von hier in ihrem Grab«, sagte Joost. »In der Via Pergolato. Da könnten wir doch mal hin.«

»Wow«, sagte André. »Bart, das muss fotografiert werden.«

»Ein kleines Biest«, meinte Joost. »Tochter des Papstes, Frau von Alfonso d'Este. Wohnte im Castello. Hatte einen Giftring.«

David schüttelte den Kopf.

»Und?«, fragte André scheinbar höchst interessiert.

»Tja, Dré, man muss sich schon ein bisschen mit den kulturgeschichtlichen Hintergründen beschäftigen, wenn man irgendwohin reist. Glücklicherweise erscheint demnächst ein

Buch für Barbaren wie dich. Also, Lucrezia lässt sich erst von irgendeinem Kavalleristen durchvögeln …« Anna fing schallend an zu lachen.

»Dein Onkel Joost hält eine Vorlesung«, sagte André. »Ein bisschen kulturgeschichtliches Grundwissen.«

»Und hinterher bietet sie ihm ein Glas Wein an. Einen *après l'amour*-Wein, wie nett. Und dann öffnet sie den Ring, und adieu, mein kleiner Gardeoffizier. Sie war wie eine dieser Spinnen, ähm, wie heißen die noch, na ja, ihr wisst schon, paaren sich und beißen ihren Liebhabern danach den Kopf ab.«

»Eine Frau nach meinem Herzen«, meinte André. »Ich fahre voll ab auf gefährliche Frauen.«

»Vermutlich alles reine Hirngespinste«, sagte David. »Sie hat hier eine führende Rolle gespielt und Ferrara zu einem der Zentren der Renaissancekultur gemacht.«

»Lucrezia traf 1502 in Ferrara ein, nachdem Alfonso sie in Rom per Stellvertreter geheiratet hatte«, sagte ich. »Sie hatte hundertfünfzig Maultiere bei sich, bepackt mit Juwelen, Kunstwerken, Kleidung und Teppichen.«

»Ganz anders als Anna«, sagte André. »Die hatte nur zwei Koffer und drei Esel.«

»Sie war unersättlich«, fuhr Joost unbeirrt fort. »Die Liebhaber standen in Dreierreihen Schlange.« Er wandte sich Anna zu. »Würde mich nicht wundern, wenn dieser Palazzo hier damals das Liebesnest von Lucrezia gewesen wäre. Das muss Bart noch rauskriegen, für unser Ferrara-Buch. Wär natürlich fantastisch für das Hotel, wenn sie hier, außer Sicht des Herrn Gemahl, aber nur ein paar Minuten zu Fuß vom Schloss, die ganze Kavallerie empfangen und sich phänomenal hätte rudelbumsen lassen. Wonach dann auf ihren Befehl alle im Po ersäuft worden wären.«

»Dagegen hatten sie nichts, Joost, so was war damals normal.« André nahm eine neue Flasche Pils aus dem Kühlschrank. »Man wusste, dass es riskant war, wenn man Lucrezia rudelbumste, aber dieses Risiko ging man gern ein. Andere Zeiten, ganz andere Vorlieben.«

»Eine grauenhafte Geschichte hat diese Stadt«, sagte Joost. »Wenn die Menschen nicht von der Pest dahingerafft wurden, hat irgendein Tyrann sie aufknüpfen oder enthaupten lassen. Im Zweiten Weltkrieg ist ein Drittel der jüdischen Einwohner deportiert worden. Wir könnten morgen mal einen Spaziergang durch das frühere Ghetto machen.« Er schien zu vergessen, dass Anna gerade aus der gegenwärtigen Hölle auf Erden zurückgekehrt war. Joost schenkte Bianca und sich ein zweites Glas Weißwein ein. »Wenn man bedenkt, was dieses Haus alles erlebt hat.«

»Wenn dieses Haus sprechen könnte, würdest du vielleicht endlich mal die Klappe halten«, sagte André. »Bart, ist was dran an dem, was er sagt?« Er zeigte auf mein Notizbuch, das auf dem Tisch lag.

»Dass sie ganz in der Nähe begraben ist, stimmt«, antwortete ich, »aber das mit dem Rudelbumsen ist eine Wichsfantasie von Joost. Die Pest und Kriege haben hier fürchterlich gewütet, das stimmt auch. Ferrara sieht schön aus, aber es ist ein monumentales Schlachthaus.«

Ich öffnete das Notizbuch und las vor: »Ein paar Jahre nach seiner Rückkehr in die Niederlande hat Rudolf Agricola während einer Reise nach Rom noch einmal in Ferrara Station gemacht. Er fand eine Stadt in desolatem Zustand vor, heimgesucht von Kriegen und der Pest. Das Umland war verwüstet, sämtliche Bauernhöfe waren zerstört, die prachtvollen Bäume an der Via degli Angeli ohne Ausnahme gefällt. Ferrara war beinahe entvölkert. Innerhalb weniger Jahre waren fünfzehntausend Einwohner Seuchen oder kriegerischer Gewalt zum Opfer gefallen. Von der Stadt der Musen und der Venus, wie Agricola Ferrara einst genannt hatte, war nichts mehr übrig.«

»Das meine ich ja«, sagte Joost.

»Designhotel Bunga bunga«, sagte André.

Joost ging zur Küchentür und zeigte in eine Ecke der künftigen Hotellounge. »Da richte ich eine kleine Bibliothek für die Gäste ein. Mit Büchern über Lucrezia und die Geschichte der Stadt. Und allem von Bassani. Und von Barts Agricola natürlich.«

»Natürlich, Joost.« André betrachtete eingehend das Porträt. »Kleine Brüste hat sie. Aber vielleicht stand man im Mittelalter darauf.«

David rollte inzwischen den Teig für die Cappellaci aus und winkte Anna zu sich. »Pass jetzt gut auf, sonst wirst du nie eine gute Hausfrau.« André ging die Treppe hinauf und kehrte mit seiner GoPro zurück. »Das filme ich«, sagte er. »Kochvlogs sind im Internet äußerst beliebt. *La cucina di David.*« Anna musste wieder lachen.

24

Nach dem Essen ging Anna schlafen. Bianca musste nach Mailand zurück, und Joost wollte in seinem Zimmer »noch schnell ein paar Sachen ausarbeiten«. André holte seine Flasche Laphroaig aus dem Schrank und schenkte sich ein. David las den *Corriere della Sera*, und ich versuchte, auf academia.edu mit seinen Millionen Dokumenten den richtigen Ludovico zu finden.

»Daaf«, sagte André plötzlich. Er trank die letzten Tropfen aus seinem Glas und schenkte sich nach. David schaute ihn fragend an.

»Daaf, wie lange kennen wir uns?« Er zog das l ein wenig in die Länge.

»Vier Jahrzehnte.«

»Das ist lange. Oder findest du nicht?«

»Klar ist das lange. Auch wenn's natürlich Jahre gab, in denen wir uns kaum oder gar nicht gesehen haben.«

»Ja, okay, aber das macht bei wahren Freunden nicht viel aus. Also, knapp vier Jahrzehnte. Finde ich lange, kommt nicht bei vielen Leuten vor. Gut. Würdest du sagen, dass du mich, sagen wir, ähm ... dass du mich sehr gut kennst?«

David starrte André eine Weile an, als würde er versuchen, eine Diagnose zu stellen. Es war eine Frage, die nicht zu André passte. »Ja, das würde ich zu behaupten wagen. Ich kenne dich sehr gut.«

»Durch und durch? Kennst du mich durch und durch?«

»Ja, ich glaub schon, dass ich dich durch und durch kenne.«

»In- und auswendig?«

»Worauf willst du hinaus, Dré?«

André wedelte mit den Händen, es war seine Art, um Geduld zu bitten. »Wenn wir zusammen sind, verstehen wir uns dann wortlos? Sagt man doch so, oder? Wenn man sich sehr gut kennt, dass man sich dann wortlos versteht. Gefällt mir. Es wird viel zu viel gelabert. Gute Freunde müssen sich wortlos verstehen.«

»Das ist im übertragenen Sinn gemeint. Du verständigst dich eigentlich nie wortlos, Dré. Aber …«

»Gut. Niemand kennt mich besser als du, das ist offensichtlich. Joost und Bart kennen mich natürlich auch ziemlich gut, Bart kenne ich schon mein ganzes Leben lang. Aber du bist der Philosoph von uns, du denkst nach. Sorry, Bart.«

»Ist so«, bestätigte ich.

»Dré …« David machte eine abwehrende Geste.

»Ist so. Gut, sieh mich an. Sieh mir in die Augen. Was siehst du, Daaf? Wen siehst du?« Er nahm wieder einen Schluck.

»Gieß mir auch mal einen ein«, sagte David. »Vielleicht kann ich dir dann folgen.«

»Jetzt wird's gemütlich, Daaf, fein. Bart auch?« Ich lehnte dankend ab.

»Wen siehst du, Daaf?«

»Ich sehe meinen alten Freund Dré, den besten Linksaußen, den der ZVV Be Quick je gehabt hat, Dré, der über ein paar kleine Umwege auf dem rechten Pfad gelandet ist, André, den Sohn von Hausmeister Gerrit, dem früheren Kriterien-König.«

»Gut, halten wir das fest. David, du bist ein weiser Mann mit einem Blick für Menschen.«

»Das ist übertrieben.«

»Unsinn, das ist nicht übertrieben. Ist so. Nur dass dir deine Bescheidenheit schon seit einem halben Jahrhundert im Weg steht.«

»Weiter.«

»Hör zu. Ich bin vierundfünfzig, Daaf. Ich brauche nie mehr zu arbeiten. Ich bin gesund, und ich rechne damit, dass ich noch vierzig Jahre vor mir habe. Vierzig Jahre!«

»Das kann man nie wissen.«

»Nein, okay. Stimmt. Aber man muss von irgendwas ausgehen.«

»Muss man?«

»Ich schon. Du brauchst das vielleicht nicht, du wartest ab, was kommt. Aber so bin ich nicht gestrickt. Ich muss eine Perspektive sehen.«

»Und du siehst keine?«

»Genau.« André schenkte David und sich selbst nach. »Was soll ich machen, David? Wie soll ich diese Zeit ausfüllen? Diese Frage hält mich nachts wach, verflixt noch mal. Glücklicherweise hab ich jetzt dieses kleine Ferrara-Projekt mit Bart, aber das ist auch bald zu Ende. Ich blicke in die Zukunft, und alles, was ich sehe, ist Leere.«

»Ich dachte, Ziellosigkeit wär dein Ziel.«

»Ich komm dem nicht so richtig näher, ehrlich gesagt. Ich brauche ein Ziel, aber kein Hotel in Ferrara oder ein Lokal in Zutphen, sondern etwas, was dem Leben Sinn gibt. Damit ich nicht demnächst denke, dass ich genauso gut Schluss machen könnte.«

David schaute André wieder eine Weile schweigend an. Dann sagte er: »Jetzt bin ich überfragt.«

»Versteh ich. Versteh ich voll und ganz. Aber denk ein bisschen drüber nach. Ist der nicht köstlich, dieser Laphroaig?

Gib mir noch mal dein Glas. Und wo wir uns gerade so gemütlich unterhalten, Daaf, wie geht es *dir* eigentlich?«

»Gut, Dré. Den Umständen entsprechend, besser als zu erwarten.«

25

David, Anna und ich fuhren über den Corso della Giovecca bis zum Castello, bogen dort nach rechts in den Corso Ercole I d'Este ein, dann in die Via Pomposa und verließen die Stadt auf der SP15 über Borgo Scarabelli in Richtung Osten. Anna saß neben David, ich hinten.

David hatte sich von André den Tesla ausgeliehen, ohne zu sagen, wofür. Aus den Lautsprechern kam »I'm the Man« von Joe Jackson, von Andrés Playlist. *»I'm the man that gave you the hula-hoop«*, sang Anna leise mit. Der Song war gut ein Jahrzehnt älter als sie, aber ich hatte ihn früher so oft abgespielt, dass sie ihn auswendig kannte.

David schaute sich um und zeigte auf die Landschaft. »Diese strenge Ordnung hier, das ist eher Holland als Italien. Passt nicht. Mir ist das Unordentliche lieber. Aber das liegt natürlich an meinen Surinamer Wurzeln.«

»Vielleicht erzwingt ja die Natur diese Ordnung«, meinte Anna. »Das Wasser muss aufgehalten werden, genau wie bei uns.«

»Du bist viel klüger als dein Onkel David«, sagte David.

Wir fuhren durch eine Polderlandschaft unter einem hohen Himmel. Mehrmals überquerten wir Brücken über Mündungsarme des Po, bis wir bei Ca' Zuliani auf die Straße kamen, die am Po della Pila entlang nach Pila führte. Viel weiter nach Osten ging es im Delta nicht. David zeigte auf die

Hebevorrichtungen für Netze, die über den Deich hinausragten. »Padellones«, sagte er. »Fischerhütten. Und da ist die von Perotto.« Er parkte den Tesla am Straßenrand, wir stiegen aus und gingen den Deich hinauf. Ein langer Holzsteg führte zu einer rot gestrichenen Hütte, die in etwa vierzig Metern Entfernung auf einer Art Plattform im Wasser stand. An langen Auslegern hingen Netze. »Das ist es«, sagte David.

Das Holz des Stegs war alt und verwittert, die Pfähle, angegriffen vom Meerwasser und vom salzigen Wind, sahen nicht mehr sehr belastbar aus. Anna machte ein paar vorsichtige Schritte, als könnte die ganze Konstruktion jeden Moment zusammenbrechen. David lachte. »Du hast Perotto ja gesehen, der wiegt dreimal so viel wie du und geht schon sein Leben lang hier hin und her. Und vergiss mich nicht.« Er klopfte sich auf den Bauch. Anna machte ein Foto. »Du warst also schon mal hier.«

»Einmal.«

Auch die Hütte machte einen verfallenen Eindruck, aber es war eine Art von Verfall, bei dem das Ende noch Jahrhunderte auf sich warten lassen konnte. Das Ganze strahlte eine gewisse Lässigkeit aus, jeglicher Ordnungsdrang schien hier zu fehlen. Chaos und Untergang bezwingen zu wollen ist sinnlos, sagte die Hütte, und noch dazu aussichtslos. »Hier arbeitet nur die Zeit«, sagte David, als er sah, wie ich die Szenerie auf mich wirken ließ. »Und letztlich ist das genug.«

Wir hörten das Wasser an die Pfähle schwappen. Ich sah das Rot des Padellone zwischen dem Blau des Himmels und dem Grüngrau des Lagunenwassers, und es gab mir ein Gefühl der Geborgenheit. »Es ist eine Art Insel«, sagte Anna, als könnte sie meine Gedanken lesen. »Fehlt nur noch eine Zugbrücke.«

David klopfte an die Tür und rief: »Kundschaft!« Ein Grinsen erschien in seinem Gesicht. *»C'è gente! David, Bart e Anna!«* Aus der Fischerhütte war Klaviermusik zu hören, eins der Impromptus von Schubert.

Die Tür wurde sofort geöffnet, als hätte Perotto auf unsere Ankunft gewartet. Wieder verblüfften mich seine britisch-vornehme Kleidung und die heitere Ruhe, die er ausstrahlte. Dass David mit der jungen Frau und ihrem Vater vor ihm stand, überraschte ihn anscheinend nicht im Geringsten.

Und er schien sich aufrichtig über das Wiedersehen zu freuen. Ich sah Annas forschenden Blick, sie dachte das Gleiche wie ich: dass Perotto nicht der war, der zu sein er vorgab. Es war etwas in seinen Augen oder im Zusammenspiel zwischen Augen und Lippen, was oft verräterisch ist. Er schaute Anna länger an als unbedingt nötig. Wir haben ungeschriebene Regeln dafür, ein Zeitlimit, das Unbehagen vermeiden soll, und das überschritt er.

Während er Anna musterte, schien er im Stillen eine

Checkliste abzuarbeiten, aufgestellt anhand zahlloser Erfahrungen mit Menschen – mit Frauen. Ich hatte diesen Blick schon einmal gesehen, konnte mich aber erst später daran erinnern, bei wem: Peter, Dichter und Manipulator von Menschenleben, konnte genauso schauen.

»Entrate«, sagte Perotto, *»come in.«* Er klopfte David und mir auf die Schulter. Ich reichte ihm die Hand und spürte, wie hart seine war. Er küsste Anna einmal auf die Wange.

Perotto ging vor uns her in eine Ecke des Raums, in der ein Tisch mit vier schlichten Holzstühlen stand. An der Wand dahinter hing Werkzeug: Messer, gerade und sichelförmige, Ahlen, Hobel und eine Astschere. In Metallringen, die an der Decke befestigt waren, hingen Schilfbündel und lange Weidenruten von unterschiedlicher Dicke. In einer Ecke lagen Netze. Daneben stand ein alter Schaukelstuhl. Was mich aber besonders erstaunte, war das Bücherregal neben dem Fenster, durch das man auf die Lagune blickte. Perotto merkte, dass auch Annas Blick darauf ruhte. *»I like to read«*, erklärte er fast entschuldigend. »Am liebsten im Schaukelstuhl, draußen.«

Er schaltete die Musik aus, deutete auf die Stühle, setzte sich und tippte fragend auf eine Flasche Wein. Er füllte vier Gläser, prostete uns zu und trank einen kräftigen Schluck.

Der Padellone habe seinem Vater gehört, sagte er, und davor seinem Großvater. In seiner Jugend habe er hier viel Zeit verbracht. »Jetzt bin ich immer hier, wenn ich im Lande bin. *It's my home sweet home.*« An einer der Wände hing ein Schwarzweißfoto von einer jungen Frau.

»Sind Sie viel unterwegs?«, fragte Anna.

»Manchmal, wenn es sich nicht vermeiden lässt.«

Anna leerte ihr Glas. »Ich seh mich kurz draußen um«, sagte sie und stand auf. Im Vorbeigehen berührte sie mit der Hand kurz meinen Rücken. Perotto schenkte nach. Dann erhob er sich, nahm ein paar Holzscheite von einem Stapel und trug sie zu einem großen Ofen in der Ecke. Es war nicht kalt; vielleicht müssen die Weidenruten getrocknet werden, dachte ich, oder es ist in der Lagune zu feucht, wenn man nicht heizt, und dann kriegt man Rheuma, das hatte ich einmal gelesen.

»*La vita bella*«, sagte David und lehnte sich zurück. Er erzählte Perotto, dass Anna in zehn Tagen in die Niederlande fliegen und anschließend für ein halbes Jahr in den Nahen Osten zurückkehren würde.

»*Quindi è coraggiosa*«, sagte Perotto. Er blickte aus dem Fenster, vor dem Anna, auf das Geländer gestützt, aufs Wasser starrte. »Sie muss sehr mutig sein. Sehr tapfer.«

»Wenn wir älter werden, neigen wir dazu, auf junge Leute herunterzublicken«, fuhr er fort. »Als hätten wir in ihrem Alter alles besser gemacht. Aber da belügen wir uns fast immer.« Ich stimmte ihm zu.

Perotto hatte Brot und Teller mit Käse, Wurst und kleinen, sauren Fischen auf den Tisch gestellt. Er sprach über die Geschichte der Region und die seiner Vorfahren, die hier ihren Lebensunterhalt verdient hatten. »Bauern, die zu ängstlich waren, um richtige Fischer zu werden, und deshalb Padellones gebaut haben.« Als Anna wieder hereinkam, zeigte er einladend auf das Bücherregal. Ihr Blick schweifte über die Buchrücken, hin und wieder nahm sie ein Buch heraus und blätterte darin. Ich sah, dass Perotto sie beobachtete, stand auf und ging zu ihr. Es war eine eklektische Sammlung, in der ich keinerlei Ordnung entdecken konnte. Italienische Romane standen neben englischsprachigen Biografien, Lyrikbände neben Atlanten. Anna zeigte auf einige Bücher mit arabischer Schrift auf dem Rücken. Dann zog sie triumphierend eine englische Übersetzung von Gedichten des syrischen Lyrikers Adonis aus dem Regal und drehte sich zu den beiden Männern am Tisch um, das Buch in der erhobenen Hand. Perotto nickte.

»Schade, dass er nicht mehr im Nahen Osten wohnt«, sagte sie, »sonst hätte ich ihn interviewen können.«

»Richtig, er wohnt in Paris. Schauen Sie mal auf die Titelseite.« Sie ließ mich die Widmung mitlesen. *»To my dear friend Perotto, Paris, 4th of April 2008.«* Darunter ein unlesbarer Name, irgendetwas mit Ali. Anna ging zu David und zeigte ihm die Seite.

»The stars, the stars«, rezitierte Perotto, *»and a land without teachings, without chains, a land that does not know boundaries. The stars release their gazelles in my clothes, they grow mad celebrating my body, released on their land in the mist and in conjecture.* Es heißt: *History is ripped apart in the body of a woman.«*

David schaute Perotto fragend an, doch der sagte nichts weiter, stand auf, ging zu einem Schrank und holte eine neue Flasche Wein heraus. Er brachte auch einen Teller mit marinierten Aalscheiben. »Vergessen Sie nicht zu essen, Anna«, sagte er. Als Perotto sich wieder gesetzt hatte, sagte David: »Das ist es, was mir an euch Italienern so gut gefällt, ihr wisst, worauf's im Leben ankommt.«

Perotto schüttelte den Kopf. »In Wirklichkeit sind Italiener die schlimmsten Grübler der Welt.« Niederländer verstünden viel besser zu leben, meinte er. Man brauche sie ja nur auf den Caféterrassen von Ferrara sitzen zu sehen. »Völlig unbeschwert und das Portemonnaie voller Geld.«

Als Anna wieder hinausging, folgte ich ihr. Während wir

zusammen auf einer Bank saßen und auf die Lagune blickten, hörten wir Perotto reden und David regelmäßig schallend lachen. Ich hatte Anna den Arm um die Schulter gelegt. Mein Gott, dachte ich, ich brauche nichts anderes mehr, ich bin vollkommen zufrieden. Könnte es doch ewig so bleiben.

»Ich glaube, ich wäre gern für immer hier«, sagte ich.

»Nach zwei Wochen würdest du's vor Langeweile nicht mehr aushalten.«

»Vielleicht ist das die Art von Leben, die eigentlich für uns gedacht ist. Eine einfache Behausung, ein Dach über dem Kopf, ein bisschen fischen, ein bisschen nachdenken.«

»Auf den Tod warten.«

»Okay, vielleicht muss man über die fünfzig hinaus sein, um so zu denken.«

Sie schaute mich an. »Ich möchte dir noch etwas sagen.«

»Tu das, Liebling.«

»Ich hab dich lieb, Papa.« Sie legte den Kopf auf meine Schulter.

»Ich habe *dich* lieb, kleine Anna.«

»Glaubst du, dass Gedanken ein paar tausend Kilometer reisen können?«

»Das glaube ich schon.«

»Ich auch.«

Ich zog sie an mich. Das Wasser schwappte an die Pfähle.

So blieben wir sitzen, in Gedanken versunken, und blickten auf die Lagune, bis jegliches Zeitgefühl verschwand und der Moment sich ausdehnte, ohne Anfang und ohne Ende.

Im Padellone war es still geworden. Anna warf einen Blick auf ihr Smartphone, ich beobachtete einen Vogel, der mit langsamem Flügelschlag in niedriger Höhe übers Wasser flog. Dann hörte ich Davids Schritte. »Wir müssen los«, sagte er.

»Kannst du denn noch fahren?« Ich hätte nichts dagegen gehabt, im Padellone zu übernachten, zur Not auf den kahlen Dielenbrettern.

»Na klar«, antwortete David, »Alkohol hat keine Wirkung auf diesen Körper.«

Zum Abschied umarmte Perotto zuerst Anna, dann David und mich. Er sagte zu Anna, sie solle den Gedichtband von Adonis mitnehmen. »Man muss die Gedichte öfter lesen, um sie zu verstehen.« Er bat uns eindringlich, bald wiederzukommen, dann würden wir mit dem Boot, das an einem der Pfähle festgemacht war, auf die Lagune hinausfahren und die Aalreusen leeren.

»Wer ist dieser Mann?«, fragte Anna, als wir zurückfuhren.

»Ich weiß es nicht«, sagte David. »Er flicht Schilf und Weidenruten. Er ist Fischer. Er ist mit weltberühmten Dichtern befreundet, und er spricht Arabisch. Er trinkt Wein wie Leitungswasser, und er erzählt für sein Leben gern Geschichten. Sein marinierter Aal ist vorzüglich, er ist ein Intellektueller, er erinnert mich an Figuren aus Büchern von Evelyn Waugh, und ansonsten ist er ein Fremder, es gibt Hunderte von Menschen, über die ich mehr weiß als über ihn. Aber gleichzeitig hab ich das Gefühl, dass ich ihn schon seit Jahren kenne und dass er ein Freund ist. Und das war von Anfang an so, versteht ihr, schon als ich zum ersten Mal an seinem Stand mit ihm gesprochen habe. So jemandem bin ich nie zuvor begegnet.«

»Er hat seltsame Augen«, meinte Anna. »Voll Trauer.«

»Er hat mir eine Geschichte über einen Schmied aus dieser Gegend erzählt«, sagte David. »Eines Tages findet seine Frau ihn tot in der Schmiede. Er wird aufgebahrt, das ganze Dorf zieht an der Bahre vorbei, um ihm die letzte Ehre zu erweisen. Seine Frau will, dass der Sarg geschlossen wird, bevor die Totenmesse beginnt. Der Priester hält eine lange Ansprache – was für ein guter Mensch der Schmied gewesen ist, dass er drei wunderbare Töchter in die Welt gesetzt hat, dass es nie einen ehrlicheren Mann gegeben hat. Aber als er einen Moment schweigt, weil er seinen Text vergessen hat, hört man ein Klopfen. Die Leute drehen die Köpfe hierhin und dorthin, weil sie wissen wollen, woher das Klopfen kommt, und bald starren alle voll Angst und Schrecken auf den Sarg.«

»Gruselig«, sagte Anna.

»Okay, das Klopfen kommt eindeutig aus dem Sarg. Eine der Töchter des Schmieds läuft zum Sarg und winkt den Bestatter herbei, damit er ihn wieder öffnet. Der Deckel wird abgenommen, und da liegt der Schmied mit weit aufgerissenen Augen, in Panik. Unglaublich, oder? Der Priester schwingt seinen Weihwasserwedel. Es ist ein Wunder, ruft er, er war tot, und nun ist er wieder lebendig. Alle freuen sich natürlich wahnsinnig, außer der Frau des Schmieds, die hatte nämlich ein Auge auf einen Getreidehändler im Nachbardorf geworfen. Der Schmied hat dann noch drei Jahre glücklich und zufrieden gelebt, ein paarmal ist er mit einem Nachbarn auf Entenjagd gegangen. Nur einen anderen Arzt hat er sich gesucht, weil er so was natürlich kein zweites Mal erleben wollte.«

Anna hatte ernst zugehört und kein einziges Mal gelacht. »Was meinst du, warum hat er dir diese Geschichte erzählt?«

»Italiener lieben Geschichten.«

»Aber was wollte er damit sagen?«

»Hoffnung«, sagte ich, »dass es immer Hoffnung gibt.«

»Renaissance in der harten Wirklichkeit des Landlebens«, meinte David.

Wir schwiegen eine Weile. Dann sagte Anna: »Da ist noch was.«

»Was?«

»Hinter einer Bücherreihe in dem Regal liegt eine Pistole.«

»Eine Pistole?« Ich hatte nichts gesehen.

»Eine Browning.« Ich schaute sie forschend an, weil ich mich fragte, ob sie vielleicht einen Scherz machte, aber das tat sie nicht. Ich dachte an den Beinamen von Carlo Aretusi in Bassanis Erzählung über die Nacht auf den 15. Dezember 1943: *Sciagura*, Unheil.

In der Nacht lag ich lange wach. Wieso hatte Perotto sie eingeladen, sich seine Bücher anzusehen, obwohl hinter dem Gedichtband eines syrischen Lyrikers seine Browning lag? Wieso schaute er sie ständig so an, als wäre sie seine junge Geliebte? Ich wusste, dass ich aus Vorfällen, die vielleicht gar nichts zu bedeuten hatten, ein Komplott zusammenspann, aber darin bin ich verdammt gut, vor allem nachts.

Am nächsten Tag fuhr ich wieder zum Padellone, allein. Vielleicht war es der Journalist in mir, vielleicht der Romanautor. Auf jeden Fall war es der aufgebrachte Vater. Ich wollte Perotto persönlich sagen, dass er meine Tochter in Ruhe lassen und sich von ihr fernhalten sollte. Ich betrat den Steg und empfand Wut. Der Italiener störte die Idylle dieser Wochen mit meiner Tochter. Ich war besorgt, wenn ich auch nicht wusste, weshalb genau, nur dass es etwas Unangenehmes war, vor dem ich Anna beschützen wollte.

Ich klopfte an, aber es kam keine Reaktion. Ich schaute durch eins der Fenster. Auf dem Boden lagen Hanteln, auf dem Tisch eine Landkarte – was für eine, konnte ich nicht sehen. Ich versuchte, die Tür zu öffnen, aber sie war abgeschlossen.

26

Bianca und ich saßen in der Antica Trattoria Il Cucco in der Via Voltacasotto, fünf Minuten zu Fuß von der Via Cammello. Es war ein schlichtes Restaurant im Besitz von zwei Brüdern, die Maurizio und Michele hießen. Maurizio war der Koch, Michele bediente die Gäste. Weil die Brüder eineiige Zwillinge waren, kam es einem im ersten Moment so vor, als wäre ihr Lokal ein Einmannbetrieb. Wir hatten schon mehrmals dort gegessen, auch mit den anderen, und wurden jedes Mal herzlich begrüßt. Es gab mir das angenehme Gefühl, nach knapp drei Monaten schon fast in Ferrara zu Hause zu sein.

»Darin sind sie gut, die Italiener«, meinte Bianca. »Bei jeder Gelegenheit klopfen sie einem auf die Schulter wie ihrem besten Freund. Und es wirkt.«

»Es wirkt?«

»Ja, sicher. Wie oft waren wir jetzt hier? Und sie tun so, als wären wir seit 1980 Freunde des Hauses.«

»Sei nicht so zynisch.«

Bianca lachte. »Lieber Bart! Du bist ein guter Mensch, bleib so.«

Drinnen stand ein Dutzend Tische, aber bei schönem Wetter konnte man auch draußen essen. Das Restaurant war in einem ehemaligen Kloster aus dem 14. Jahrhundert untergebracht – das 14. Jahrhundert dauerte in Ferrara nun schon siebenhundert Jahre.

»Nimm den *fiocco di culatello*«, sagte Bianca, während ich so tat, als würde ich die Speisekarte studieren. »Der ist hier gut. Dann nehmen wir danach die *braciolette di castrato.*«

»*Di castrato?*«

Sie winkte Michele und bestellte einen Wein. Er hob den Daumen: eine ausgezeichnete Wahl. Dann klopfte er mir auf die Schulter und wiederholte die Geste. Mir war nicht ganz klar, was er meinte, Bianca oder ihren Weinverstand.

»Siehst du, das hab ich gemeint.«

Es gefiel mir, dass sie für uns beide das Gleiche wählte.

»Es ist natürlich keine Osteria Francescana«, sagte ich.

Sie schaute mich schweigend an.

»Du kennst André schon länger«, fuhr ich fort.

»Hat er dir nie erzählt, woher?«

»Nein.«

»Mein Vater war in den achtziger Jahren einer seiner besten Kunden. André kam damals regelmäßig zu uns.«

»Dein Vater …«

»Staatssekretär im ersten Kabinett von Ruud Lubbers, Willem-Jan de Jong.«

»Er hat sich seinen Koks also einfach ins Haus liefern lassen? War das nicht riskant?«

»Natürlich hat er das nicht von Anfang an gemacht. Aber man konnte André vollkommen vertrauen, und das hat mein Vater schnell gemerkt. Ich glaube, Andrés Adressbuch ist immer noch hochexplosiv. Offensichtlich wahrt er ja sogar gegenüber seinen besten Freunden äußerste Diskretion.«

»Und du? Hat er Vater *und* Tochter beliefert?«

»Nein, ich hatte mit Koks nichts am Hut. Ich hab mich nur in ihn verliebt.«

»Verliebt?«

»Ja, André war ein netter Junge. Ausgekocht, aber auch sehr zurückhaltend. So ist er immer noch. Damals war er viel zu ruhelos für eine dauerhafte Beziehung. Ich übrigens auch. Als ich nach Italien gegangen bin, haben wir uns aus den Augen verloren. Aber wie du gemerkt hast, hat er mich nie vergessen. Ich ihn auch nicht.«

»Und jetzt?«

»Jetzt?«

»Ist jetzt noch was zwischen euch beiden?« Ich fühlte, wie angespannt ich war.

»Jetzt ist es Sex mit einem Freund. Wie mit dir.« Sie sagte es ohne besondere Betonung, ganz sachlich.

Ihre Worte waren wie eine Handvoll nasser Schnee im Gesicht. Genau das, was ich nicht hören wollte, nicht über meine Beziehung zu ihr, nicht über ihre zu André, nicht über Beziehungen im Allgemeinen.

»Und mit Joost?«

»Nein, mit Joost hab ich nichts. Er ist mein Auftraggeber, mehr nicht.« Sagte sie das, um mir eine weitere böse Überraschung zu ersparen? Ich wusste nicht, was ich sagen sollte. Ich wollte nicht zeigen, dass ich schockiert war, aber ich war es. Ich fand, dass ich mich wie ein Mann von Welt verhalten musste, war aber gar kein Mann von Welt. Ich bin ein altmodischer Hinterwäldler, dachte ich. André und Joost haben natürlich längst gewusst, was ich jetzt erfahren habe, aber sie sind anders als ich. Moderne, zynische Männer, die wissen, dass die Zeit für romantische Ideen vorbei ist und dass man das Leben als kaltes Büfett betrachten muss: Man sucht sich aus, worauf man Appetit hat, und legt es sich auf den Teller. Und so denkt auch Bianca. So denken fast alle, nur ich nicht.

»Ich bin blind, taub und stumm«, erklärte ich.

Wir gingen schweigend nach Hause, ich hatte kaum noch etwas zu sagen. Ich kam mir vor wie ein Schauspieler, der nicht mehr weiß, ob er gerade in einem Stück spielt oder sich im normalen Leben befindet. Ich wollte die Beziehung beenden; ein lächerlich altmodischer Gedanke, denn was gab es hier zu beenden? Im Grunde war nichts gewesen. Gut, ein paar gemeinsame Nächte, gemeinsame Abendessen wie unter Freunden und die Vorstellung – auf meiner Seite –, dass vielleicht etwas Schönes zwischen uns aufblühte, dass es womöglich sogar Liebe war.

»Ich dachte, zwischen uns wäre etwas Besonderes«, sagte ich und erschrak sofort über diese naive Äußerung. Da ging ich in einer prachtvollen italienischen Stadt durch eine stille Straße, neben mir eine schöne Frau, die gleich, wenn ich wollte, nackt neben mir im Bett liegen würde, ich war gesund, noch keine fünfundfünfzig, ich hatte Bestseller geschrieben, meine Tochter war eine bekannte Nahostkorrespondentin, die drei Männer, mit denen ich hier eine schöne Zeit verbrachte, waren schon seit fast einem halben Jahrhundert meine besten Freunde. Alles war prima. Und trotzdem sagte ich: »Ich dachte, zwischen uns wäre etwas Besonderes«, ein idiotischer Satz, für den sich ein junger Mensch heute in Grund und Boden schämen würde. Ein ärgerlicher Satz, der jede normale Frau in die Flucht schlagen würde, weil nur Loser, nur weinerliche Typen mit Pantoffeln und Pfeife solche Sätze aussprechen. Männer, die sich geschlagen gegeben haben, die in gewisser Weise schon tot sind.

Sie antwortete nicht, Gott sei Dank.

Als wir die Lounge betraten, blieb Bianca vor einem leeren Sockel stehen, der mir dort auch schon aufgefallen war, und legte die Hand darauf.

»Dieser Sockel.«

»Ja. Der Sockel.«

»Da hat was drauf gestanden.«

»Da hat was drauf gestanden.«

»Sprichst du mir jetzt alles nach? Hab ich als Kind auch gemacht, bei meinem kleinen Bruder, bis er mich gehauen hat.«

»Entschuldige, ich bin etwas durcheinander.«

»Das legt sich wieder.«

»Hoffe ich auch.«

»Ich weiß, was auf diesem Sockel gestanden hat.«

»Ein Cupido mit Pfeil und Bogen?«

»Nein, falsch. Was hier stand, war die Seele des Hauses. Etwas, das so lange hier gestanden hat, dass niemand mehr weiß, wie lange genau. Eine Skulptur, die Stella de' Tolomei noch gesehen hat.«

»Stella, die Tochter des Mörders.«

»Genau die. Nur dass der Name Stella dell'Assassino lediglich bedeutet, dass ihr Vater aus Assisi stammte.«

»Joost ist ein Schwätzer. Was war es denn für eine Skulptur?«

»Werde ich dir zeigen.«

»Denn du weißt, wo sie ist.«

»Ja.«

»Okay. Dann lege ich mich jetzt hin.«

»Schlaf gut, Bart.« Sie zögerte einen Moment. »Etwas Besonderes, hast du gesagt. Ist das hier denn nichts Besonderes?« Sie deutete mit beiden Händen erst auf sich selbst und dann auf mich. »Vielleicht nichts so Besonderes nach deiner Definition, aber trotzdem etwas Besonderes.«

»Ich fürchte, ich bin ziemlich traditionell veranlagt.«

27

Zwei Tage später gingen wir durch einen verwilderten, parkartigen Garten. Ich hatte Bianca eine Weile aus dem Weg gehen wollen, aber sie gab mir keine Gelegenheit dazu. Ganz allmählich kam mir die Erkenntnis, dass sie vielleicht recht hatte. Dass man nicht jede Verliebtheit, jedes Gefühl der Anziehung gleich in eine Liebesbeziehung mit gegenseitigem Besitzanspruch umformen musste. Was wir jetzt hatten, war auch eine Möglichkeit, obwohl ich noch nicht wusste, was genau es war. Auf jeden Fall musste ich mich dafür von alten, eingeschliffenen Überzeugungen und Normen verabschieden.

Ich hatte André gefragt, was zwischen ihm und Bianca war – wir bewegten uns auf mir unbekanntem Terrain, und vielleicht sah er alles wieder ganz anders. »Sex und Freundschaft vertragen sich sehr gut«, meinte er. »Besser als Sex und Liebe, wenn du mich fragst. Die Liebe, was hat sie dir gebracht, Bart? Mir nur Schlamassel, jede Menge Kummer und Eifersucht. Vergleich das mal mit der Freundschaft! Wir beide sind Freunde seit 1963, und jetzt sitzen wir hier entspannt vor einem italienischen Café, trinken Cappuccino und reden über Gott und die Welt, und alles ist in Ordnung. Bianca ist einfach ein Superweib, sie wird diesen Umbau locker vor dem Termin fertig kriegen, und außerdem ist sie noch fantastisch im Bett. Oder etwa nicht?«

Ich war noch nicht so weit, dass ich darauf ehrlich antworten konnte, Freundschaft hin oder her.

Bianca hatte die Schilder mit ACCESSO VIETATO lässig ignoriert. »Das gilt nicht für uns«, erklärte sie, »das ist für Touristen.« Ich fragte mich, inwiefern wir denn etwas anderes waren, hielt aber den Mund. Wir waren von Ferrara aus etwa zwanzig Kilometer in Richtung Bologna gefahren. Zwischen den Bäumen sah man in ungefähr dreihundert Metern Entfernung eine weiße, in modernistischem Stil erbaute Villa. Dreißiger Jahre, schätzte ich.

»Ich spüre das Italien von *Novecento*«, sagte ich. »Kennst du den Film?«

»Wofür hältst du mich, Bart, so jung bin ich nun auch wieder nicht.«

»Entschuldigung. Kommt mir so vor, als ob du höchstens drei gewesen sein kannst, als er in die Kinos kam. Warst du schon mal hier?«

»Regelmäßig, ja.«

»Zum Wandern mit einem Freund?« Sie blieb stehen und blickte mich forschend an. Hatte ich wieder etwas Falsches gesagt?

»Ich habe hier gewohnt, Bart«, sagte sie dann. Es klang wie ein Geständnis, das ihr nicht leichtfiel. »In dem Haus hier. Mit Signor Allessandro Locatelli.«

»Und Locatelli …«

»Der wohnt immer noch hier. Mit seinen Hunden, mit der Haushälterin und dem Gärtner und dem Jagdaufseher. Und hin und wieder mit einem Model.« Ich schaute sie überrascht an.

»Und wann hast du sein Haus verlassen? Wann hast du *ihn* verlassen?«

»Vor sechs Jahren. Knapp sechs Jahren.«

»Und warum?«

»Möchtest du das unbedingt wissen?«

»Ja.«

»In Mailand war Alessandro ein netter Student. Aber als wir hier auf das Landgut seiner Familie gezogen sind, wurde er ein italienischer Gutsbesitzer. Komm, gehn wir zu der Skulptur.« Sie zeigte auf eine weiße Frauenfigur in der Mitte des Rasens.

»Und wenn er nun zu Hause ist?!«

»Klar ist er zu Hause. Er ist immer zu Hause, außer wenn die Fahne eingeholt ist. Dann ist er zum Skilaufen in den Bergen oder mit seinen Kumpanen von der Lega Nord unterwegs. Aber wie du siehst, weht da die italienische Flagge.«

»Von der Lega Nord? Sind das nicht diese halben Faschisten?«

»Ferrara hat eine lange faschistische Geschichte.«

»Ich weiß. Mensch, Bianca, muss das wirklich sein? Ich muss plötzlich an Donald Sutherland denken. Und an die tote Katze.«

»Komm, sei nicht so ängstlich.«

Wir gingen weiter in Richtung des Hauses. Ich hielt Ausschau nach irgendwelchen Anzeichen für die Anwesenheit Alessandro Locatellis. Lange brauchte ich nicht zu suchen, denn als wir kurz davor waren, die weite Rasenfläche vor der Villa zu betreten, kam ein großer Mann die Außentreppe herunter. Mit einem Gewehr und neben sich zwei Hunden, angeleint.

»Wenn ich richtig sehe, hat er eine Flinte in der Hand, eine doppelläufige. Geht er jetzt auf die Jagd?«

»Das glaube ich nicht. Komm, weitergehen.«

Der Mann war stehen geblieben, die Hunde sprangen an

ihm hoch, als würden sie darum betteln, die näher kommenden Feinde zerreißen zu dürfen. Dann rief er etwas in schneidendem Ton, er hatte eine unsympathische, herrische Stimme. *»Bianca! Cosa fai qui? E chi è quel barbone?«*

»Was sagt er?«

»Er fragt, was wir hier wollen. Und wer dieser Penner in meiner Begleitung ist.«

Locatelli setzte sich wieder in Bewegung. Bianca rief ihm etwas zu. »Ich hab gesagt, dass dieser Penner ein Freund von mir ist, ein Niederländer, der in Ferrara wohnt, und dass wir die Skulptur abholen.«

Locatelli brüllte etwas zurück. Bianca übersetzte: Er dulde keine holländischen Proleten in seinem Garten und ebenso wenig holländische Huren.

»So ein Arschloch.« Ich überlegte, ob ich mir solche Beleidigungen bieten lassen sollte, aber die Hunde und das Gewehr ließen mir kaum eine Wahl. »Komm, gehn wir zurück. Es hat keinen Zweck.«

Bianca antwortete nicht, sie konzentrierte sich voll und ganz auf den Mann, der uns entgegenkam. Sie rief wieder etwas und übersetzte es synchron, als wäre sie Sprecherin und Dolmetscherin zugleich. Er habe die Seele von Joosts Haus gestohlen, er sei ein gewöhnlicher Dieb.

Locatelli deutete mit einem Grinsen auf die Skulptur, die mitten auf dem Rasen stand, und brüllte eine Antwort, die von wütendem Gebell noch übertönt wurde.

»Veniamo a prenderla!«, rief Bianca. »Wir sind gekommen, um sie mitzunehmen.«

Ich fragte mich, wie wir das anstellen sollten.

Der Mann beschleunigte seinen Schritt, der Abstand verringerte sich schnell. Wir sollten machen, dass wir wegkommen, rief er, sonst würde er die Hunde loslassen.

»Ich traue ihm das ohne weiteres zu«, sagte ich und versuchte, Bianca in Richtung Wald zu drängen.

Doch sie ging unbeirrt weiter und rief Locatelli wieder etwas zu. »Ich hab gesagt, dass seine Hunde mich noch kennen, dass sie ein besseres Gedächtnis haben als er.«

Locatelli blieb stehen, und endlich auch Bianca. Er richtete die Flinte auf uns und rief etwas. »Sein Gewehr hat mich längst vergessen, und er gibt uns zehn Sekunden, um zu verschwinden.«

»Der schießt wirklich!«, schrie ich. »Der Kerl ist völlig irre!«

Locatelli zählte. Bianca antwortete mit einem hohen Lachen und brüllte etwas, worin ich das Wort Idiot erkannte. Ein Schuss fiel. »Das konnte er auch früher nicht vertragen, wenn ich ihn Vollidiot genannt hab.«

»Um Himmels willen!« Ich packte Bianca am Arm und zog sie weg. Sie schaute mich an, und ich sah an ihrem Blick, dass sie die Situation aufregend und vielleicht sogar komisch fand. »Ich glaube, wir gehen jetzt wirklich besser, er ist nicht mehr bei Verstand.«

Wir drehten uns um, gleichzeitig begann Locatelli in die gleiche Richtung zu rennen, vor ihm die Hunde, die ihn hinter sich her zu zerren schienen. Bianca zog mich, wir erreichten die Bäume am Rand des Parks. Locatelli drehte jetzt völlig durch, sein Gebrüll klang hysterisch. Wieder fiel ein Schuss, ich legte die Arme um meinen Kopf und wusste im selben Moment, wie lächerlich das war – wenigstens hätte ich versuchen können, Biancas Kopf vor den Schrotkugeln zu schützen.

Als wir stehen blieben und uns umdrehten, sahen wir Locatelli zur Villa zurückgehen. Ich keuchte.

»Willkommen in Italien, Bart. Willkommen im Land der eifersüchtigen Exmänner!«

»Das war nichts anderes als ein Mordversuch! Wir müssen zur Polizei!«

»Gute Idee. Nur dass der Polizeipräsident von Ferrara mindestens einmal im Monat hier zum Abendessen eingeladen ist.«

»Der Dreckskerl pustet mir fast den Kopf weg!«

Bianca begann schallend zu lachen. Sie musste sich an einem Baum festhalten und schaute mich zwischen den Lachanfällen an. »Wie du deinen Kopf schützen wolltest! Du hättest dein Gesicht sehen müssen!« Ich versuchte, sie empört anzusehen. Sie kam zu mir und umarmte mich. »Du hast doch gesagt, du fühlst dich hier an *Novecento* erinnert. Tja, es ist *Novecento*, Bart. Alessandro ist der Gutsbesitzer Robert De Niro, und du bist der Landarbeiter Gérard Depardieu. Er glaubt, es wäre sein gutes Recht, uns abzuknallen. Wir betreten sein Privatgelände. Dass er bewusst über unsere Köpfe hinwegschießt, das ist für ihn die moderne Zeit. Hast du gedacht, Italien hätte sich wirklich verändert?«

»Ich …«

»Du weißt doch, es heißt, wenn man zusammen dem Tod ins Auge blickt, verbindet einen das fürs ganze Leben.« Sie fing wieder an zu lachen. »Und es ist gut für dein Italienisch.«

»Hör auf. Dieser Drecksack.«

»Komm, sei still.« Sie küsste mich auf den Mund. »Ich hab Lust, mit dir zu vögeln. Sex in der freien Natur, nachdem man dem Tod entkommen ist, das ist so *lussurioso!*« Sie streichelte mich zwischen den Beinen.

»*Lussurioso?*«

»Geil!«

Auf der Rückfahrt fragte ich nach der Skulptur. »Das ist Isis, die ägyptische Göttin. In einer Hand hält sie das Anch, das

Symbol des ewigen Lebens. Wir kommen bald wieder und holen sie uns, sie gehört einfach in das Haus.«

»Eine katholische Frau wie Stella hatte also eine ägyptische Göttin in ihrem Palazzo.«

»Das war die Renaissance, Bart. Die Skulptur stammt vermutlich aus Griechenland. Und Stella war eigensinnig.«

»Aber wie kommt die Skulptur dann in seinen Park?«

»Locatelli hat überall Beziehungen und kennt jeden. Wenn einer wie er so eine Skulptur sieht, dann denkt er: Die gehört mir, und nimmt sie mit. Für ihn ist das nichts Illegales. In früheren Zeiten waren Männer wie er der Ansicht, dass es ihr gutes Recht war, die Töchter ihrer Pächter zu vergewaltigen. Gegen solche Typen hilft nur eins: dreister sein als sie. Zurückbluffen. Das flößt ihnen dann doch Respekt ein.«

»Das heißt …«

»Ja. Aber nachts.«

28

David hatte Anna zum Kloster mitgenommen – vielleicht hatte sie ihn gefragt, ob sie ihn einmal begleiten durfte. Sie kehrten mit zwei geschlachteten Hühnern zurück. Wegen Davids häufiger Besuche bei dem Mönch und seiner Schwester war ich Huhn nach Jägerinnenart allmählich leid.

»Und?«, fragte ich Anna.

»Beeindruckend.«

»Hast du die kleine Nische im Gang gesehen, mit der Marienskulptur?«

»Ja. Ich hab eine Kerze für dich angezündet. Und eine für Mama.«

»Hoffentlich willst du nicht Nonne werden.«

»Vorerst nicht.«

Sie war still an diesem Abend. Vielleicht lag es an der Atmosphäre des Klosters, vielleicht hatte sie angefangen, darüber nachzudenken, ob sie wirklich wieder in den Nahen Osten gehen sollte. Niemand konnte ihr einen Vorwurf machen, wenn sie ihrem Chefredakteur sagte, während des ersten halben Jahres sei ihr klar geworden, dass besser jemand anders über das Grauen dort berichten sollte.

Aber ich kannte sie gut genug, um zu wissen, dass dies nur Wunschdenken war. Was ihre Rückkehr nach Amman betraf, hatte sie anscheinend nicht die geringsten Zweifel. Allerdings fragte sie sich, wie lange eine Reise ins syrische Kriegsgebiet noch zu verantworten sein würde; immer mehr ihrer Kollegen fanden die Risiken zu hoch. Im Internet kursierte ein Video, in dem ein junger amerikanischer Journalist in einem roten Overall im Sand kniete; hinter ihm stand ein Mann mit einem Messer. Es war nicht bekannt, ob der Amerikaner noch lebte.

»Solche Videos sind Clickbaiting für das widerlichste Internet-Pack«, sagte ich. »Und dazu wird man als Journalist mit all seinen guten Absichten dann letztlich degradiert.«

Sie ging nicht darauf ein. »Ein netter Kerl. Hab ein paarmal mit ihm gegessen.«

»Wäre wohl besser, da nicht mehr hinzureisen«, sagte ich so beiläufig wie möglich.

Am nächsten Tag gingen wir zur Casa Romei in der Via Savonarola. An einer Wand war eine steinerne Gedenktafel für Ercole Strozzi angebracht, Dichter und Vertrauter Lucrezia Borgias und Postillon d'amour zwischen ihr und ihrem Schwager Francesco Gonzaga, der zugleich ihre große Liebe war. Auch Strozzis Vater war Dichter gewesen – und ein guter Freund von Rudolf Agricola. Ich erzählte Anna, was sich an dieser Stelle ereignet hatte. Am 6. Juni 1508 beschloss der vierunddreißigjährige Strozzi, einen Abendspaziergang zu machen. Am nächsten Morgen fand man seinen Leichnam an einer Ecke des Palasts auf der Straße, übersät von zweiundzwanzig Messerstichen. Sicherheitshalber hatte der Mörder ihm außerdem die Kehle durchgeschnitten. »Wer der Auftraggeber war, hat man nie herausgefunden. Vielleicht war es Gonzaga, weil er befürchtete, dass man von seinem Verhältnis mit Lucrezia erfahren könnte. Vielleicht steckte Alfonso d'Este dahinter, Lucrezias Ehemann, er hätte ja naheliegende Gründe gehabt. Möglicherweise war es sogar Lucrezia selbst, weil Strozzi Dinge wusste, die besser im Verborgenen bleiben sollten.«

»Verdammt lange her«, sagte Anna.

»Irgendwo in dieser Stadt«, sagte ich, während ich ein paar Notizen machte, »ist das Urteil über Strozzi gesprochen worden. Die Vergangenheit hat mehr Geheimnisse als die Gegenwart. Es gibt eine Wahrheit, aber die lässt sich kaum noch finden, es sei denn, es würde plötzlich ein Brief auftauchen, der sie ans Licht bringt. An dieser Stelle hat Strozzi seinem Mörder in die Augen geblickt, und vielleicht wusste er, wer ihn geschickt hatte.«

Es spielt auch keine Rolle mehr, wer es war, dachte ich, es gibt keine zwingenden Gründe, es herauszufinden, die Zeit hat sie alle längst verschwinden lassen. »Trotzdem ist es schwer zu akzeptieren, dass wir die Wahrheit nie kennen werden«, sagte ich, »und so ist es noch heute, die meisten Ereignisse sind unbegreiflich, wir kennen nur Fragmente der Wahrheit. Sogar von der Wahrheit vor unseren Augen.«

»Wenn es damals gute Journalisten gegeben hätte«, erwiderte Anna, »wüssten wir heute vielleicht, wer ihn ermordet hat.« Es klang vorwurfsvoll.

In einem Trödelladen in einer Seitenstraße des Corso della Giovecca hatte ich eine DVD von *La lunga notte del '43* gekauft. In der Nacht sah ich mir den Film auf meinem Laptop an. Die ganze Geschichte spielte im heutigen Corso Martiri della Libertà. Am nächsten Tag ging ich hin. In dem Haus, in dem im Film die Apotheke von Pino Barilari untergebracht ist, war jetzt die Farmacia Navarra. Das Fenster, von dem aus Pino die Ermordung der Geiseln beobachtet, war mit Läden verschlossen. Ich lehnte mich einen Moment an den Pfeiler, an den sich auch Belinda Lee angelehnt hatte, die Darstellerin von Anna, der Frau von Pino Barilari. Ich kannte die historischen Ereignisse von 1943 in dieser Straße, die Erzählung von Bassani, die darauf beruht, und den Film von Vancini, der wiederum Bassanis Text als Vorlage hat. Und nun schrieben wir das Jahr 2017, und ich stand am Schauplatz all dieser Geschichten. Der Gedanke machte mich traurig, ohne dass ich hätte erklären können, warum. Belinda Lee war fünfundzwanzig, als der Film gedreht wurde, im Jahr darauf kam sie in Kalifornien bei einem Autounfall ums Leben. Ich setzte mich an einen Cafétisch unter dem *portico* und schickte Anna eine WhatsApp-Nachricht. »Hast du Lust auf ein Bier? Ich sitze im Corso Martiri della Libertà.« Sie antwortete sofort. »Bin gerade mit etwas anderem beschäftigt.«

29

»Morgen ist es so weit«, sagte André, als wir abends alle wieder im Hotel waren. »*Punkt* neun Uhr stehen hier vier Herrenrennmaschinen, ein Pegoretti und drei Wiliers, plus zwei Damenmodelle, Bianchis. Ich hab Radkleidung, Schuhe und Helme für alle. Wir könnten so tun, als ob das Rennrad für uns nicht mehr wichtig wäre, aber das wäre Verrat an unserer Vergangenheit. Wenn ich mich recht erinnere, hattest du doch ein Bianchi, Anna.«

Sie nickte. »Steht bei Mama.«

»Das Rennrad hat uns Tod und Verderben und viel anderes Ungemach gebracht, aber wir dürfen nicht vergessen, dass es auch gut für uns war. Dass wir vier heute ausgeglichene Persönlichkeiten sind, weitgehend frei von Traumata und Schuldgefühlen, haben wir auch dem Rad zu verdanken.«

Mit diesen feierlichen Worten erstickte er jeglichen Widerstand im Keim. Wir würden fahren. David sagte, für ihn sei vielleicht ein E-Bike besser. André schaute ihn an, als hätte er sich als Anbeter Beelzebubs geoutet. »Auf gar keinen Fall, David. Das E-Bike ist eine Schande für die Menschheit. Die Welt geht an E-Bikes zugrunde. Erst neulich hat mich eine alte Hexe überholt, mindestens Mitte neunzig. Und in was für einem Tempo! So was stellt alle Werte auf den Kopf, es macht das Leben sinnlos. Ich lass mir noch eher einen halben Liter Dope in den Hintern spritzen, als dass ich mich auf ein E-Bike setze.«

Am nächsten Morgen verließen wir Ferrara auf dem Kopfsteinpflaster des Corso Ercole I d'Este. Ich sah, dass Bianca Mühe hatte, sich auf diesem Straßenbelag im Gleichgewicht zu halten. »Ein bisschen schneller«, sagte ich, »dann geht's leichter.«

»Seht ihn euch an«, sagte Joost und zeigte auf André, der uns mit seiner GoPro filmte.

André manövrierte sich neben Joost. »Welche Gedanken weckt das bei dir, Joost Walvoort? Wie fühlt es sich an?«

»Was?«

»Na das hier, eine Rennradtour mit deinen besten Freunden, du Pfeife.«

David zog seine Trinkflasche aus dem Halter und hielt sie sich wie ein Mikrofon vor den Mund, während er mit einer Hand zu lenken versuchte. »Und hier sind sie, die Matadoren des diesjährigen Giro d'Italia. Es ist ein unvergesslicher Anblick, liebe Hörer, wie diese holländischen Fahrer hier in der Po-Ebene kämpfen. Als wäre die Zeit stehen …« Ein Hustenanfall beendete seinen Bericht. Anna ließ sich neben ihn zurückfallen.

Eine halbe Stunde später fuhren wir in gemächlichem Tempo am Fluss entlang. Abwechselnd schoben wir David an, für den anscheinend zwanzig schon schnell war. André interviewte uns weiter, er erklärte, es sei für eine Minidoku mit dem Titel *À la recherche du temps perdu*.

»Bart, ist das Rad eine Zeitmaschine?«

»Ich glaube schon, ehrlich gesagt. Ich hab das Gefühl, dass ich wieder zum Peeske rauffahre, obwohl wir damals natürlich ein bisschen schneller waren. Aber das ist auch bald vierzig Jahre her.«

»Wo ist die Zeit geblieben, Bart?« Ich meinte, einen Unterton von Verzweiflung zu hören, aber das war vielleicht Einbildung. »Na, was denkst du? Wo bleibt die Zeit?«

Ich hatte einmal einen Artikel über das Thema Zeit geschrieben und dafür einen Astronomen interviewt. »Irgendwo im Universum, ungefähr vierzig Lichtjahre von hier entfernt, fahren ein paar Jungs an der IJssel entlang, auf Siebziger-Jahre-Rennrädern mit Rahmenschalthebeln und Hakenpedalen. Diese Zeit ist noch da, nur anderswo.«

»Hast du Sehnsucht nach früher? Würdest du die Zeit zurückdrehen, wenn es möglich wäre?«

»Ich glaube, es ist keine Sehnsucht nach dieser Zeit, eher danach, wer wir damals waren, und vor allem nach der Unendlichkeit, die noch vor uns lag. Wir lebten in einer Art Ewigkeit. Dachten wir.«

»Die Tage von *cinq pains jambon*«, sagte André.

»*Cinque panini con prosciutto*«, sagte David. Einen Moment waren wir wieder in Bédoin, und ich spürte, wie Lauras Zeh meinen Fuß streichelte.

»Die Zeit hat mir aber eine Tochter gegeben«, sagte ich, während ich mich neben Anna manövrierte. »Das hätte ich nicht missen wollen.«

»Danke, Papa.«

Wir bogen vom Deich in ein kleines Dorf ab, fanden an einem Platz ein Café mit Tischen davor und bestellten Kaffee. Joost verkündete, er werde sich wieder ernsthaft dem Radfahren widmen, sobald der Umbau fertig sei. David war still. Anna saß neben ihm.

André filmte. »Anna, könntest du die Situation in einen größeren Zusammenhang einordnen?«, fragte er, während er auf meine Tochter zoomte.

»Für diese Männer hier ist der Po, was zu Hause die IJssel ist«, sagte Anna. »Sie sind verrückt nach Flüssen. Nach Ansicht meines Vaters sind Flüsse fließende Zeit. Sie bleiben sie selbst, aber trotzdem nie dieselben.« Ich nickte. »Joost, Bart und André, also du, ihr seid drei Ritter, die den Kampf gegen die Zeit aufgenommen haben. Sie hassen die Zeit, sie ist für sie das allergrößte Arschloch überhaupt. Sie ignorieren sie, denn viel mehr kann man gegen sie nicht ausrichten.«

Mir fiel auf, dass sie David nicht nannte.

»Und wie findest du das?«

»Ich finde das lustig. Es ist natürlich ein Kampf gegen Windmühlen, aber irgendwer muss doch gegen Windmühlen kämpfen, sonst wird's langweilig.«

»Trotzdem, der Po ist nicht die IJssel«, meinte Joost. »Hier fahren auch keine Schiffe. Und erst recht keine Hurenboote.« Ich erklärte Bianca, was er meinte: das schwimmende Bordell, das Peters Vater gehört hatte.

»Alle Flüsse sind in einer Hinsicht gleich«, sagte David. »Sie fließen von der Quelle zur Mündung, und am Ende gehen sie im Meer auf. Es ist, wie Bart sagt. Wasser ist Zeit. Es verdampft und kehrt zurück, ein endloser Kreislauf.«

»Joost! Du warst doch derjenige, der alles über die Zeit wusste. Hattest du nicht entdeckt, dass die Zeit gar nicht existiert? Oder hattest du das auch abgeschrieben?«

Joost zeigte der Kamera den Stinkefinger. »Hau ab, du Vlogger!«

»Das ist Joost Walvoort, Hotelier in Ferrara.« André richtete die Kamera jetzt auf David. »Wenn ich mich nicht täusche, hast du von uns vieren das meiste Talent für Heimweh. Du bist die Nostalgie selbst.«

»Ich, äh … Ich bin gern zu Hause, das stimmt. Aber wenn ich Freunde um mich habe, fühle ich mich überall zu Hause. Und ihr seid meine Freunde. Ich hab jetzt kein Heimweh.«

»Ich meinte Heimweh nach früher, Daaf. Als du noch jung und knackig warst.« David schwieg einen Moment.

»Wer hat das nicht? Wenn man jung ist, gibt es keinen Tod.

Okay, den von anderen. Aber man selbst ist unantastbar, unsterblich. Alles kann nur viel besser werden, kein Traum wird bloß ein Traum bleiben. Das Glück wird sich aufstapeln, bis man der König der Welt ist. Und immer, immer wird man jung und hübsch bleiben, es gibt keine Vergänglichkeit, keinen Verfall, keine Fäulnis, keine Krankheiten, die einen zerstören…«

Anna legte ihm schützend den Arm um die Schulter.

»Wow, David ist aber echt ernst drauf«, sagte Joost.

»Wenn du endlich mal kapieren würdest, wann du deine große Klappe halten musst, Walvoort«, sagte André. »Du verdirbst meine Aufnahmen.«

David machte eine beschwichtigende Geste. Dann schaute er schweigend in die Kamera wie ein Präsident, der gleich etwas Wichtiges bekannt geben wird. »Ich glaube, der Augenblick ist gekommen, euch etwas zu sagen.«

»Moment, Daaf«, sagte André, »von hier aus ist es besser. Ich muss auf die Sonne achten. Schieß los.«

Ich habe die Aufnahmen erst gesehen, als wir wieder in den Niederlanden waren. In Italien wollte André sie uns nicht zeigen. Im Hintergrund hört man Joosts Stimme. »Daaf, du machst ein Gesicht, als ob du…« Dann blickt David in die Kamera und sagt: »Ich habe nicht mehr so lange…« Man sieht Annas Arm um seine Schulter. Der Arm sagt: Ich weiß, was jetzt kommt.

Joosts Stimme: »Wie meinst du das, Daaf, ich habe nicht mehr so lange? Musst du nach Hause?«

Meine Stimme: »Daaf…«

Das Gesicht von David, der kaum die Tränen zurückhalten kann. Dann, mit Augen, die vor Trauer zu schmelzen scheinen: »Ich habe Krebs. Unheilbar. Tut mir leid.« Die Kamera bleibt noch vier Sekunden auf ihn gerichtet, als hätte ein Voyeur sie in der Hand. Dann kommt das Gesicht von Anna ins Bild, die David auf die Wange küsst; eine Sekunde danach wird das Bild schwarz.

Wir fuhren schweigend zurück. André legte David die Hand auf den Rücken.

Am Abend hörte ich Joost durch die Lounge wandern und Harvard-Amerikanisch sprechen. »*Yes, he's an old friend. I've known him for forty years. I will send you the medical details. Yes. Hope you can give us some hope. Yes, thank you so much. Got my number? Okay, fine.*«

»Wer war das?«, rief ich nach unten.

»Alter Kumpel von mir. Krebsforscher, hat letztes Jahr von Lance Armstrong fünf Millionen Dollar gekriegt. Viele Kontakte. Ist mir noch was schuldig.«

»Dir noch was schuldig? Warum?«

»Darum, hab ihm mal einen Gefallen getan. Kongress in Amsterdam.«

Egal, wie die Umstände waren, Joost würde nie aufhören, sich ein bisschen wichtiger zu machen, als er war. Diesmal verzieh ich ihm.

30

Eine Woche vor Annas Abreise in die Niederlande fuhren Bianca, Anna, André und ich nachts in Andrés Tesla zum Landgut von Locatelli. Es war eine bewölkte, dunkle Nacht, also genau richtig für unser Vorhaben. Anna wollte unbedingt mitkommen. Es gab mir ein gutes Gefühl, zusammen mit meiner Tochter etwas Aufregendes und Illegales zu tun, auch wenn wir uns sagten, dass wir uns lediglich etwas zurückholten, was uns gehörte.

Die Villa war in tiefes Dunkel gehüllt, die Fahne war nicht zu sehen. Entweder war Locatelli nicht zu Hause, oder er schlief. Geräuschlos und ohne Licht schwebte der Tesla über den Rasen. Wir stiegen aus, liefen wie ein Trupp Elitesoldaten zu der Skulptur, hoben Isis von ihrem Sockel, trugen sie zum Wagen und legten sie vorsichtig auf eine Decke im Kofferraum. André schlug die Decke über sie. »Das Mädel darf doch nicht frieren.« Wir stiegen wieder ein und fuhren weg. Auf den ersten zehn Metern ließ André die Räder durchdrehen, so dass sie den Rasen umpflügten, und fuhr dann quer durch ein paar sorgsam angelegte Blumenbeete zu dem Weg zurück, auf dem wir gekommen waren.

»Arschlöcher muss man immer fühlen lassen, dass man selbst ein noch größeres Arschloch ist«, erklärte er, »das schreckt sie ab.« Bianca nickte. Als ich mich umblickte, sah ich, dass in der Villa jetzt Licht brannte.

»So, da gehört sie hin«, sagte Bianca zufrieden, als wir die Skulptur auf den Sockel in der Lounge gestellt hatten. »Morgen bitte ich die Arbeiter, sie so auf dem Sockel zu befestigen, dass sie nie mehr wegkommt.« André filmte alles. »Vielleicht hilft es«, meinte er. »Die alten Ägypter waren alles andere als blöd.«

»Unsinn«, sagte Joost. »Nichts als Quacksalberei. Ich hab morgen ein Gespräch mit einem Spezialisten. Weltbekannte Autorität. *Das* hilft. So eine Skulptur ist ja schön, natürlich, aber auch nicht mehr als gebrannter Ton.«

»Marmor«, korrigierte Bianca.

»Verdammt noch mal, Joost,«, sagte André, ohne das Filmen zu unterbrechen, »was weißt du schon über das Leben, abgesehen von ein paar Formeln, die in zehn Jahren wieder überholt sind? Wenn das Anch das Symbol des ewigen Lebens ist, dann ist das so. Und dann brauchst du uns nicht mit irgendeiner Scheißautorität zu kommen.«

»Wir werden ja sehen, Dré. Und deine Filmerei geht mir allmählich auf den Sender.«

»Wenn sich bei David morgen Anzeichen einer wundersamen Genesung bemerkbar machen, sprechen wir uns wieder.«

Am nächsten Tag kam ein städtischer Beamter, den wir noch nie gesehen hatten. Er betrat mit prüfendem Blick die Lounge und zeigte auf die Isis-Skulptur. *»Bella statua. Come l'hanno portato qua?«*

»Ein Kumpel von Herrn Locatelli«, sagte Bianca. »Wie die Skulptur hier hingekommen ist. Das weiß er natürlich genau.« Sie antwortete, die Skulptur habe, abgesehen von einer kurzen Unterbrechung, seit Jahrhunderten im Haus gestanden. Der Beamte nickte. Dann legte er ein Formular auf den Tisch. *»Permessi del commune«*, sagte er.

»Schon wieder«, sagte Joost. »Genehmigungen von der Gemeinde. Das wird wieder einiges kosten.«

»*Mille euro*«, sagte der Mann, als hätte er Joosts Bemerkung verstanden.

»Tausend? Und bestimmt bar«, sagte Joost missmutig.

»*Si*«, sagte der Beamte. André verfolgte die Szene interessiert.

»Meine Güte, wo soll ich das jetzt hernehmen?«

»Diese Genehmigung kostet vierhundertfünfzig Euro«, sagte Bianca. »Der Rest ist Entschädigung für die Skulptur. Heute Abend liegt bei meinem Ex ein Umschlag auf dem Tisch, fünfhundertfünfzig minus zehn Prozent für den Mittelsmann.«

»Geh mal kurz zur Seite, Joost.« André trat drohend auf den Beamten zu.

»*Mille euro*«, sagte Locatellis Kumpel nun zu André und verzog den Mund zu einem entschuldigenden Lächeln, wie um auszudrücken, dass er ja auch nicht schuld sei an diesem unsäglichen italienischen Genehmigungssystem.

»Vierhundertfünfzig, du Betrüger«, sagte André und schaute dem Beamten aus nächster Nähe fest in die Augen.

»*Quattrocentocinquanta, imbroglione*«, übersetzte Bianca.

»*Quattrocentocinquanta, imbroglione*«, echote André. Er tippte dem Beamten mit dem Zeigefinger auf die Brust. Der Mann schluckte, nahm ein Büchlein aus seiner Aktentasche und blätterte hastig darin. »*Mi scusi, mi son sbagliavo!*«, sagte er dann übertrieben breit lächelnd. »*Quattrocentocinquanta, naturalmente.*«

»Er sagt, er hat sich geirrt«, sagte Bianca.

»*Scusi*«, wiederholte der Beamte mit einer entschuldigenden Geste.

André griff nach seiner Brieftasche und holte vier Hunderter und einen Fünfziger heraus. »Wie sagt man: und eine Quittung, du Arschloch?«

»*Una fattura, coglione*«, übersetzte Bianca, ohne mit der Wimper zu zucken. Der Beamte schaute sie fassungslos an.

»*Quattrocentocinquanta*«, sagte er leise.

»*Una fattura di mille euro.*« Die Sache machte André allmählich Spaß. »Kann nicht schaden«, sagte er zu Joost.

»*Ma …*«

»Oder ich breche dir die Finger.«

»*Oppure ti rompo le dita*«, sagte Bianca.

»*Oppure ti rompo le dita!*« Andrés Nase berührte nun fast die seines Gegenübers.

»*Sì, sì! Naturalmente!*« Er holte einen Quittungsblock aus der Aktentasche, notierte »*mille euro*« und unterschrieb mit zitternden Fingern.

André händigte ihm das Geld aus und grapschte ihm die Quittung aus der Hand. »Zieh ab, du Parasit!«

»*Vattene, parassita!*«

André deutete auf die Tür. Der Beamte murmelte einen Gruß und verließ das Hotel. Als er die Tür hinter sich geschlossen hatte, ging André zu Bianca und klopfte ihr auf die Schulter. »Prima Zusammenarbeit«, sagte er.

Oben an der Treppe wurde applaudiert, Anna hatte die Szene verfolgt. »Ein Meisterstück!«, rief sie.

Joost wischte sich nervös den Schweiß von der Stirn. »Aber das war Beamtenbeleidigung«, meinte er. »Und Bedrohung! Das gibt noch Ärger!«

André wandte sich kopfschüttelnd Bianca zu. »Joost ist jemand, der sich gern ausnehmen lässt. Er hat sich von seiner Ex ausnehmen lassen, von seiner alten Universität … Der Kerl ist schon sein Leben lang ein willenloses Opfer.«

»Na, also …«

»Dieser Beamte kennt es nicht anders, Joost, das hab ich gleich gesehen. Wenn man sich so verhalten würde wie du, würde er morgen wieder hier auftauchen, mit irgendeiner anderen dämlichen Genehmigung für 1350 Euro.« Er reichte Joost die Quittung. »Hier, für deine Buchhaltung. Absetzbar. Ich schreib's auf, wir verrechnen das später mal mit den Anteilen. Komm, Bianca, wir gehen essen. Anna, Bart, ihr auch. Ich hab einen guten Tag, ich lad euch ein. Joost darf auch mit, als Entschädigung für den Schreck. Wo ist David?«

»Der schläft oben. War müde.«

»Lassen wir ihn schön schlafen.«

31

»Komm«, hörte ich André am nächsten Morgen unten in der Lounge zu Anna sagen, »wir machen eine Radtour. Dein Vater fährt auch mit. *Dein Vater fährt auch mit!*«, rief er nach oben. »Den ganzen Tag tippen, aber nichts erleben, wie soll da was anderes rauskommen als Geschwafel und irgendwelche Fantasien, von denen niemand was hat. Die müssen das Leben auf dem Präsentierteller angeboten kriegen, diese blöden Schriftsteller. *Diese blöden Schriftsteller!*«, rief er zu mir herauf. »Seine Tochter fliegt bald wieder in den verschissenen Nahen Osten, und er schreibt nur!«

Ich zog mich um und ging hinunter, meine Radschuhe lärmten auf der Treppe. »Er hat recht«, sagte ich zu Anna, als wäre André nicht da. Ich umfasste ihren Kopf und küsste sie auf beide Wangen.

»Wo fahren wir hin?«, fragte ich, als wir auf dem Deich am Po angekommen waren. *»Follow the leader«,* antwortete André. Wir hatten Rückenwind, brauchten uns nicht anzustrengen. Anna und ich fuhren nebeneinander hinter André her. Die Erinnerung an unsere gemeinsamen Radtouren durch die nordholländische Dünenlandschaft stimmte mich wehmütig, und die Angst ergriff wieder von mir Besitz. »Du kannst auch Italienkorrespondentin werden«, sagte ich und legte ihr mit einer ausladenden Armbewegung das Land zu Füßen. Sie schaute starr geradeaus und antwortete nicht.

Nach etwa dreißig Kilometern, als wir uns schon dem Meer näherten, zeigte André nach rechts. Dort lag ein Dorf, das Serravalle hieß. Wir fuhren bis zu einem Platz, an dem ein Lokal namens Bar Sport und gegenüber eine kleine Kirche standen. Auf der Straße war kein Mensch zu sehen, die Dorfbewohner hatten sich hinter ihre geschlossenen Fensterläden zurückgezogen – sofern hier noch jemand lebte.

Wir lehnten unsere Räder an die Kirche, André ging zum Eingang vor und öffnete die schwere Tür. Unsere Radschuhe machten klackende Geräusche auf dem Marmorboden. Es war eine jener typischen italienischen Dorfkirchen, in denen sich von selbst Gedanken an die Ewigkeit einstellen. Auf einem Tischchen vor einer Marienskulptur brannten drei Kerzen, und im Sonnenlicht, das durch die Fenster hereinfiel, tanzten unzählige Staubteilchen. Hinter uns fiel die Tür zu. Im Herzen der Kirche schaute Christus am Kreuz auf uns herab, als wäre er neugierig, was wir vorhatten. Ich dachte an Don Camillo, der in Guareschis Büchern lange Gespräche mit dem Gekreuzigten führt.

Dann öffnete sich irgendwo eine knarrende Tür, und Schritte näherten sich. Anna und ich blieben stehen, während André zu Maria und dem Tisch mit den Kerzen ging. Das tat auch der Priester, den wir jetzt sahen, ein Schwarzer. Etwa fünf Meter von André entfernt blieb er stehen, die beiden schauten sich einen Moment schweigend an. Als André zu sprechen begann, hallte seine Stimme in dem hohen Kirchenraum.

»Ich habe einen kranken Freund«, sagte André auf Niederländisch, als wären wir zu Hause. *»Amico, äh … malade. Sick.«* Der Priester zog die Schultern hoch und spreizte leicht die Arme, um auszudrücken, dass er ihn nicht verstand. Dann deutete er fragend auf einen der Beichtstühle, doch André schüttelte den Kopf. Er hatte in der Zwischenzeit eine Rolle Geldscheine mit einem Gummiband drumherum aus der Rückentasche seines Radtrikots geholt. Ich sah, dass es Hunderter waren. Er löste einen der Scheine von dem Röllchen und steckte ihn in den Opferblock neben dem Tischchen, in den man Münzen für angezündete Kerzen einwerfen konnte.

»*I need a miracle. Miracolo!*«, sagte André und schob einen weiteren Schein durch den Schlitz. »*Miracolo! Friend sick, morte.*«

»*Sì, sì*«, sagte der Priester. Er nahm eine Kerze und zündete sie an, während André erneut hundert Euro spendete. Der Geistliche blickte ihn verwundert an, griff nach einer weiteren Kerze und entzündete auch sie. Die beiden fanden zu einem eigenartigen Rhythmus zusammen: André, der nicht aufhörte, Hunderter in den Opferstock zu stecken, und der Priester, der versuchte, Kerzen und Geld wenigstens halbwegs im Gleichgewicht zu halten – ein aussichtsloses Unterfangen, denn laut Preisliste über dem Tisch kosteten selbst die dicksten Kerzen nur fünf Euro. Anna und ich beobachteten das bizarre Schauspiel fasziniert.

Als sämtliche Kerzen angezündet waren und André einen letzten Schein durch den Schlitz geschoben hatte – meiner Schätzung nach hatte er der Kirche mindestens dreitausend Euro geschenkt –, klopfte er dem Priester freundschaftlich auf die Schulter. Dann zeigte er auf uns.

»*Girl*«, sagte er. »*Nomen Anna. And father. Bart. Padre.*« Der Priester nickte, allmählich entschlüsselte er Andrés Kauderwelsch. »*Girl to Syria. Dangerous! Shooting! Bombs. Bomba. Bumm!*«

»*Yes, yes!*«, sagte der Priester. »*Dangerous!*«

André holte sein iPhone aus der Tasche und begann darauf herumzutippen. Anscheinend fand er in einer Übersetzungs-

App, was er suchte, denn nach einer Weile sagte er: *»Dite a Dio di proteggere la ragazza! God has to protect the girl!«* Es klang eher wie ein Befehl als eine Bitte. Der Priester schaute ihn forschend an und kam dann auf uns zu. Er legte Anna die Hand auf den Kopf, murmelte ein paar Worte und versank einen Moment in Gedanken. Sie ließ ihn gewähren, obwohl wir sie gottlos erzogen hatten.

»Grazie«, sagte André. *»Mille grazie.«*

An der Kirchentür drehte ich mich noch einmal um. Die vielen brennenden Kerzen verliehen dem Raum wahrhaftig etwas Festliches. Der Priester hatte sich vor dem Kruzifix auf den Boden gekniet. Während er zu Christus hinaufblickte, schlug er ein Kreuz nach dem anderen.

Als André draußen wieder auf sein Rad steigen wollte, hielt ich ihn zurück. »Vielen Dank, Dré.«

»Mehr kann man nicht tun, Papa«, sagte er. »Ich muss mich doch ein bisschen um die Tochter meines Freundes kümmern. Komm, schauen wir mal, ob sich in der Bar Sport ein Kaffee mit was zu essen auftreiben lässt. Sonst kriegen wir auf der Rückfahrt einen Hungerast.«

32

Ich wollte mit Anna noch San Giorgio besuchen, die Kathedrale des Erzbistums Ferrara. Drinnen war es ruhig, außer uns schlenderten vielleicht zehn andere Besucher durch die Kirche. Ich zeigte ihr die bronzene Kreuzigungsgruppe von Niccolò Baroncelli, das Gemälde von Giovanni Barbieri, genannt Il Guercino, das den Märtyrertod des heiligen Laurenz darstellt, und das Fresco *Das Jüngste Gericht* von Bastianino. Nichts davon schien sie besonders zu interessieren.

»Ich finde diese Kirche nicht schön«, sagte sie schließlich. »Zu barock, zu überladen. Die englischen und französischen Kathedralen, die wir besucht haben, gefallen mir besser, Canterbury, Chartres. Hier hat man nur versucht, das Volk zu beeindrucken, es ist kitschig.« Sie klang verärgert. »Italienisches Bling-Bling. Zu viel Gold und Marmor.«

In einem der Nebenschiffe setzten wir uns auf eine Bank.

Ich schaute Anna an und dachte darüber nach, warum wir Entscheidungen treffen, mit denen wir das Verhängnis herausfordern. Es ist Unruhe, die Angst, ein bedeutungsloses Leben zu führen, nichts anderes zu hinterlassen als Erinnerungen in den Köpfen derer, die uns nahestehen, bis auch sie gestorben sind und die letzten Zeugnisse unserer Anwesenheit auf der Welt mit ins Grab genommen haben. Aber macht es uns glücklicher, wenn wir alles tun, um diesem Schicksal so lange wie möglich zu entgehen?

Ich las gerade ein Buch über Cicero, dessen Anwesenheit auf Erden auch nach zwei Jahrtausenden noch nicht vergessen war – in der Tat ein schönes Ergebnis all seiner Anstrengungen. Aber wäre er glücklicher gewesen, wenn er gewusst hätte, dass im Jahr 2017 in Ferrara jemand ein Buch über sein Leben lesen würde? Er war ein eitler Mann, sah aber sehr klar, dass alles eitle Streben völlig sinnlos und zwangsläufig vergebens ist.

»Warum gehst du dahin zurück?«, fragte ich unvermittelt.

Sie mied meinen Blick. »Weil es sein muss«, antwortete sie kühl. Ich wusste, dass sie über dieses Thema lieber nicht sprach.

»Wer zwingt dich?«

»Ich selbst.«

»Warum?«

»Irgendjemand muss über das berichten, was dort passiert.« Sie wandte den Kopf ab.

»Hilft das? Verringert es das Ausmaß der Gräuel?«

»Ich hoffe. Wenn auch vielleicht nur ein winziges bisschen.«

»Ist das nicht eine eitle Hoffnung? Was haben denn die tausend und abertausend Artikel, die in den letzten Jahren über Syrien und so weiter geschrieben worden sind, gebracht? Das Gemetzel geht einfach weiter.«

»Zumindest weißt du jetzt, dass sich da ein Gemetzel abspielt.«

»Aber die vielen Informationen haben es nicht verhindert oder beendet. Genauso wenig wie all die anonymen Gemetzel der Weltgeschichte, über die nie ein Wort in der Zeitung gestanden hat.«

Es war nicht meine Absicht, sie in die Enge zu treiben, ich versuchte vor allem, gegen meinen eigenen Gedanken anzukämpfen, dass es völlig sinnlos wäre, wenn sie sich erneut der Gefahr aussetzte. Ich hoffte, sie würde ein überzeugendes Argument dafür vorbringen, damit ich mich besser mit ihrer Rückkehr in die Hölle abfinden konnte. Dabei war gar kein Argument denkbar, das mich überzeugen würde.

Sie schien meine Gedanken zu lesen; plötzlich funkelten ihre Augen vor Zorn. »Es reicht mir jetzt, Papa«, sagte sie, wobei sie etwas von mir wegrückte und mich ansah. Gerade weil sie es ganz ruhig sagte, klang es drohend. »Ich hab wirklich genug davon. Seit ich dir gesagt habe, dass ich Nahostkorrespondentin werde, behandelst du mich wie ein Kind. Immer und immer wieder versuchst du, mich umzustimmen. Ich hab dir schon zehnmal gesagt, warum ich das mache, aber es interessiert dich nicht. Du hörst nicht mal zu. Für dich zählen nur deine Sorgen und Bedenken.«

»Also …«

»Nein, sei jetzt zur Abwechslung mal still. Du schleppst mich in diese Scheißkirche hier und fängst wieder davon an.«

»Ich mache mir einfach Sorgen …«

»Genau. Du machst dir Sorgen und erwartest von mir, dass ich dich von diesen Sorgen befreie. Dass ich mich nach deinen Problemen richte. Ich hab selbst Sorgen genug, da brauche ich nicht auch noch deine. Du versuchst gar nicht erst zu verstehen, warum ich das mache, was ich mache. Du behandelst mich wie ein sechzehnjähriges Küken, das nicht ganz bei Verstand ist.« Sie steigerte sich in ihre Wut hinein.

»Liebe Anna …«

»Hör auf mit deiner lieben Anna! Du bist ein Egoist, ein richtiger Egoist. Ich soll deinem Idealbild einer Tochter entsprechen. Aber ich denke gar nicht dran! Ich hab dich auch nie mit meinem Idealbild von einem Vater genervt!«

»Wie sieht denn das aus?«

»Darum geht es jetzt nicht!« Sie sprach immer lauter, ihre Stimme schallte durch den Raum. »Du sollst nicht gleich wieder über dich reden, du sollst zuhören!« Sie stand auf, eine Gruppe von Besuchern in der Nähe musterte uns abfällig. »Haut ab!«, rief Anna den Leuten zu. »Ihr Frömmler!«

Ich versuchte, ruhig zu bleiben. Ich schaute sie an, sie strich sich mit der Hand durchs Haar. »Und versuch nicht, mein Mitleid zu erregen! Du erpresst mich mit deinen Sorgen, mit deinem sentimentalen Theater. Du tust so, als wäre Besorgtheit eine Form von Liebe, aber das stimmt nicht! Mit Besorgtheit kann man jemanden langsam fertigmachen. Deine Besorgtheit raubt mir alle Energie. Und die hab ich bitter nötig.«

»Tut mir leid, das war nie meine …«

»Nie deine Absicht? Das war immer deine Absicht! Hör auf mit diesem verlogenen Gerede und sei ehrlich. Vor zwei Minuten hast du mich noch gefragt: Warum gehst du dahin zurück? Warum. Gehst. Du. Dahin. Zurück. Immer dieselbe Frage. Wenn du sie nicht laut stellst, sehe ich sie in deinen Augen. Warum ich zurückgehe? Weil ich dein verdammtes Gerede leid bin, darum! Weil ich einen Vater habe, der mich nicht ernst nimmt, und weil ich da von allen ernst genommen werde. Sogar von den übelsten Dreckskerlen.«

Ich war fassungslos. Ich sah sie nur an und wusste nicht, was ich noch sagen sollte. Ich beugte mich vor und legte das Gesicht in die Hände. Sie setzte sich wieder neben mich. »Scheiße!«, sagte sie. »Gottverdammte Scheiße! Ich will einen Vater, der stolz auf mich ist, keinen Angsthasen!«

Ich stand auf. »Lass uns gehen. Ich hab gehört, was du gesagt hast.«

»Und ich will nicht hören, dass meine Arbeit mich zu sehr belastet. Das will ich *nicht* hören, verstehst du?!«

Abends sagte David zu mir, ich solle einmal zu Anna gehen, die sich in ihr Zimmer zurückgezogen hatte. Anscheinend hatte sie ihm alles erzählt. Ich ging nach oben und klopfte an ihre Tür. Sie lag im Bett und las.

»Anna, du hattest völlig recht heute Morgen. Irgendjemand musste mir das mal in aller Deutlichkeit sagen. Und das hast du getan. Es tut mir leid.« Sie winkte mich zu sich.

»Papa«, sagte sie, und ein Lächeln spielte um ihre Lippen. »Ich war wütend, aber jetzt bin ich es nicht mehr.« Wir schwiegen einen Moment.

»Kuss«, sagte sie dann, in einem Ton, den ich von früher kannte, wenn ich sie ins Bett gebracht hatte und nach dem Vorlesen wieder nach unten gehen wollte.

33

Anna, David und ich fuhren noch einmal zu Perottos Padellone. Er wollte mit uns in seinem Boot in die Lagune hinausfahren und Reusen kontrollieren. Ich kam nur widerwillig mit.

Ein kräftiger Wind wehte, am Bug bildete sich Gischt. Anna saß vorn, manchmal drehte sie sich strahlend zu uns um.

Perotto steuerte ein paar Stöcke mit kleinen roten Fähnchen an. Er machte das Boot an einem Pfahl fest und zog eine Reuse aus dem Wasser. Ich beobachtete, wie er mit einem Tuch einen sich windenden Aal herausfischte. »Leichenfresser«, sagte er. Es klang wie ein Urteil, und es wurde unverzüglich vollstreckt. Er legte den Aal auf eine Planke an der Seite des Bootes und schlug ihm mit einem kurzen Knüppel den Schädel ein. Ich verstand, warum Anna gesagt hatte, dass er ihr unheimlich war.

Perotto hielt den Aal hoch wie ein Scharfrichter den Kopf eines Hingerichteten. In der Morgensonne hatte die Haut des Fischs einen seidigen Glanz. Es gebe immer weniger Aale, sagte Perotto. Er erzählte, dass es in der Lagune früher von Aalen nur so wimmelte, sie wurden durch Pfahlreihen mit Faschinen zu den Reusen gelenkt. Am Ufer gab es Fabriken, in denen sie geräuchert und in Fässern eingelegt wurden. »*Anguilla marinata di Comacchio*, weltberühmt. Alles vorbei.« Nicht mehr lange, und er werde überhaupt keine Aale mehr fangen. »Und wisst ihr, woran das liegt? An den vielen Kokainsüchtigen in Turin und Mailand. Im Wasser ist so viel Koks, dass die Aale unfruchtbar werden. Ich denke mir das nicht aus, das ist wissenschaftlich erwiesen.« Er zuckte resigniert mit den Schultern. »Man will mit alldem nichts zu tun haben, wird Einsiedler in seinem Padellone und sperrt die Welt aus. Aber die lässt einen nicht in Ruhe.« Er schwieg einen Moment. »Na gut, ich habe die Welt auch nicht in Ruhe gelassen.«

Die fünf Forellen, die sich in den anderen Reusen fanden, warf er lebend in einen Wasserbehälter in der Mitte des Bootes.

Der Wind hatte sich gelegt, auf der Rückfahrt zum Padellone zog das Boot eine v-förmige Spur durch die Lagune. Das Klatschen aus dem Behälter mit den zappelnden Forellen übertönte das Tuckern des Motors. Anna fragte Perotto, was er damit meinte, dass er die Welt nicht in Ruhe gelassen habe.

»Das kann ich nicht sagen.«

»Was haben Sie denn beruflich gemacht?«

»Sorry.« Mehr sagte er nicht, und sie sah, dass weiterfragen keinen Sinn hatte.

Als sie ihm beim Abschied das Buch von Adonis zurückgab, sagte er, sie könne es behalten. »Es ist für Sie. Ali Ahmad wird es mir nicht übelnehmen, dass ich dieses Buch einer jungen Frau gebe. Er liebt junge Frauen über alles.« Er nahm einen Stift, schrieb etwas unter die Widmung des Dichters und klappte den Gedichtband zu. »Erst zu Hause lesen und nicht nach Syrien mitnehmen.«

Er umarmte David. *»Don't worry, my friend.«* Er gab ihm einen Plastikbeutel mit den Forellen und begleitete uns bis zum Ende des Stegs. Dort nahm er, als wäre es ihm gerade erst eingefallen, eine kleine schwarze Schachtel aus der Hosentasche. »Das möchte ich Ihnen noch geben«, sagte er zu Anna. »Zur Erinnerung an Ihren Besuch. Eine Erinnerung an einen alten Mann, der Sie gernhat und Sie bewundert.« Er hielt ein kleines Schmuckstück ins Sonnenlicht. Anna schaute ihn verwundert an. »Es ist eine schwarze Perle«, erklärte Perotto, »die habe ich mal bei einem alten Juwelier in Damaskus gekauft.« Er zeigte auf den schwarzen Stein an ihrer Halskette. »Passt wunderbar dazu.« Er beugte sich zu Anna hinunter, öffnete die Kette und hängte die Perle daran.

»*Thank you*«, sagte Anna, die ein wenig rot geworden war; ihr war offenbar nicht ganz wohl bei der Sache. Als sie sich in Richtung Auto umdrehte, sagte Perotto in fast akzentfreiem Niederländisch: »Vorsicht, Mädel.« Sie nickte und schaute dann mich an, und ihr Blick verriet mir, dass sie das Gleiche empfand wie ich: Verblüffung und Misstrauen.

David nahm in der Küche die Fische für Annas Abschiedsessen aus. Anna schaute ihm zu, und als David sagte, er müsse sich einen Moment setzen – »war früh heute Morgen« –, machte sie weiter. Sie füllte die Fische mit einer Kräutermischung und Zitronenscheiben. André richtete einen Salat an, Joost, Bianca und ich hatten eine zweite Flasche Weißwein geöffnet. David hatte den Backofen bereits vorgeheizt; Anna verteilte die Fische auf zwei Auflaufformen und besprenkelte sie mit Olivenöl.

Als sie den Backofen öffnete, um die Formen auf den Rost zu stellen, fiel das Licht aus. Bianca schaltete die Lampe ihres iPhones ein und ging zum Zählerkasten. »Hier ist alles in Ordnung«, rief sie. »Keine Sicherung rausgeflogen. Wahrscheinlich hat die halbe Stadt keinen Strom. Passiert hier öfter.«

»Romantisch«, sagte André. »Essen wir den Fisch jetzt also roh? Kann man machen, tun die Japaner auch. Zum Glück ist mein Salat noch fertig geworden.«

»Ich würde sagen: Pizza«, meinte Joost. »Den Pizzabäckern macht so ein Stromausfall nichts, die heizen ihre Öfen noch mit Holz.«

»Ein Pizzaofen!«, sagte André. »Dafür ist noch Platz im Garten, Joost.«

»Später.«

»Was jetzt?«, fragte Anna mit einem Blick auf die Fische.

»Grillen«, schlug David vor, »draußen überm Feuergestell. Zum Wegwerfen sind sie zu schade, dann wären sie umsonst gestorben.«

»Best meal ever«, sagte André. »Ein richtiges Männeressen. Fisch an Stock und Feuer und Grog. Gut gemacht, Annie, jetzt bin ich wieder in Form. Besser als aus dem Ofen, wenn du mich fragst.« Bianca war weggegangen, um herauszufinden, was eigentlich los war.

»Also, Perotto hat heute Morgen erzählt, dass die Aale und Forellen im Po ständig zugedröhnt sind, wegen der Mengen an Koks, die in Mailand und Turin in den Fluss gespült werden«, sagte ich. »Es macht sie unfruchtbar.«

»Dann liegt es daran, Dré«, sagte Joost. »Deshalb hat's dir so gut geschmeckt.«

Bianca kam zurück. »Noch eine halbe Stunde«, sagte sie.

Joost schaute sie an. »Na, ein Glück. Wir sprachen gerade über Forellen, die total zugedröhnt sind vom Koks. Deshalb hat es André so gut geschmeckt.«

»Joosthumor«, sagte André. Er klang verärgert. »Gleich werden sich die Hypothekenzinsen drastisch erhöhen.«

»Ich weiß noch, wie Papa zum ersten Mal von André erzählt hat«, sagte Anna. »Ein Freund mit einer kriminellen Karriere, über den er einen Artikel geschrieben hatte. Ich hab damals *Die Sopranos* gesehen und dachte, André wäre eine Art Tony Soprano.«

»Ich war stolz auf ihn«, erklärte ich. »Weil ihm niemand was nachweisen konnte.«

Bianca hörte lächelnd zu.

Joost fragte nach Perotto.

»Unglaublich«, sagte Anna. »Der hat in seinem Padellone ein Bücherregal mit Tolstoi, Lampedusa, Homer und Vergil und Shakespeare, mit allen möglichen Philosophen und Biografien von Churchill und Thatcher, und ...«

»Ich dachte, er wäre Fischer«, unterbrach sie André. »Mit einem Stand auf dem Markt.«

»Das stimmt auch«, antwortete David. »Und er ist Künstler, er arbeitet mit Weidenruten und Schilf.«

»Mit Weidenruten?«

»Ja, er flicht die unterschiedlichsten Objekte aus Schilf und Weiden. Genau deshalb bin ich überhaupt das erste Mal zu ihm gefahren.«

»Wegen eines Kunstwerks?«

»Nein, wegen was anderem.«

»Was denn?«

»Erzähl ich dir später mal.«

Anna hatte ihre Tasche geholt und nahm den Gedichtband von Adonis heraus. »Dieses Buch hat er mir geschenkt. Adonis, schon seit Jahren Anwärter auf den Nobelpreis, nur bekommt ihn immer wieder jemand anders. Er ist ein Freund von Perotto.« Sie schlug das Buch auf und las Perottos Widmung. Einen Moment schien sie im Zweifel zu sein, ob sie den Text vorlesen sollte. »Zeig mal«, sagte André, »bin neugierig, was so ein Aalwilderer in ein Buch schreibt.« Sie lachte und las vor. Es war eine Telefonnummer und darunter »*To a brave woman, Perotto*«. Sie schlug den Band wieder zu.

»Er spricht Arabisch«, sagte David, als wäre Perotto für uns nicht sowieso schon fast eine mythische Gestalt.

Ich dachte, dass Anna auch die Browning erwähnen würde oder die Perle, doch das tat sie nicht. Ich hatte am Vormittag den Namen Perotto gegoogelt. »Einer der Liebhaber von Lucrezia Borgia hieß auch Perotto«, sagte ich. »Später hat man seine Leiche im Tiber gefunden.«

Anna stand auf und klopfte mit einer Gabel an ihr Glas. Sie dankte Joost für seine Gastfreundschaft und uns allen für »die drei fantastischen Wochen«. »Ich wäre gern noch etwas länger geblieben. Früher wart ihr Namen aus den Jugendgeschichten, die mein Vater erzählt hat, jetzt hab ich das Gefühl, dass ihr meine Freunde seid. Alte, weise Freunde. Na ja, so besonders weise eigentlich auch wieder nicht, zum Glück!«

»Alter ist auch nur relativ«, meinte André.

Dann begann sie über David zu sprechen. Es wäre auch merkwürdig gewesen, wenn sie es nicht getan hätte, trotzdem hätte ich es sehr gut verstanden. Ich sah ihr an, wie schwer es ihr fiel. »Na ja, ihr wisst ja. Niemand kann sagen, ob David und ich uns noch mal wiedersehen werden, und das ist ein schrecklicher Gedanke. Es ist fast so, als ob ich jetzt schon eine Art Trauerrede halte. Aber ich möchte David nur gern sagen, dass er immer bei mir bleiben wird und dass ich ihn immer lieben werde. Auch wenn er … auch wenn er anderswo ist.« Sie wischte sich mit einer Hand über die Augen.

David senkte den Kopf, und ich sah, dass er weinte. Anna setzte sich und legte auf der Tischkante den Kopf auf die Arme. Ihre Schultern zuckten.

»So, das war jetzt aber genug«, sagte André. »Es kann genauso gut ein Wunder geschehen, und dann haben wir hier ganz überflüssigerweise geflennt. Ich hab ein paar Hundert Kerzen für David anzünden lassen. Hat ein Vermögen gekostet. Ich hab diesen Gott praktisch bestochen. Stimmt's, Anna?«

»Stimmt«, lachte Anna unter Tränen. Sie stand auf und kam mit einem eingepackten Geschenk zurück. »Das ist schon mal was fürs Hotel«, erklärte sie. »Weil es ja ein Designhotel wird, hab ich etwas Designmäßiges gekauft. Bitte, Joost.« Joost entfernte das Papier und holte Michael Graves' Kaminuhr von Alessi aus der Schachtel.

»Perfekt«, sagte Bianca. »Stand auch auf meiner Liste.«

Ich hatte kurz überlegt, ob ich mit Anna in die Niederlande fliegen und ein Weilchen dort bleiben sollte, aber ich war wieder davon abgekommen. Anna fuhr mit ihrer Mutter für zwei Wochen nach Terschelling, und dass ich mich den beiden anschloss, kam nicht infrage. Ich wollte es nicht, und Hinke war ohnehin schon verstimmt, weil Anna drei Wochen bei mir in Ferrara verbracht hatte und sie selbst sich mit zwei Wochen begnügen musste.

Als ich Annas Koffer im Tesla verstaute, stand plötzlich David hinter mir, einen kleinen Rollkoffer an der Hand.

»Kann ich eine Mitfahrgelegenheit haben? Ich muss auch zum Marco Polo.«

»Derselbe Flug?«

»Derselbe Flug.«

Die beiden Hauptpersonen meines Romans fliegen weg, dachte ich, der Autor bleibt verwaist zurück.

»Ich komme wieder«, sagte David. »In ein paar Tagen. Muss ein paar Sachen regeln.«

Ich fand es schön, dass David mit Anna reiste, es machte

den Abschied leichter. »Komm doch zu Weihnachten nach Hause«, sagte ich so nüchtern wie möglich zu ihr, als wir vor dem Check-in-Schalter standen. »Mal sehen«, antwortete sie.

34

Bianca und ich hatten es uns in einem der kleinen Parks am Rand von Ferrara auf zwei großen Badetüchern bequem gemacht. Ein altmodisches Picknick, sie hatte einen Korb mit Häppchen mitgenommen. Ich musste an den Rasen im Schwimmbad von Zutphen denken, wo wir unendlich viele – so kam es mir in meiner Erinnerung vor – Nachmittage verbracht hatten. Es fehlte nur das Transistorradio mit Theo Koomens Berichten von der Tour de France.

Ich war in einer schwermütigen Stimmung, wegen Anna, wegen David. Und darunter lag noch eine andere Schwermut, die sich nicht so leicht in Worte fassen ließ, deshalb aber nicht weniger bitter war. Sie hatte etwas mit der unaufhörlichen Veränderung zu tun, mit der Zeit, die alles zermahlt, Gutes und Schlechtes, Schönes und Hässliches, Liebe und Hass.

»Ich kenne David … wie lange schon? Er kam in den siebziger Jahren in unsere Klasse. Ein schwarzer Junge aus Surinam, mit so einem lockeren Hüftschwung. Ich wusste sofort, dass er ein Freund fürs Leben werden würde. Sofort, von der ersten Minute an. Das gibt es. Dass man mit dem anderen noch kein Wort gesprochen hat, aber schon unsichtbare Fäden spürt, die einen verbinden und die nie mehr reißen werden.«

»Kann ich sehr gut nachvollziehen«, erwiderte Bianca. »Von euch vieren ist er … der Netteste. Der Liebste. Die meisten Menschen sind Sender, er ist ein Empfänger.«

»Er ist ein Bruder. Und nun wird er sterben. Ich weiß nicht, was ich tun soll. Ich will etwas tun, aber was um Himmels willen soll man tun, wenn ein so enger Freund stirbt?«

»Das kannst nur du allein wissen, ich kann es dir nicht sagen.«

»Als Peter auf dem Ventoux verunglückt ist, kam das unerwartet. Das durfte einfach nicht sein, mit neunzehn hat man nicht zu sterben. Das war inakzeptabel. Es hat unsere Freundschaft für etliche Jahre kaputtgemacht. Oder wenigstens auf Eis gelegt. Wir wussten nicht, wie wir damit umgehen sollten, das weiß man in dem Alter doch nicht, oder? Aber das mit David, das ist anders.«

»Denk nicht darüber nach, was du tun könntest, um es zu verhindern. Denk darüber nach, was du für David tun kannst.«

»Joost telefoniert täglich mit seinen sogenannten guten Bekannten aus der Wissenschaft. André steckt ein Vermögen in den Opferstock einer Dorfkirche. Und seine Filmerei ist eine Art Konservierungstrick, glaube ich. Und ich sehe zu. So ist es immer gewesen. Die anderen haben was getan, und ich hab zugesehen.«

»Du schreibst. Es ist ein Wunder, dass ihr jetzt zusammen seid, Bart. Als ob ihr gewusst hättet, was geschehen würde.«

»War damals auch so. Wenn der Tod vorbeikommt, sind wir da.«

35

David und ich fuhren mit dem Wasserbus vom Flughafen Marco Polo, wo ich ihn abgeholt hatte, nach Venedig. Offenbar hatte er keine Lust, lang und breit zu erzählen, was er zu Hause getan hatte. »Routinesachen beim Notar, Kontrolle in Amsterdam.«

Ich fragte ihn, ob er schon einmal in Venedig gewesen sei.

»Nein, hat sich nie ergeben.«

»Hab ich mir gedacht. Deshalb fahren wir jetzt hin.«

Der Wasserbus legte beim Markusplatz an. Wir gingen über die Riva degli Schiavoni, vorbei an dem Haus, in dem Petrarca gewohnt hatte, und über ein paar Brücken in das Viertel rings um das Arsenal, in dem weniger Gedränge herrschte. Anschließend streiften wir zwei Stunden durch die Stadt. Als wir vor einem Café im ehemaligen Judenviertel saßen, sagte David: »Jetzt kann ich besser nachvollziehen, was Wagner, Nietzsche, Thomas Mann, Hemingway, Truman Capote und all die anderen hier gesucht haben. Es ist schön, dass du mich hierher mitgenommen hast.«

»Das Vergnügen ist ganz auf meiner Seite.«

»Erinnerst du dich, dass wir mit Peter mal Viscontis *Tod in Venedig* gesehen haben? Mit Dirk Bogarde und diesem schönen schwedischen Jungen. Für Peter war dieser Film ein Meisterwerk.«

»Für ihn war jeder italienische Film ein Meisterwerk.«

»Okay, aber dieser war wirklich eins. Diese schwüle, aufreizende Atmosphäre. Hier spürt man, dass all die Schönheit einen hohen Preis hat. Dass Menschen dafür gelitten haben. Weißt du, was du machen solltest, Bart? Ein Jahr in Venedig leben und hier deinen großen Roman schreiben. Hier findest du Tod und Erotik an jeder Ecke. *Wenn die Gondeln Trauer tragen*, mit Donald Sutherland.«

»Mit dieser grauenhaften Zwergin.«

»Wo, wenn nicht in Venedig, hätte man diesen Film drehen sollen? Ich verspreche dir, wenn du hier schreibst, besuche ich dich und hauche dir die Einfälle ein. Dann denkst du: Mann, wie leicht mir das Schreiben heute von der Hand geht. Das bin dann ich, dein alter Freund David.« Er lachte. »Müssen wir bald zurück? Wann fährt der Zug nach Ferrara?«

»Wir fahren nicht zurück«, antwortete ich. »Jedenfalls nicht heute. Ich hab eine Überraschung für dich. Ich möchte noch in Ruhe ein bisschen mit dir reden können. Komm, es ist nicht weit.«

Wir gingen zum Fondamente Nuove und am Meer entlang zu der Wasserbushaltestelle, an der die Vaporetti zu den Inseln abfahren. Während ich Fahrkarten kaufte, schaute mich David verblüfft an. Ich zeigte auf das Boot, das wir nehmen mussten. Zehn Minuten später fuhren wir ab, an der Friedhofsinsel San Michele vorbei nach Norden. »Da ist der Fußballtrainer Helenio Herrera begraben«, sagte ich, »der Erfinder des Catenaccio.« Ich freute mich, dass ich David einmal etwas erzählen konnte, was er noch nicht wusste. Von der Glasinsel Murano ging es nach Mazzorbo weiter; bei jedem Halt fragte Davids Blick, ob wir von Bord mussten, doch ich schüttelte immer wieder den Kopf. Auch an der Haltestelle von Burano, wo die meisten Leute ausstiegen, blieben wir sitzen. Erst als wir Torcello erreichten, nickte ich, wir waren am Ziel. »Hier müssen wir noch ein Stück zu Fuß gehen, schaffst du das? Oder soll ich einen Rollstuhl besorgen?«

An einem schmalen Kanal entlang führte ein Weg zum Dorfplatz. Dort stand das Hotel-Restaurant, in dem ich einen Tisch und zwei Zimmer reserviert hatte: Locanda Cipriani. »Tadaa!«, rief ich. »Das Lieblingsrestaurant von Hemingway, Marc Chagall und Königin Elisabeth, um nur mal ein paar Namen zu nennen. Und gleich auch das von David Castelen. Hoffe ich jedenfalls. Der Geburtsort des Cipriani-Imperiums, von Harry's Bar.«

»Unglaublich«, sagte David. »Fantastisch. Ich koche oft was aus dem *Harry's Bar Kochbuch.*«

»Wie weit bist du mit deinem Roman?«, fragte David, als wir auf die berühmte Fischsuppe von La Locanda warteten.

»Vierzigtausend Wörter.«

Er spürte, dass er besser nicht weiterfragte.

»Was hat man im Van-Leeuwenhoek-Krankenhaus gesagt?«

»Nichts Gutes. Aber darüber möchte ich jetzt nicht sprechen, entschuldige, Bart. Ich hab keine Lust, die letzten Monate meines Lebens mit Sterben und mit Spekulationen über mein Ende zu verbringen. Du wirst schon merken, was kommt. Und ich auch.«

»Okay.«

Ich erzählte, dass Hemingway im La Locanda Teile von *Über den Fluss und in die Wälder* geschrieben hatte. »Er hatte sich bei einer Entenjagd in eine Achtzehnjährige aus Venedig verliebt, eine gewisse Adriana. Und deshalb werde ich jetzt Ente bestellen.«

»Anna hat dir erzählt, was in der Kathedrale passiert ist«, sagte ich, als unser Hauptgericht auf dem Tisch stand.

»Ja. Und sie hat es mir im Flugzeug noch mal erklärt. Sie meinte, du hättest versucht, ihr Schuldgefühle einzureden, weil sie dich unglücklich macht.«

»Vielleicht war das so. Vielleicht neigen wir dazu, uns gegenseitig mit angeblicher Schuld zu erpressen.«

»Du erpresst Anna. Nicht gleich verallgemeinern.«

»Okay, ich erpresse Anna. Aber wir haben uns wieder versöhnt.«

»Schuldgefühl kann alles kaputtmachen. Das haben wir nach Peters Tod erlebt.«

Ich zeigte auf ein Foto von Hemingway an der Wand. »Hemingway hatte einen Sohn, Gregory, das war sein Jüngster. Eines Tages wird Gregory wegen Drogenmissbrauchs verhaftet. Hemingway ruft Gregorys Mutter Pauline an und gibt ihr die Schuld daran, dass ihr Sohn auf Abwege geraten ist. Pauline gerät dadurch völlig aus der Fassung, ein paar Stunden nach dem Anruf stirbt sie. Nach Hemingways Ansicht trifft Gregory die Schuld an Paulines Tod, und das sagt er ihm auch unmissverständlich. Gregory gerät in eine Krise, und quasi als Therapie geht er in Afrika auf Elefantenjagd. Das könnte man natürlich wunderbar freudianisch deuten. Jahre später schließt Greg sein Medizinstudium ab und nimmt sich den Autopsiebericht seiner Mutter vor, um rauszufinden, woran genau sie eigentlich gestorben ist. Anscheinend hatte sie einen seltenen Nebennierentumor, der dafür verantwortlich war, dass unter plötzlichem Stress zu viel Adrenalin ausgeschüttet wurde. Es war deine Schuld, schreibt Greg in einem wütenden Brief an seinen Vater, nicht meine. Jetzt wird Hemingway selbst von schrecklichen Schuldgefühlen gequält. Ein Jahr später bringt er sich um. Meine Schuld, denkt Gregory und versinkt wieder in einer Depression. Immer wieder Schuld, Schuld, Schuld. Und dabei konnte von Schuld eigentlich keine Rede sein, es waren einfach unglückliche Umstände.«

»Das ist wieder eine andere Schuldgefühl-Liga«, meinte David. »Da reichst du nicht ran. Was ist aus Gregory geworden?«

»Er hat sich zur Frau umwandeln lassen. Vielleicht hat er gedacht, es wäre leichter, eine Tochter von Hemingway zu sein als ein Sohn. Hat sich dann Gloria genannt. Endlich hatte er die Schuldgefühle überwunden. Aber das ist meine Interpretation.«

36

Joost rief uns in der Lounge zusammen, die allmählich wie eine richtige Hotellounge aussah. »Brandübung mit John Cleese«, sagte André.

»Passt auf«, sagte Joost. »Ich habe Neuigkeiten. Gute Neuigkeiten. Auf Umwegen, ihr kennt das ja, ein Freund hier, ein Freund da, bin ich schließlich bei James Soprano gelandet. Sagt euch der Name was, James Soprano?«

»Nicht direkt, nein«, antwortete André. »Verwandt mit Tony?« An einer Wand auf der ersten Etage wurde eine Bohrmaschine angesetzt. »*Silenzio!*«, schrie Bianca nach oben. »*Un minuto!*« Der Bohrer verstummte.

»Danke, Bianca«, sagte Joost. »Also, James Soprano.« Er wandte sich nun speziell an David. »Der Mann ist Weltspitze, Daaf. Harvard. Die Avantgarde der Avantgarde. Wenn der amerikanische Präsident krank wird, wendet er sich an diesen Arzt. Betreibt bahnbrechende Forschung. Nobelpreisverdächtig. Ich erkläre ihm, was du hast, und frage, ob es eine Therapie dafür gibt. Und er sagt: vielleicht.«

»Hast du mit ihm persönlich gesprochen?«, fragte David misstrauisch.

»Also, das nicht, aber mit seinem persönlichen Assistenten. James Soprano ist ein viel beschäftigter Mann, wie du dir denken kannst.«

»Und dieser Assistent sagt zu dir: vielleicht.«

»Ja. Vielleicht kann der Professor helfen. Immerhin vielleicht!«

»Aber wie ...«

»Wir fliegen hin«, sagte André.

Joost schüttelte den Kopf. »James Soprano. *Soprano*, versteht ihr? Hängen sehr an ihrer Familie, diese Italoamerikaner. James Soprano ist im September in Bologna. Kongress an der Universität und Familienbesuche.«

»Und?«

»Siehst du den Zufall, Daaf? Den Zufall, der kein Zufall sein kann? Du bist krank, und ich finde den Spezialisten der Spezialisten. Und dieser Mensch, dieser Gott der Krebstherapien, ist nächsten Monat in Bologna. Praktisch um die Ecke. Wir fahren nach Bologna, Daaf, und da wird James Soprano dich untersuchen. Und dann sagt James Soprano zu dir: Herr Castelen, ich bin da ganz zuversichtlich. Das kriegen wir schon hin. Bei den heutigen medizinischen Möglichkeiten ist das im Grunde nicht schlimmer als eine Erkältung. Bei *meinen* heutigen Möglichkeiten.« Er legte eine Pause ein, anscheinend wollte er David die Gelegenheit geben, ihm vor Rührung und Dankbarkeit um den Hals zu fallen. Doch das geschah nicht.

»Ich muss darüber nachdenken, Joost«, sagte David. »Ich weiß deine Bemühungen wirklich zu schätzen. Aber ich muss drüber nachdenken.«

Joost schaute ihn fragend und ein wenig enttäuscht an.

»Ich will mich keinen Illusionen mehr hingeben, Joost. Diese Krankheit beschäftigt mich ja nicht erst seit gestern. Es fängt mit Nicht-wahrhaben-Wollen an, und dann kommt das Hoffen. Aber man erträgt es nicht beliebig oft, dass Hoffnungen zunichte gemacht werden.«

»Okay«, sagte Joost. »Das versteh ich. Aber versprich mir, dass du wirklich drüber nachdenkst.«

»Natürlich. Und nimm's mir nicht übel, dass ich so reagiere.«

Wir saßen zu dritt auf dem neuen Sofa, das Bianca neben die Isis-Skulptur gestellt hatte. André, Joost und ich.

»Was schenkt man einem Mann, der nicht mehr besonders lange zu leben hat, zum Vierundfünfzigsten?«, fragte André. »Ganz schön schwierig.«

»Nicht so vorschnell«, erwiderte Joost. »Ihr vergesst James Soprano. Ich bin da ganz zuversichtlich. Die Wissenschaft steht nicht still, Leute.«

»Zugegeben«, sagte ich, »aber das ist doch noch ein unsicherer Faktor, gelinde gesagt.«

»James Soprano, lieber Himmel«, sagte André.

»Wir wissen, dass du's nicht so mit harter Wissenschaft hast, Dré. Du schmeißt lieber ein kleines Vermögen in einen Opferstock. Okay, jedem das Seine.«

»Reg dich ab, Joost«, sagte ich.

»Sorry. Aber er muss nicht immer so negativ sein. Gut, eine gewisse Zurückhaltung ist angebracht. Wir müssen ihm nicht gleich Laufschuhe schenken. Aber vielleicht ein paar dicke Bücher? Damit sagen wir: Daaf, wir vertrauen voll und ganz darauf, dass du die spielend zu Ende liest.«

»Wär eine Möglichkeit«, sagte ich. »An Geburtstagen tut man immer so, als ob das Geburtstagskind das ewige Leben hätte.«

»Du meinst also: Schenken wir ihm ein Dreijahresabo von irgendeiner Zeitschrift«, sagte André. »Oder Reitstunden. Oder einen Russischkurs.«

»Was für eine Zeitschrift? Er liest überhaupt keine Zeitschriften.« Eine von Joosts Schwächen war, dass er zwar Zynismus verstand, aber keine Ironie.

»War doch nicht wörtlich gemeint, du Pfeife«, erwiderte André. »Was schenkt man jemandem, der nur noch ziemlich kurz zu leben hat, ohne dass er denkt, dass man ihn verarschen will?«

»Was Alkoholisches«, meinte Joost. »Passt immer. Und wenn man die Selbstmordpillen drin auflöst.«

»Früher hat man den Menschen Dinge fürs Jenseits mitgegeben«, sagte ich. »Das war ein sehr guter Brauch.«

»Cash, um Petrus zu bestechen«, sagte André.

»Eine Spende für die Krebsforschung, wär das nicht 'ne gute Idee?« Ich wusste sofort, dass es keine gute Idee war. »Nein, das macht man nach der Beerdigung.«

»Ein Scheck für James Soprano«, sagte André. »Amerikaner machen nichts für nichts.«

»Okay, dann denk ich mir eben selbst was aus, verflixt noch mal«, sagte Joost. »Und wir teilen uns die Kosten. Ein schöner neuer Borsalino. Ein Paar handgefertigte italienische Schuhe. Ein Gutschein für einen sehr teuren Frisör.«

»Mit Hut und stylischem Haarschnitt in den Sarg«, sagte ich. »Mensch, Leute. Wir müssen ihm zeigen, wie viel er uns bedeutet. Dass es für uns nichts ändert, wenn er stirbt, sozusagen. Dass er immer bei uns bleiben wird. Ach verdammt, was für ein beschissenes Gespräch.«

»Das hast du wunderbar formuliert, Bartje. Junge, für uns ändert sich wirklich nichts, wenn du den Löffel abgibst. Für uns wirst du immer da sein.«

»Dann sag es besser, Dré. Du weißt doch, was ich meine, oder?«

Die Tür ging auf, Bianca kam herein. »Wir sprechen über ein Geburtstagsgeschenk für David«, sagte ich, als müsste ich erklären, warum wir so verschwörerhaft beisammensaßen. »Nicht einfach.«

Sie schaute uns kopfschüttelnd an. »Abgesehen von André kenne ich euch noch nicht so lange, aber ich weiß inzwischen, dass ihr Meister darin seid, aus kleinen Problemen große zu machen. Umgekehrt gilt das allerdings auch, was ich dann wieder zu schätzen weiß. Aber dies ist ein kleines Problem. Ihr müsst dafür sorgen, dass das Hotel fertig wird. Dass er das noch erlebt.«

»Hervorragend«, sagte Joost. »Ausgezeichnete Idee.« Erst dann schien ihm einzufallen, dass es nur eine Person gab, die dafür sorgen konnte, dass alles rechtzeitig fertig wurde, nämlich Bianca. Und dass es außerdem keinen Grund gab, an ihrem Erfolg zu zweifeln.

»Und wenn es dann fertig ist, nennst du es Casa di David«, fuhr Bianca fort. »Das ist sein Geschenk. Ein Hotel, in dem sein Geist weiterlebt.«

»Brillant!«, sagte Joost.

»Ja, brillant«, bestätigte ich.

»Das nenne ich wirklich eine brillante Idee«, sagte André.

An diesem Abend saßen wir vor dem großen Bildschirm im Fernsehzimmer, das auch schon fertig war, und sahen Donizettis Oper *Lucrezia Borgia.* André hatte die DVD gekauft und Bier und Chips besorgt. Es hatte ihn einige Mühe gekostet, uns davon zu überzeugen, dass es ganz nett sein könnte, eine Oper über Lucrezia zu sehen. Vor allem, weil er offenbar selbst nicht überzeugt war.

»Es ist 1980«, sagte André, während er sich eine Handvoll Chips nahm, »und darum geht es. Dieser Film interessiert mich nicht die Bohne. Blöde Oper.«

»1980?«, fragte Bianca.

»Dré meint, dass wir damals auch stundenlang vor dem Fernseher gesessen haben«, erklärte ich. »Genau wie jetzt, mit

Chips und Bier. Und italienischen Filmen. Peter war versessen auf italienische Filme. Filme, die nicht aus Italien kamen, taugten seiner Ansicht nach grundsätzlich nichts. Vor allem mit niederländischen Filmen durfte man ihm nicht kommen.«

»Und es war immer eine Frau dabei«, sagte Joost, »und so ist es jetzt auch.«

»Pssst«, machte David. Er war der Einzige, der auf den Bildschirm schaute.

37

Paolo Guerini war ein Mann von etwa Mitte dreißig, der sich außer für mittelalterliche Geschichte auch sehr für Fußball interessierte. Wie André und ich hatte er das erste Heimspiel der SPAL in der Serie A besucht, bei dem die Mannschaft mit drei zu zwei gegen Udine gewonnen hatte. »Erst null zu null auswärts gegen Lazio und jetzt das, ein Superstart!« Wir waren im Café des Hotel Europa verabredet. Vor ihm lag ein kleiner Stapel Ausdrucke.

»In Ferrara findet man sehr viele Informationen über die Epoche der Herzöge von Este«, sagte er. »So viele, dass man darin ertrinken könnte. Aber zum Glück kann man ja heute digital suchen, das erspart einem Monate Arbeit.« Ich fragte, ob er den Ludovico, den ich suchte, aufgespürt habe. Er zog ein DIN-A4-Blatt aus dem Stapel. »*There he is.*«

Der Ludovico, bei dem Rudolf Agricola während seiner ersten Monate in Ferrara gewohnt hatte, hieß offenbar Dottore Ludovico da le Calze. »Er wohnte in einem Haus in der Via Cammello, bis zu seinem Tod im Jahr 1476«, erklärte Guerini. Ich starrte ihn anscheinend so entgeistert an, dass er laut lachen musste. »Das überrascht Sie? Via Cammello 7. Ich habe vorhin mal einen Blick darauf geworfen.«

»*No*. Das kann nicht wahr sein.«

Er klopfte auf seine Papiere. »Meine Quellen.«

»Meine Freunde und ich wohnen in Haus Nummer 13.«

»Die Via Cammello ist bei Niederländern offensichtlich beliebt.«

»Dein Agricola hat also in dieser Straße *gewohnt*«, sagte Joost wenig später. »Irre! Das muss unbedingt ins Buch.«

»Ich find's unheimlich«, sagte ich.

Im Jahr 1483 wohnte Agricola wieder in Groningen. Dort herrschte die Pest, aber er weigerte sich, die Stadt zu verlassen. Er lebe zwischen Hoffnung und Angst »unter fortwährender Folter«, schrieb er in einem Brief an seinen Freund Alexander Hegius. Er hatte aber ein Mittel dagegen gefunden. »Ich sage mir, dass alles Künftige geschehen wird, nicht notwendigerweise etwas Bestimmtes, aber etwas wird geschehen. Ich werde also an der Pest sterben, oder ich werde nicht sterben. Eines von beiden trifft zu, und das wird geschehen. Was geschehen wird, entzieht sich meinem Wissen und auch meiner Macht. Was liegt daran, ob es geschehen kann oder nicht geschehen kann, wenn das Ende in beiden Fällen das Gleiche ist?«

Ich las den Brief David vor. »Ein wahrer Stoiker«, meinte er.

»Weiter unten schreibt er, dass Fortuna alles regiert. Dass man ein bisschen Glück haben muss.«

»Das stimmt auch.«

»Er ist zwei Jahre später in Heidelberg gestorben, nicht an der Pest. Zweiundvierzig war er da.«

Zwei Tage später war ich fertig mit *Via Cammello 13*. Ich mailte das Manuskript an meinen Verlag; Andrés Fotos wurden mit WeTransfer ebenfalls nach Amsterdam geschickt. Der Zeitrahmen war ziemlich eng, die Texte mussten noch redigiert und dann das Layout mit den Fotos entworfen werden.

Natürlich hoffte ich, dass unser Buch rechtzeitig zur Eröffnung des Hotels fertig sein würde. Es enthielt ein langes Kapitel über Lucrezia Borgia, aber das längste handelte von Rudolf Agricola, meinem Freund und Weggefährten.

38

An einem brütend heißen Freitag Anfang September fuhren wir nach Bologna, wo David einen Termin bei James Soprano hatte. Eigentlich hatte Joost nur mit David nach Bologna fahren wollen, aber wir hielten es für besser, wenn wir alle mitkamen. Joost war deswegen ein bisschen nervös. »James Soprano kennt mich natürlich, aber wenn ihn plötzlich vier Mann überfallen, macht das vielleicht einen etwas merkwürdigen Eindruck. Ich glaube, ich gehe besser allein mit David rein. Es ist schließlich James Soprano und nicht irgendein Hausarzt. Er hat neulich erst den ägyptischen Präsidenten Sisi …«

»Ja, Joost«, unterbrach ihn André, »wir sind im Bilde. Wir bleiben im Wartezimmer. Vielleicht liegen da ein paar schöne Autozeitschriften. Oder alte *Playboys*.«

»Es gibt kein Wartezimmer«, sagte Joost. »James Soprano wohnt in einem Hotel.«

»Und wie soll er David dann untersuchen?«

»Erst kommt dieses Gespräch, später dann Untersuchungen. Ich habe James ja schon alle Befunde zugemailt.«

»James«, sagte André so verächtlich, wie man einen Namen nur aussprechen kann. »Der Butler von Lady Penelope in *Thunderbirds* hieß auch James. Ein elender Langweiler. Richtige Männer heißen nicht James. Außer James Hunt und James Bond.«

David sah schweigend aus dem Fenster. Ich fragte, wie es ihm ging, aber er antwortete nicht und schien mit den Gedanken sehr weit weg zu sein.

»Gut möglich, dass David und ich nächsten Monat in Harvard sind«, sagte Joost. »Daaf wird uns noch alle überleben.«

James Soprano war ein kleiner Mann mit großen, zu weit auseinanderstehenden Augen, die misstrauisch in die Welt blickten. Er hatte seine letzten Haare sorgsam über den Schädel drapiert und trug am rechten kleinen Finger einen Ring mit einem großen Diamanten. Wenn er den Mund öffnete, sah man mehrere Goldzähne. »*We hope it's okay, all of us ...*«, sagte Joost ein wenig zu servil, als wir die geräumige Suite betraten.

»*No problem, no problem*«, antwortete James Soprano.

»Wir sind schon seit einem halben Jahrhundert befreundet, verstehen Sie?«, sagte André. »Aber das hat Ihr alter Freund Joost Ihnen natürlich schon erzählt.« Ein schiefes Lächeln spielte um seine Lippen.

»*So who's Djoast?*«, fragte Soprano. »Wer hat mir die Krankenakte zugeschickt?«

»*I am Joost*«, antwortete Joost, dem die Situation offenkundig peinlich war, er warf André einen giftigen Blick zu. »Ich habe ein paar Jahre in Harvard gearbeitet. Zusammen mit Ihrem früheren Kollegen ...« James Soprano gab Joost zu verstehen, dass ihn weitere Details seines Verhältnisses zu ihm nicht interessierten.

»Herzlichen Dank, dass Sie sich Zeit genommen haben und bereit waren, sich Davids Krankenakte anzusehen ...« Eins musste man Joost lassen: Er gab sich nicht so leicht geschlagen, Andrés triumphierendem Grinsen zum Trotz.

»Natürlich«, sagte James Soprano, »es ist ein interessanter Fall.«

»James«, sagte Joost in vertraulichem Ton, »gibt es Hoffnung?«

»Wenn wir nach Amerika müssen, kein Problem«, erklärte André. »Wenn es sein muss, reisen wir ans andere Ende der Welt.« David stand schweigend dabei, als würde ihn all das nichts angehen.

»Still, Dré«, mahnte Joost. »James denkt nach. Nicht wahr, James, du musst nachdenken. Wenn du mehr Zeit brauchst, kommen wir später zurück.«

»Na, James, raus mit der Sprache«, sagte André. In James Sopranos Miene schien sich ein wenig Ärger abzuzeichnen.

»*Well …*«, sagte er.

»James macht es aber ganz schön spannend.« André schaute den Amerikaner herausfordernd an. *»Money doesn't play a role.«* Er spürte genau, dass Geld im Leben von James Soprano eine sehr große Rolle spielte. Dafür brauchte man allerdings auch kein bedeutender Psychologe zu sein.

»Was ist das wieder für ein beschissenes Englisch, Dré, typisch!«, sagte Joost. »Wie soll der Mann dich denn verstehen. *James, my friend André means …*« Allmählich wurde die Szene wirklich peinlich. David sah aus, als ob er die Suite am liebsten sofort verlassen hätte, mit oder ohne Hoffnung.

Dann sagte James Soprano: »Ich würde gerne einen Moment mit Herrn Castelen allein sprechen.«

Eine halbe Stunde später saßen wir niedergeschlagen auf einer Bank auf der Piazza Maggiore.

»Scheiße, so was Peinliches!«, sagte Joost. »Ich hab mich in Grund und Boden geschämt. Der Mann ist eine Kapazität, eine weltweit anerkannte Autorität. Der kriegt früher oder später den Medizinnobelpreis. Und André redet mit ihm wie mit irgendeiner lächerlichen Operettenfigur.«

»Dieser Typ wird niemals den Medizinnobelpreis kriegen, *never ever*«, erwiderte André. »Ich schätze, der hat nicht mal einen Erste-Hilfe-Kurs gemacht. Das ist ein Quacksalber, Mensch! Hast du diesen Ring gesehen? Ich glaub, ich werde besser mal mein Netzwerk von koksenden Krebsspezialisten aktivieren.«

»Ach ja?«, fragte Joost. »Wirklich? Wenn du das hast, so ein Netzwerk, dann ist es eine Schande, dass du's nicht längst aktiviert hast! Ich hab wenigstens getan, was ich konnte! Und ich geb noch nicht auf! Die Scheißdiagnose von Herrn Soprano ist nicht das letzte Wort. Ich kenne noch ein paar von den Jungs.«

»Und wer nur ein bisschen was auf sich hält, der lässt jemanden wie diesen Sisi einfach verrecken!«, rief André. »Der behandelt so ein Schwein doch nicht! Im Grunde sagt das schon genug.«

Wir drückten unseren Kummer aus, indem wir uns stritten, eine jämmerliche Reaktion, die ich schon aus der Zeit kannte, als wir noch kaum wussten, was Kummer ist. Wir wollten irgendwen verantwortlich machen, auch wenn niemand verantwortlich war. In unserer Verzweiflung suchten wir die Schuld beieinander.

Joost sagte etwas über den Hippokratischen Eid, doch in diesem Moment erhob sich David von der Bank und sagte: »Okay, *that's it.*« Er weinte lautlos.

39

David stand neben dem geflochtenen Korb, folgte mit den Fingern einzelnen Weidenruten, beugte sich hinunter, um sich die raffinierten Muster in dem Geflecht, die Gestaltung der Ränder und die Befestigung der vier Handgriffe genauer anzusehen. Perotto beobachtete ihn. Dann nahm er einen der Griffe in die Hand, zeigte auf uns und klopfte auf seinen Bauch. »*Strong enough for you and me together.* Wenn deine Freunde stark genug wären, um uns beide zu tragen.«

Davids Augen leuchteten, als hätte er sich gerade zum Kauf eines Autos entschlossen, das er immer schon haben wollte. Die Vorstellung, dass er in absehbarer Zeit leblos in diesem Korb liegen würde, machte ihm anscheinend keine Angst.

Neben Perotto lehnte der Deckel an der Wand, die Unterseite nach vorn gerichtet. André legte ihn mit prüfendem Blick auf den Korb, während Perotto immer noch David anschaute. Jetzt sah man, was er sich als Schmuck für den Deckel ausgedacht hatte: die Abbildung eines Reihers aus blau gefärbten Weidenruten. »Wundervoll«, sagte David und trat ein paar Schritte zurück, um das Ganze aus einiger Entfernung zu betrachten. »Das ist ein Kunstwerk. Unbeschreiblich schön gemacht. Eigentlich schade, dass es …« Er schien mit sich selbst zu sprechen. Schließlich schaute er Perotto an und wiederholte auf Italienisch, was er gesagt hatte. Perotto lächelte selbstsicher, Davids Reaktion überraschte ihn nicht. »Für die

Ägypter war der Reiher eine Art Phönix, der jedes Jahr aus seiner Asche ersteht«, sagte er zu André und mir.

Für uns beide hatte der Korb etwas Abschreckendes. Wir sahen natürlich auch, wie fein gearbeitet er war und wie schön der Reiherphönix, der über den Toten unter ihm wachen sollte, aber das waren Details, die unmöglich vom Eigentlichen ablenken konnten: Bald würde David darin liegen.

Perotto setzte sich an den Tisch und forderte uns auf, ebenfalls Platz zu nehmen. Wir sahen David an. Er war derjenige, der zu bestimmen hatte; es war sein Korb, und die Tatsache, dass der Tod ihm auf den Fersen war, verlieh ihm uneingeschränkte Autorität. Wenn er wegwollte, waren wir weg. Er schaute zum Tisch und nickte. Perotto hatte drei Flaschen Wein und vier Gläser darauf gestellt, dazu gab es Wurst, Käse, marinierten Aal, sauer eingelegte Anchovis und Brot.

»Wie geht es Anna?«, fragte Perotto und sah mich an.

»Sie ist wieder in Jordanien und geht demnächst nach Syrien.«

»Syrien.«

»Schrecklich. Es ist da inzwischen so gefährlich, dass sich fast keine Journalisten mehr hinwagen.«

Perotto schaute mich lange an, als würde er über das nachdenken, was ich gesagt hatte. *»I've seen Anna with my eyes and touched her with my hands«*, sagte er schließlich. Ich dachte, es würde noch etwas kommen, doch er schwieg. Ich scheute mich, ihn zu fragen, was er damit meinte, vielleicht war es so etwas wie eine archaische Beschwörungsformel aus dem Po-Delta, Worte, mit denen man im Mittelalter Menschen verabschiedet hatte, die fortgingen. Ich habe dich mit meinen Augen gesehen und mit meinen Händen berührt, gute Reise und auf Wiedersehen.

»Was meint er damit?«, fragte André David. Er reagierte immer empfindlich auf hohle Phrasen, und ich hatte schon bemerkt, dass er Perotto mit unverhüllter Antipathie betrachtete.

»Wahrscheinlich vertraut er darauf, dass Anna nicht leichtsinnig sein wird«, antwortete David. »Dass alles gut gehen wird.« Perotto nickte.

»Ist er im Nebenberuf Wahrsager?«, fragte André. »Oder ist Gott ein Korbflechter mit einer Bibliothek im Po-Delta? Dann hab ich ein Thema für einen Dokumentarfilm.« Perotto sah ihn scharf an, er spürte Andrés Skepsis.

Mir war alles recht, woran ich mich festhalten konnte, selbst wenn es aus dem Mund eines Menschen kam, der jedem Versuch, ihn einzuschätzen, mühelos zu widerstehen schien.

»Vertraut mir«, sagte der Korbflechter. »Ich habe mich noch nie getäuscht.«

»So ein Freak«, sagte André, als wir mit dem Korb über den Steg zum Auto gingen. »Da läuft's mir kalt den Rücken runter, und ich bin doch einiges gewöhnt, was Ausgeflippte angeht. Hat sich noch nie geirrt, sagt er. Wer hätte sich wohl noch nie geirrt? Tut so, als ob er alle Fäden in der Hand hat, der Idiot.«

David sagte nichts. Vielleicht bereute er, André mitgenommen zu haben.

Wir zurrten den Korb samt Deckel auf dem Dachgepäckträger von Biancas Land Rover fest und machten uns auf den Rückweg. André behauptete, er könne noch sehr gut fahren, obwohl er wie wir fast eine Dreiviertelflasche Wein getrunken hatte.

»Da gehen sie ahnungslos ihrer Wege«, sagte er, als wir durch die Stadt fuhren, und deutete mit der freien Hand durchs Seitenfenster auf die Fußgänger, während er mit der anderen hupte. »Der Tod, Platz da, hier fährt der Tod!« Die Leute auf dem Gehweg blickten verwundert hoch und zeigten auf den Korb. David grinste, öffnete das Fenster auf seiner Seite und begann den Menschen zuzuwinken, als wäre er der Papst persönlich. *»In paradisum deducant te angeli«*, rief er, und André bremste auf Schrittgeschwindigkeit ab. David zauberte ein weihevolles Timbre in seine Stimme und machte Gebärden, als hätte er einen Weihwasserwedel in der Hand. *»Chorus angelorum te suscipiat, et cum Lazaro, quondam paupere, aeternam habeas requiem.«*

Wir stellten den Korb in der Lounge ab. Nach ein paar Tagen merkte ich, dass etwas Beruhigendes von ihm ausging. Er machte Davids nahenden Tod weniger abstrakt und dadurch weniger bedrohlich. Das Sterben wurde buchstäblich greifbar, man konnte es nicht mehr verleugnen; wir mussten nicht mehr vor der Realität flüchten und verzweifelt versuchen, Davids Tod zu verhindern oder uns irgendetwas auszudenken, was ihm wenigstens einen Sinn geben konnte. Es gab keinen Sinn, es gab nur diesen Korb. Ich schrieb weiter an meinem Roman, André filmte. Das Verbissene der vergangenen Wochen, seit David uns seinen Tod angekündigt hatte, war verschwunden.

Nur Joost war noch nicht überzeugt, dass David nicht mehr gesund werden würde. Ich hörte ihn regelmäßig mit Leuten telefonieren, denen er Davids Situation erklärte – obwohl David ihm deutlich gesagt hatte, dass er nicht noch einmal einen Wunderdoktor aufsuchen würde, ganz gleich, wer es war.

40

Ein Pianist spielte Gershwin auf dem Flügel in der Lounge, die sich langsam mit Gästen füllte. Kurz vor drei traf der wichtigste ein, der Bürgermeister von Ferrara. Wie Bianca es geschafft hatte, ihn herzulocken, wusste niemand, aber es hatte die erhoffte Wirkung, denn auf seinen Spuren fanden ein Reporter und ein Fotograf von der Lokalzeitung den Weg in das neue Designhotel. Bianca versorgte den Journalisten mit Prosecco und zeigte ihm, wer von den Anwesenden der Hoteldirektor war. André hielt alles mit seiner Filmkamera fest.

Es war der 23. September, der Termin war locker eingehalten worden. Auch die Inspektion durch die Gemeinde war problemlos verlaufen. Joost hatte die Gäste schon durchs Haus geführt und sie darauf aufmerksam gemacht, wie sorgsam die Architektin »mit den historischen Details der Villa umgegangen« sei. Das Hotel hatte zehn Zimmer, und nicht zwei davon waren gleich; jedes hatte andere Farbakzente und kleine Besonderheiten in der Einrichtung. Statt Nummern hatten sie Namen; sie waren nach Künstlern und Wissenschaftlern benannt, die in Ferrara gearbeitet hatten, und so konnte man Zimmer mit den Namen Francesco del Cossa oder Cosmè Tura buchen oder Giovanni Boldini, Ludovico Ariosto, Jacob Obrecht, Torquato Tasso, Rudolf Agricola.

Bianca und ihr Bauteam hatten hervorragende Arbeit geleistet. An einer der Wände hingen Fotos der Villa, wie sie vor sechs Monaten ausgesehen hatte. Wenn man sie sah, fragte man sich, woher Joost eigentlich den Mut genommen hatte, dieses Haus zu kaufen und instand zu setzen. Und wie die Metamorphose in so kurzer Zeit hatte zum Abschluss kommen können.

Neben der Isis-Skulptur stand Perottos imponierende Gestalt. Er trug eine dunkle Sonnenbrille und beobachtete das Treiben ringsum wie ein General die Schlacht. Hin und wieder sprach ihn jemand an, den er dann mit liebenswürdigem Lächeln wortlos bat, ihn in Ruhe zu lassen. Er unterhielt sich kurz mit David, der ihn eingeladen hatte.

»Anna?«, fragte er, als ich in Hörweite stand und wir Blickkontakt hatten.

»*All right*«, antwortete ich. Er nickte. Am Morgen hatte ich ihr über WhatsApp mitgeteilt, dass der große Tag gekommen war und dass ich sie demnächst anrufen würde, um davon zu berichten.

Mutter Marjolein saß auf dem Sofa und blickte sich stolz um. Regelmäßig setzte sich irgendein Gast zu ihr, dem sie dann mit Händen und Füßen erklärte, dass Joost ihr Sohn war. Zu mir sagte sie, sie vermisse Anna. »Hätte sie nicht eigentlich dabei sein müssen?« Sie zeigte auf Perotto. »Wer ist dieser rasend attraktive Mann?«

»Ein Freund, er ist Fischer im Delta. Soll ich euch vorstellen?« Kurz darauf unterhielten sich die beiden lebhaft, nicht einmal Perotto konnte ihrer entwaffnenden Begeisterung widerstehen.

Um drei Uhr bat Joost alle Anwesenden nach draußen. Über dem Eingang war ein weißes Tuch aufgehängt. Joost holte ein Blatt Papier aus der Tasche und schaute sich noch einmal im Kreis der Gäste um. Zu meiner Überraschung entdeckte ich den Beamten, dem André angedroht hatte, ihm die Finger zu brechen. Er nickte mir freundlich zu. Joost bat den Bürgermeister nach vorn. Der hielt eine kurze Ansprache, in der er das Hotel als Gewinn für Ferrara und »neue kleine Perle im Hotelangebot unserer Stadt« bezeichnete. Er hoffe, dass noch mehr Niederländer Ferrara besuchen würden, wo sie ja nun von einem Landsmann gastfreundlich empfangen würden.

Danach war Joost selbst an der Reihe. Er hatte seine Ansprache ursprünglich auf Italienisch halten wollen, aber das hatten wir ihm ausgeredet. »Sie verstehen dich nicht«, hatte André gesagt, »und wenn doch, betonst du was falsch, und schon hast du irgendwelche schlimmen Sachen gesagt. Dass du die Gattin des Bürgermeisters gern mal von hinten ficken würdest oder so. Lass es, dein Italienisch ist scheiße. Wahrscheinlich könntest du anschließend gleich wieder dichtmachen.« Bianca hatte angeboten zu dolmetschen, und so hatte Joost schließlich nachgegeben.

Er sagte, ein Traum sei Wirklichkeit geworden. Er dankte Bianca und uns dreien »für die organisatorische, mentale und finanzielle Unterstützung«. Bianca hatte ihm dringend geraten, jedem einzelnen Italiener zu danken, der auch nur den kleinsten Beitrag geleistet hatte, nicht nur den Bauarbeitern, sondern auch allen Lieferanten, allen Nachbarn und allen Beamten. »Auch dem Kerl, der mich anschmieren wollte?« »Ja, gerade dem.« Er werde noch merken, wie wichtig das sei, »hier nimmt man alles viel persönlicher als in Holland. Wenn man jemanden vergisst, rächt der sich irgendwann.« Joost dankte seiner Mutter, »die mich zu dem gemacht hat, der ich bin«.

Über den Namen des Hotels sei lange nachgedacht worden, sagte Joost. Er zählte ein paar der Vorschläge auf. »Aber letztlich gab es nur eine einzige Möglichkeit.« Ich war gespannt, ob er den wirklichen Grund für die Namenswahl nennen würde. »Wir sind zu viert nach Ferrara gekommen«, fuhr Joost fort. »Vier alte Freunde, die schon sehr viel zusammen erlebt haben. Und die nun das Schlimmste erleben werden, was alten Freunden passieren kann, nämlich dass einer von ihnen stirbt.« Er kam kurz ins Stocken. »Aber Freundschaft ist stärker als der Tod, davon sind wir überzeugt. Viel stärker. Was uns verbindet, kann durch nichts zerstört werden. Wir sterben ein bisschen mit ihm, er lebt mit uns weiter. Dafür steht der Name des Hotels.«

Er bat David, zu ihm zu kommen, und reichte ihm das Ende einer Schnur, die an dem Tuch befestigt war. David zog mit einem kräftigen Ruck daran, das weiße Tuch flatterte herunter, und der Name des Hotels wurde sichtbar. »Casa di David« stand auf einem schön verzierten Messingschild. »Hiermit erkläre ich die Casa di David offiziell für eröffnet!« Lauter Applaus folgte.

David brachte ein weißes Taschentuch zum Vorschein und tupfte sich die Tränen aus den Augen. »Deine Worte haben mich berührt, Joost«, sagte er. »Zusammen leben, zusammen sterben. Das ist das Wesentliche.« Er schwieg einen Moment und sprach dann auf Italienisch weiter. »Sie brauchen mich nicht zu bemitleiden. Ich hatte ein wundervolles Leben, und es ist ja auch noch nicht vorbei. Einen Festtag wie heute nehme ich zum Beispiel noch mit. Sie kennen den Spruch: Wenn ich morgen sterben würde, würde ich heute ein Bäumchen pflanzen. Ich sage: Wenn ich morgen sterbe, eröffne ich heute ein Hotel. Joost, ich hoffe, dass du in der Casa di David viele Menschen glücklich machst und dass du selbst hier dein Glück findest.« Es wurde wieder applaudiert, hier und da hörte man auch leises Schluchzen. Joost ging zu David und drückte ihn lange an seine Brust.

Eine Stunde später kam ein junger Mann auf einem Motorroller, manövrierte sich zwischen den Gästen hindurch und hielt vor dem Eingang des Hotels an. Er hatte ein Paket auf dem Gepäckträger. Er stieg ab, löste den Spanngurt und blickte sich mit dem Paket in den Händen fragend um. Ich ging zu ihm und sah auf dem Adressaufkleber das Logo meines Verlags. Er händigte mir das Paket aus. »Warten Sie«, sagte ich, als er wieder auf seinen Roller steigen wollte. Ich nahm einen Fünfzig-Euro-Schein aus meinem Portemonnaie und gab ihn ihm. *»Mille grazie«*, sagte ich, *»mille, mille grazie.«* Er schaute mich überrascht an, natürlich war er erheblich kleinere Trinkgelder gewöhnt.

Ich suchte nach André und fand ihn drinnen. »Dré«, rief ich, »Überraschung!« Kurz danach hatten sämtliche Gäste ein Exemplar des Buches in der Hand. Ich machte ein Foto und schickte es an den Verlag. »Perfektes Timing!«, schrieb ich dazu.

»Wir machen eine Serie draus«, sagte André, während er stolz im Buch blätterte. »Welche Stadt nehmen wir als nächste? Du darfst sie aussuchen.«

»Bitte noch signieren«, sagte Joost und hielt mir ein aufgeschlagenes Buch und einen Stift hin. »Das ist das erste Exemplar. Kriegt einen Ehrenplatz in der Bibliothek.«

41

Am nächsten Tag machten André und ich einen Radausflug nach Comacchio. »Badehose und Handtuch mitnehmen«, sagte André, »da gibt's einen schönen kleinen Strand. Wir waschen alles von uns ab.« Ich war entspannt, obwohl ich wusste, dass Anna jetzt in Syrien war. Vielleicht stimmt es, dass man sich an alles gewöhnt, vielleicht kann man aber auch lernen, die Angst zu besiegen, indem man sie aussperrt.

Als ich am späten Nachmittag das Wilier gerade wieder im Garten abgestellt hatte, vibrierte mein iPhone. Auf dem Display las ich Hinkes Namen. Ich nahm ab und spürte die Panik kommen, bevor Hinke auch nur ein Wort gesagt hatte. »In Syrien sind vier ausländische Journalisten entführt worden«, sagte sie. Mein Herz fing wie wild an zu hämmern, gleichzeitig hatte ich das Gefühl, dass sich alles Blut aus meinem Kopf zurückzog. »Wieso entführt?« Ich wusste genau, was sie meinte (spurlos verschwunden, weg), aber ich hoffte auf einen Ausweg.

»Sie hatte schon drei Tage keinen Kontakt mehr mit der Redaktion. Entgegen der Abmachung. Bart!« Ich suchte Halt an der Wand und versuchte, mir etwas Beruhigendes auszudenken, um die Panik zu unterdrücken.

»Weiß man, wer die Journalisten sind?«

»Natürlich weiß man das! Man hat nur noch keine Namen bekannt gegeben. Es steht wohl auf der Website von irgendeiner Gruppe mit arabischem Namen, Terroristen.« In meinem Kopf begannen mehrere Stimmen, sich gegenseitig zu überschreien. Es ist ja gar nicht sicher, dass Anna zu diesen vier Journalisten gehört. Natürlich gehört sie dazu. Sie ist bestimmt nicht so dumm, sich entführen zu lassen. In Syrien arbeiten nur erfahrene Journalisten, und trotzdem sind vier entführt worden. Und Anna ist vielleicht die am wenigsten erfahrene von allen Reportern, die da ihr Leben riskieren.

»Von wem hast du's erfahren?«

»Vom Auslandschef der Zeitung.«

»Warum hat man denn mich nicht angerufen?« Das tat kaum etwas zur Sache, aber ich wollte es wissen.

»Er konnte dich nicht erreichen.«

»Quatsch. Was genau hat er gesagt?«

»Dass vier Journalisten entführt worden sind, laut einer Facebook-Nachricht von einer Gruppe, deren Namen ich vergessen habe. Und dass Anna jeden Tag zur gleichen Zeit mit der Redaktion Kontakt aufnehmen sollte. Telefonisch, oder wenn das aus irgendeinem Grund nicht geht, über WhatsApp. Damit man weiß, dass es ihr gut geht. Ihre letzte Nachricht ist von Samstag. Sonntag nichts, Montag nichts, Dienstag nichts, heute Morgen hat er mich angerufen und gefragt, ob ich etwas gehört hätte.«

»Ich rufe ihn gleich an. Wir müssen Ruhe bewahren. Wahrscheinlich ist sie einfach im Hotel… Vielleicht hat sie ihr Telefon verloren, oder sie hat keinen Empfang. Er soll nicht gleich alle in Panik versetzen, verdammt noch mal.«

»Er hat gesagt, dass Anna sich immer strikt an die Abmachungen hält.«

»Wie schätzt er die Sache ein?«

»Er macht sich Sorgen.«

»Und jetzt? Was will die Zeitung tun? Man muss doch irgendwas tun!«

»Man hat die Botschaft informiert. Alle Leute, mit denen sie Kontakt hatte, werden angerufen. Sie war mit einem Fotografen unterwegs, aber den kann man auch nicht erreichen. Mir zittern die Knie. Bart. Ich habe Angst!«

Ich blickte nach oben, der Himmel war blau, ein Flugzeug zog einen weißen Streifen hinter sich her. O Gott, dachte ich, lass es nicht wahr sein. Lass irgendjemanden zu mir sagen, dass es eine Szene aus einem miserablen Film ist, lass Anna um die Ecke kommen, mit diesem breiten Lächeln.

»Bart? Bart!«

»Entschuldige, ich war einen Moment …«

»Was sollen wir tun? Mein Gott, Anna! Wir hätten sie zurückhalten müssen! Ich verzeihe es mir nie, wenn …«

Ich hatte das Gefühl, dass die Wand des Hotels wankte, ich drehte mich um und sah durch die Tür, dass André seine GoPro auf den Küchentisch legte, ich wollte zu ihm und schreien, dass Anna verschwunden war, ich sah David in die Küche kommen, in ein Gespräch mit Bianca vertieft. Ich sah Anna zwischen ein paar Arabern mit Kalaschnikows in den Händen und einem fiesen Grinsen im Gesicht. Ich sah die Angst in ihren Augen – sie dachte an mich, sie betete, dass ich etwas tun würde, aber ich war machtlos, ich ließ mein eigenes Kind im Stich, ich konnte ihr nicht helfen.

»Ich telefoniere ein bisschen herum«, sagte ich zu Hinke. »Ich muss erst genau wissen, was los ist. Es hat keinen Sinn, wenn wir uns gegenseitig mit Schreckensszenarien verrückt machen. Vielleicht ist es ja falscher Alarm. Ich ruf dich an, sobald ich mehr weiß.« Ich legte auf und ging ins Haus. Die Fliesen hoben und senkten sich unter meinen Füßen.

Als André mich kommen sah, fragte er: »Was ist los, Bart? Bart? He!« Er schob mich auf einen Stuhl, David und Bianca starrten mich erschrocken an.

»In Syrien sind vier Journalisten entführt worden. Und Anna hat sich schon seit drei Tagen nicht mehr gemeldet. Und jetzt befürchtet man, dass ...« Es war, als würde ich die Stimme eines Fremden hören, eine heisere, seltsam gicksende Stimme.

»Er muss nach oben«, sagte Bianca, »und sich hinlegen, er ist ja leichenblass.« Ich stand wieder auf und ging schwankend die Treppe hinauf, André, David und Bianca folgten mir. Ich öffnete die Tür meines Zimmers und ließ mich aufs Bett fallen.

Ich hörte Bianca »Bart!« rufen und sah mich selbst wie aus einiger Entfernung auf dem Bett liegen. Panik und Verzweiflung rasten unkontrollierbar durch meinen Kopf und prallten zusammen. Ich wollte aufstehen, ich musste doch etwas tun, aber ich konnte mich nicht bewegen.

Eine Stunde später war ich ruhig. Es war eine Ruhe, die ich von früheren Paniksituationen kannte. Der Geist überwältigt die Angst und zwingt sie, still zu sein; nicht rational, sondern instinktiv, um zu überleben. Ich spürte die Sorge als heftigen Druck hinter den Augen, aber ich konnte wieder nachdenken.

Ich sah, dass ich fünfzehn Anrufe verpasst hatte. Ich rief Annas Chefredakteur an, den ich schon kannte, seit er bei der Zeitung als Volontär angefangen hatte. Die Situation werde »intensiv beobachtet«, sagte er, was mich nicht beruhigte, denn es bedeutete, dass es eine Krise gab. Außerdem stehe man »in ständigem Kontakt« mit dem Außenministerium in Den Haag, das sich wiederum mit den Botschaften in Damaskus und Amman abstimme. Es werde alles getan, um Anna so schnell wie möglich aufzuspüren.

»Was denkt man in Den Haag?«, fragte ich.

»In Den Haag denkt man in solchen Fällen nie etwas. Man

sieht nach, welche Verfahren vorgeschrieben sind, und geht an die Arbeit.«

»Ist so was schon mal passiert? Ich meine, mit einem Niederländer?«

»Ja, vor zwei Jahren. War von irgendeiner NGO.«

»Entführt?«

»Ja, aus einem Taxi gezerrt.«

»Und?«

»Nach vier Monaten freigelassen. Freigekauft. Aber wir wissen nicht, ob Anna auch entführt worden ist. Und wenn, wissen wir nicht, von wem. Und auch nicht, warum. Nichts wissen wir. Auch nicht, ob vielleicht gar nichts passiert ist. Leerer Akku und keine Steckdose weit und breit.«

»Dann wär's ein komischer Zufall, dass der Fotograf auch nicht zu erreichen ist.«

»Deutscher Freelancer. Sehr erfahren.«

»Sie dürfte da gar nicht sein«, sagte ich. »Ihr seid ein unverantwortliches Risiko eingegangen, indem ihr meine Tochter da hingeschickt habt. Dieser gottverfluchte Nahe Osten, wo alle naselang Menschen aus dem Westen entführt oder über den Haufen geschossen oder in die Luft gesprengt werden. Und ihr habt sie nicht davon abgehalten, nach Syrien zu reisen. Das gefährlichste Land überhaupt, und da schickt ihr meine Tochter hin. Und warum? Damit ihr ein paar Exemplare mehr von eurem Scheißblatt verkauft!«

»Sie wollte es unbedingt, Bart. Wir bereiten alle ihre Reisen so gut wie nur möglich vor, wir versuchen Risiken auszuschließen. Aber letztlich ist es ihre Entscheidung. Wir haben sie nicht gedrängt.«

»So eine Entscheidung kann man doch einem Mädel wie ihr nicht selbst überlassen! Das ist doch unverantwortlich! Du hast doch selbst Kinder, oder nicht?«

»Sie dachte, die Risiken wären überschaubar, und wir dachten das auch.«

»Falsch gedacht.«

»Das müssen wir abwarten. Aber ich kann mir vorstellen, wie du dich fühlst.«

»Das kannst du nicht.«

»Sorg dafür, dass der Akku von deinem Telefon voll ist.«

»Wofür?«

»Töchter rufen ihre Väter an. Und … Bart …«

»Ja?«

»Vielleicht machen wir uns ganz unnötig Sorgen, und sie taucht in einer Stunde wieder auf.«

»Versuchst du, mich mit solchem Gelaber zu beruhigen?«

»Ja. Und mich auch.«

Ich rief Hinke an, um ihr zu sagen, was ich gehört hatte. Sie reagierte kaum, ihre Stimme klang matt. Sofort nachdem ich aufgelegt hatte, kam ein Anruf von einer unbekannten Nummer. Hoffnung blitzte auf, im nächsten Moment Angst. Ich nahm ab, es war eine junge Redakteurin von einer Talkshow. Ich unterdrückte die aufsteigende Wut. Wenn alles etwas anders gelaufen wäre, hätte Anna auf ihrem Platz sitzen können. Und es war ja verständlich, dass man sich für den Fall interessierte: eine niederländische Reporterin, noch dazu Tochter eines bekannten Schriftstellers und ehemaligen Journalisten, in Syrien verschwunden. Ich sagte, Anna sei eine sehr vernünftige Frau (ich achtete darauf, »Frau« und nicht »Mädchen« zu sagen), und sie sei bestimmt keine unverantwortlichen Risiken eingegangen (»das ist nicht ihre Art«), sie wisse immer genau, was sie tue. Natürlich machte ich mir Sorgen, lieber Himmel, welcher Vater würde das nicht? Aber es sei doch nicht auszuschließen, dass sich alles sehr schnell als harmlos erweisen würde, schließlich habe man in der Wüste nicht überall guten Empfang. Der letzte Satz klang sorgloser als beabsichtigt, aber die Worte taten mir gut.

Sie fragte, ob ich daran dächte, nach Syrien zu reisen, um Anna zu suchen.

»Nein.«

»Das schließen Sie aus?«

»Nein, das natürlich auch wieder nicht.«

Als sie fragte, ob ich am Abend »in der Show« auftreten wollte, sagte ich ihr, dass ich vorübergehend in Italien wohnte.

»Können wir Sie dann vielleicht live anrufen, wenn es Neues über Ihre Tochter gibt?« Ich überlegte, welches Neue das sein konnte, und sagte nein. Es folgten noch sieben Anrufe, aber ich nahm nicht mehr ab. Bis der Name eines befreundeten Rundfunkmoderators auf dem Display erschien. Er wollte während seiner Sendung *Met het Oog op Morgen* mit mir telefonieren. »Gut«, sagte ich, »ruf mich an. Außer wenn …«

»Nein, dann natürlich nicht.«

Ich war schon öfter für dieses Nachrichtenmagazin interviewt worden, und es war, als würde mir ein dünnes Seil zugeworfen, das mich mit dem normalen Leben verband, mit einer Zeit, in der ich eine solch wahnsinnige Angst nur vom Hörensagen kannte. Und es gab mir das Gefühl, wenigstens etwas zu tun.

Wir saßen am Küchentisch. Es war kurz vor Mitternacht. Ich hatte mit *Het Oog* telefoniert und gesagt, ich sei optimistisch. Das war ich nicht, ich wusste einfach nicht, wie ich die Situation einschätzen sollte, aber wenn ich die Hoffnung äußerte, dass die Sache gut ausgehen würde, schien genau das wahrscheinlicher zu werden.

An diesem Tag hätten wir eigentlich in Feierlaune sein müssen. Was wir mehr und mehr als unser Projekt betrachtet hatten, war vollendet und hatte einen Namen. Aber wir waren niedergeschlagen.

»Musst du nach Hause?«, fragte David.

»Weswegen?«

»Wegen Hinke, ich weiß nicht.«

»Hinke ist bei ihren hochbetagten Eltern, und die legen keinen Wert auf meine Anwesenheit. Bei der Zeitung tut man, was man kann. Man ›beobachtet‹ die Situation. Da möchte man diesen Panikmacher von Vater auch lieber nicht sehen. Ich könnte in jeder Talkshow auftreten, aber das erscheint mir nicht besonders hilfreich.«

»Du könntest einen Appell an diese Dreckskerle richten …«, begann Joost.

»Sollen wir nach Syrien?«, fragte André. Ich sah ihm an, dass er es ernst meinte, er suchte immer nach praktischen Lösungen. Wenn man eine Tochter hatte, die in Syrien verschwunden war, und sie wiederhaben wollte, dann reiste man eben nach Syrien, um sie zu holen.

»Wir müssen erst mehr wissen«, antwortete ich. »Wir wissen, wo sie hinwollte, aber nicht, wo sie war, als sie vom Radar verschwunden ist.«

Bianca strich mir übers Haar. »Du musst versuchen zu schlafen«, sagte sie. »Es kommen noch schwere Tage.«

Ich schickte Anna eine WhatsApp-Nachricht. »Liebe Anna, melde dich so schnell wie möglich.« Ich stellte mir vor, dass die Buchstaben durch die Luft flogen und Anna mühelos fanden.

42

Am nächsten Vormittag begrüßte Joost die beiden ersten Hotelgäste, ein älteres Ehepaar aus Nordbrabant. Er schaute zu André hinüber, der auf dem Ledersofa in der Lounge Zeitung las. Im Hintergrund lief leise klassische Musik. Ich saß mit meinem Laptop an der Bar und surfte wie besessen. Ich suchte nach Namen von Milizen und Milizenführern, ich ließ Annas Namen ins Arabische transkribieren und suchte auf Twitter, fand aber nirgends einen Bericht oder einen Hinweis, der mir weitergeholfen hätte. Es war wie die Suche nach Leben im Universum.

Der Mann schaute sich um. »Schön geworden«, sagte er anerkennend. »Das war bestimmt viel Arbeit.«

»Das auf jeden Fall«, bestätigte Joost, »aber bei solchen Projekten kommt es vor allem darauf an, dass man gut plant und die richtigen Leute einsetzt. Und da wir Sie nun als die ersten offiziellen Gäste begrüßen dürfen, hat sich die Mühe mehr als gelohnt. Wenn ich Ihre Personalausweise oder Reisepässe sehen dürfte und Sie so freundlich wären, dieses Formular auszufüllen, hätten wir allen Vorschriften Genüge getan. Die italienische Bürokratie kennt keine Grenzen! Darf ich fragen, wie Sie auf unser Hotel aufmerksam geworden sind?«

»Gestern haben wir in unserem Hotel in Bologna übers Internet *Met het Oog op Morgen* gehört«, antwortete die Frau.

»Das ist so toll, dass man heute übers Internet überall niederländisches Radio oder Fernsehen empfangen kann. Und da haben wir diesen Herrn gehört, dessen Tochter in Syrien verschwunden ist. Und der sagte, dass er im Augenblick in Italien ist, weil er mit seinen Freunden ein Hotel in Ferrara umgebaut hat, die Casa di David. Mein Mann hat sich das gleich notiert und dann gegoogelt. Und schon sind wir hier, im Internet findet man ja alles. Ich sag zu meinem Mann: Ferrara scheint auch sehr schön zu sein. Und da haben wir Nägel mit Köpfen gemacht.« Der Mann nickte.

»Aha«, sagte Joost, »so ein Zufall!« Die Frau nickte und schaute sich wieder inspizierend um. Sie zeigte auf den Korb neben der Isis-Skulptur. »Und was ist das?«

»Das ist die Göttin Isis.« Joost klang ein wenig nervös. »Sie war bei den Ägyptern die Göttin des ewigen Lebens. Was sie da in der Hand hält, ach, jetzt fällt mir der Name gerade nicht ein, diese Brezel, sage ich mal, das ist eine Art Symbol der Unsterblichkeit. Die Skulptur ist sehr alt, sie steht schon seit etwa siebenhundert Jahren in diesem Haus.«

»Meine Frau meint dieses geflochtene Ding«, sagte der Mann.

»Ach, ich dachte, die Skulptur wäre gemeint. Dieses geflochtene Ding, wie Sie es nennen, das ist unser Wäschekorb. Ich werde unsere Angestellte gleich bitten, ihn wegzuräumen, er gehört da natürlich nicht hin.«

»Das ist aber ein großer Wäschekorb!«, sagte die Frau.

»Für ein Hotel eben«, sagte Joost. »Da fällt viel Wäsche an. Bettwäsche und so weiter. Handtücher. Hoffen wir jedenfalls, denn das würde bedeuten, dass wir viele Gäste haben.«

»Ungewöhnlich, mit diesen Handgriffen an der Seite«, sagte die Frau. »Erinnert mich eher an ...«

»An einen Sarg, haha! Ja, das hört man öfter. Aber so werden Wäschekörbe hier schon seit dem Mittelalter geflochten. Lassen sich gut zu mehreren tragen.«

André ließ seine Zeitung sinken. »Erst tut man sein Leben lang seine Wäsche hinein«, sagte er, »und dann, wenn man tot ist, liegt man selbst drin. Seltsamer Brauch, nicht wahr? Aber so macht man das hier auch schon seit dem Mittelalter, und es gefällt den Leuten.«

»Oh, sehr ungewöhnlich«, meinte die Frau.

»Andere Länder, andere Sitten«, sagte der Mann.

»Ich zeige Ihnen Ihr Zimmer. Wir haben das Zimmer Rudolf Agricola für Sie bereit gemacht. Vielleicht kennen Sie Rudolf Agricola, er war ein Humanist aus Groningen, der regelmäßig in Ferrara war und auch in dieser Straße gewohnt hat.«

»Nie gehört«, sagte der Mann.

»In der Bibliothek steht ein Buch, in dem Sie alles darüber finden«, erklärte Joost. »Mit großartigen Fotos. Sie können es hier auch kaufen.«

»Ich lese nie Bücher«, sagte der Mann.

Joost hob den Koffer der Frau hoch und fing an zu flüstern, laut genug, dass André ihn verstehen konnte. »Und achten Sie weiter nicht auf den Mann mit der Zeitung auf dem Sofa. Der ist nicht ganz bei Verstand. Ein bisschen gaga, könnte man sagen, denkt sich alles Mögliche aus. Hat jetzt schon wieder vergessen, was er gerade gesagt hat.«

»Aber der Herr, den wir im Radio gehört haben …«

»Das ist jemand anders«, antwortete Joost. »Er wohnt auch hier, ist aber jetzt nicht ansprechbar. Er macht sich natürlich schreckliche Sorgen um seine Tochter.«

»Ich würde durchdrehen«, sagte der Mann. »Diese gottverdammten Dschihadisten, plattbomben muss man die!« Er grüßte freundlich, als er mich sah.

43

»Wir müssen ihr auf jeden Fall weiter Nachrichten schicken«, sagte Hinke, »vielleicht kann sie nicht senden, aber empfangen. Dann weiß sie, dass wir an sie denken. Man liest manchmal von Menschen, die entführt worden sind, dass ihnen das sehr geholfen hat…«

»Wir wissen nicht, ob sie entführt worden ist. Vielleicht hat sie einen jungen Mann kennengelernt und ist so verliebt, dass sie alles vergessen hat, einschließlich ihrer Eltern.«

»Würde Anna nie tun.«

»Nein. Aber es lässt sich nicht ganz ausschließen.«

Ich ging mein Telefonbuch durch, sämtliche Whats-App-Kontakte, meine Twitter-Follower und Facebook-Freunde – vielleicht hatte ich irgendwann einmal jemanden akzeptiert, der Verbindungen zu Syrien hatte. Ich rief Klaas Boomsma an und fragte, ob er Leute kannte, die vielleicht helfen konnten.

»Die Zeitung und das Außenministerium haben schon alle Namen und Telefonnummern, die wichtig sein könnten«, sagte er. »Und ich habe selbst jeden angerufen, von dem ich dachte, dass er vielleicht etwas wissen würde. Aber niemand weiß etwas.«

»Was denkst du?«

»Ich denke nichts. Ich weiß aus Erfahrung, dass man im

Nahen Osten erst dann Vermutungen anstellen sollte, wenn man wirklich Fakten kennt. Die Luft ist da so voll von Lügengeschichten und Gerüchten, dass man kaum atmen kann.«

»Warum entführt man Journalisten?«

»Um Lösegeld zu erpressen. Als Druckmittel. Um der PR willen. Oder weil man Journalisten hasst. Oder die Länder, aus denen sie kommen. Wir fliegen da Luftangriffe, wie du weißt, wir bombardieren diese Leute.«

Ich sah Anna, die irgendwo dort in großer Gefahr war, und jeder Moment, in dem ich nichts tat, fühlte sich wie Verrat an, wie erbärmliche Pflichtvergessenheit eines Vaters, der zu nichts gut war. Nur wusste ich eben nicht, was ich tun sollte, wie ich ihr helfen konnte. Auf einmal verstand ich, warum Menschen zu beten anfangen, wenn die Situation aussichtslos ist, wenn es einfach gar nichts gibt, was man tun kann. Diese Ohnmacht treibt einen unaufhaltsam in den Wahnsinn, und vielleicht gibt das Beten einem dann das Gefühl, dass man wenigstens etwas unternommen, die Mächte des Universums auf seine Verzweiflung aufmerksam gemacht und um ihr Eingreifen gebeten hat. Was kann man als unbedeutendes Menschlein sonst tun?

David kam mindestens einmal pro Stunde in mein Zimmer. »Ich ertrage es im Augenblick nicht, allein zu sein«, sagte er. »Die ganze Zeit dröhnt es in meinem Kopf: Anna! Anna! Als man mir zum ersten Mal gesagt hat, dass ich Krebs habe, hab ich das ziemlich gelassen aufgenommen. Glaubst du das?«

»Ja, dir schon.«

»Aber das mit Anna ist völlig anders. Ich würde am liebsten das Fenster aufreißen und brüllen, dass man sie in Ruhe lassen soll, sie gehen lassen soll. Es schnürt mir die Kehle zu,

Bart. Ich hatte diese Nacht solche Angst, so was hab ich noch nie erlebt. Und dann denke ich an dich.«

»An mich?«

»Ja, daran, wie du dich fühlen musst. Sie ist deine Tochter. Für dich muss es viel schlimmer sein als für mich, und ich finde es schon unerträglich. Kann ich irgendwas für dich tun?«

Die Frage klang so naiv-gutmütig, dass ich beinahe lachen musste.

»Ja, Daaf. Rede mit mir. Pass auf, dass ich nicht verrückt werde.«

»Okay.«

»Und schick ihr Nachrichten. Sie muss wissen, dass wir alle an sie denken.«

»Mache ich sowieso. Noch keine blauen Haken.« Er legte mir die Hand auf die Schulter. »Sie wird es schon schaffen, Bart.« Ich fragte, ob er noch einmal mit Perotto gesprochen hatte.

»Heute Morgen.«

»Was hat er gesagt?«

»Das Gleiche wie ich gerade. *She'll manage.*«

»Weißt du noch, was sie gesagt hat, als wir vor diesem Café saßen und Aperol getrunken haben? Dass sie Angst vor dem Tod hat?«

»Ja.«

»Wenn jemand so spricht, dann weiß man doch genug. Dann muss man ihn daran hindern, sich in Gefahr zu begeben. So was sind Vorahnungen, die muss man ernst nehmen.«

»So darfst du nicht denken, Bart.«

Nachmittags um fünf rief der Auslandschef der Zeitung an. Er wusste etwas Neues. Die Namen der vier entführten Journalisten zirkulierten im Internet, und vermutlich war die Quelle zuverlässig. »Drei Italiener und ein deutscher Fotograf.«

»Ein deutscher Fotograf?« Ich spürte, dass er einen Moment zögerte.

»Ja. Der Fotograf, mit dem Anna auf Reportage war. Jürgen Heinz.«

»Also doch.«

»Aber nicht Anna.«

»Vielleicht halten sie ihren Namen noch zurück.«

»Warum sollten sie das tun?«

»Weiß ich nicht. Diese Sorte von Leuten ist für mich unbegreiflich. Aber wie kann *er* entführt worden sein und Anna nicht?«

»Vielleicht haben sie sich für kurze Zeit getrennt.«

»Hast du die Namen von den Italienern?«

»Ja. Einer von Reuters, ein Freelancer, der für *La Stampa* schreibt, und noch einer.«

»Schick mir eine Mail mit den Namen. Vielleicht kann ich hier was damit anfangen.« Ich hätte erleichtert sein müssen, aber ich war es nicht. Irgendetwas stimmte da nicht, ein Puzzlestück fehlte.

»Was weiß man über die Entführer?«

»Nichts. In Syrien sind zig Gruppen aktiv.«

»Stellen sie Forderungen? Geld, Freilassung von Gefangenen, was diese Typen eben so fordern?«

»Nein. Bisher jedenfalls nicht.«

»Kann ich irgendwas tun?«

»Nein. Doch, abwarten, wie wir.«

»Darauf warten, dass man verrückt wird.«

»Halt durch, Bart. Sobald ich mehr weiß, rufe ich wieder an.«

»Meinst du, ich sollte in die Niederlande kommen?«

»Das musst du entscheiden.«

Ich rief Hinke an und ging anschließend zu David. »Sie gehört nicht zu den vier Entführten«, sagte ich. »Aber wo sie ist, weiß niemand. Und einer der vier Entführten ist der Fotograf, mit dem sie unterwegs war.«

David schien erleichtert zu sein. »Das ist eine sehr gute Nachricht! Ich hab doch gewusst, dass sie sich nicht erwischen lässt. Komm, wir gehn runter, Joost und André müssen es auch wissen. Bart, vielleicht ist sie schneller wieder hier, als du glaubst.«

Schriftsteller versuchen, im Wirrwarr der Ereignisse eine Linie zu erkennen, die aus einer Abfolge von Vorfällen eine Geschichte macht. Ablenkendes lassen sie weg, anderes fügen sie hinzu, und so entsteht etwas, das zwar wenig Ähnlichkeit mit dem Alltagsleben hat, es aber trotzdem widerspiegelt. Eine Geschichte, die Geschehnissen Bedeutung verleiht – mehr, als wir ihnen gewöhnlich zusprechen.

Wie Joost mit seiner Stringtheorie nach dem tiefsten, dem allumfassenden Gesetz des Universums gesucht hatte – einem Gesetz, das schließlich das dumme Wort »Zufall« aus der Welt schaffen würde –, so suchen auch Schriftsteller nach der Logik hinter allen Dingen. Nach ihrer Notwendigkeit, weil eines aus dem anderen hervorgeht und danach selbst wieder am Ursprung neuer Ereignisse steht.

Schriftsteller nehmen vorweg, was die Physik erst noch entdecken muss. Irgendwann wird sich herausstellen, dass das Universum ein genialer, vollendet komponierter Roman ist, mit einem Anfang und einem Ende und vor allem einem sehr langen Mittelteil.

Wie entsteht eine Geschichte, wo liegt der Samen, aus dem sie erblüht? Wie viele Tatsachen und Ereignisse müssen wir streichen, vergessen, ignorieren, bevor wir erkennen, welchen

Weg sie zurückgelegt hat, um eine Geschichte zu werden, eine solche Anordnung von Geschehnissen, dass sie Bedeutung erhalten? Und wann sehen wir, dass verschiedene Geschichten, die sich scheinbar unabhängig voneinander entwickelt haben, einander berühren, sich miteinander verflechten und zusammen eine neue, bedeutungsreichere Geschichte bilden?

Hatten die Fertigstellung der Casa di David, Davids nahender Tod und Annas Verschwinden etwas miteinander zu tun? Ich versuchte, die Fakten zu ordnen und all das, was ich erlebte und was mir passierte, wie Puzzleteile zusammenzufügen, bis ein erkennbares Bild entstand. Ich suchte nach einem teuflischen Plan hinter den Ereignissen, nach einer Struktur, an die ich mich halten konnte, doch es gab keine.

In der Nacht nahmen eine fast unerträgliche Angst und ein dumpfer Schmerz meinen Geist in Besitz. Das lag allerdings auch daran, dass ich Licht brauchte – Sonnenlicht, elektrisches Licht, Kerzenlicht, alle Arten von Licht waren willkommen –, um rational denken zu können. In der Dunkelheit wurde ich zu einem Tier, das sich von seinen Instinkten beherrschen ließ und deshalb seiner Angst ausgeliefert war. Doch am Morgen kam mit den ersten Sonnenstrahlen die Erkenntnis, dass ich Teil einer Geschichte war, einer schrecklichen, beschissenen Geschichte, sicher, dass ich aber trotzdem aufmerksam zuhören musste, wie sie sich selbst erzählte.

44

Das Verschwinden von Anna Hoffman in Syrien war ein tägliches Nachrichtenthema in Zeitungen, Radio und Fernsehen. Letztlich blieb es bei Spekulationen. Auch drei Tage nachdem die Entführung der drei Italiener und des Deutschen bekannt geworden war, gab es noch nicht den kleinsten Hinweis auf den Verbleib meiner Tochter. Hinke rief mich jedes Mal an, wenn sie wieder irgendwo auf Annas Namen gestoßen war.

Eine dumpfe Angst hatte sich in meinem Kopf eingenistet, und obwohl sie keine Sekunde abwesend war, lebte ich seltsamerweise einfach weiter, als würde in meinem Haus ein unangenehmer Gast wohnen, dessen Abreise noch ein wenig auf sich warten lassen konnte und der mir keine andere Wahl ließ, als ihm in die Augen zu blicken und ihn zu tolerieren.

Die Entführer hatten ihre vier Geiseln fotografiert. Sie saßen auf einer Holzbank in einem ansonsten kahlen Raum mit einem Fenster, durch das ein Baum zu sehen war, ein einzelner Baum mit einem langen Schatten – es sah fast so aus, als wäre der Fensterrahmen der Rahmen eines Gemäldes. Hinter dem Baum war sehr undeutlich etwas Graues zu erkennen, vielleicht war es eine Straße, es konnte aber auch ein Flussbett sein.

Am nächsten Tag meldete der *Corriere della Sera*, nach Angaben von Informanten aus dem italienischen Außenministerium sei man dort mit der Gruppe, die Luigi Scotti, Raffaele Minardi, Giuseppe Belotti und Jürgen Heinz entführt hatte, in Kontakt getreten.

Am Abend klingelte mein iPhone, auf dem Display stand »Anonym«. Es war Perotto, und ich war sofort alarmiert.

»Mister Hoffman«, sagte er förmlich. »David hat mir erzählt, was passiert ist. Das ist schrecklich. Als Vater einer Tochter leide ich mit Ihnen.«

»Danke. Ich wusste nicht, dass Sie auch eine Tochter haben.«

»Das ist eine tragische Geschichte. Ich verreise morgen, für wie lange, weiß ich noch nicht. Ich wollte Ihnen Kraft wünschen. Vielleicht begegnen wir uns bald unter besseren Umständen wieder.«

»Ja …«

»Ich habe noch eine Frage.«

»Okay.«

»Was meinen Sie, wie reagiert Anna unter starkem Stress? Sie sind ihr Vater, vielleicht wissen Sie das.«

»Sie ist niemand, der schnell in Panik gerät.«

»Das ist gut.«

»Warum wollen Sie das wissen?«

»Es war nur eine Frage.«

Ich verlor allmählich die Geduld. Wollte er mich für irgendeine Zeitung interviewen? »Erinnern Sie sich, was Sie im Padellone über Anna gesagt haben?«

»Ja, dass ihr nichts passieren würde.«

»Das war wohl nicht ganz richtig.«

»Pazienza, signor Hoffman, un po' di fiducia per favore.« Er ging plötzlich zum Italienischen über, ich glaubte auch Ärger herauszuhören. Geduld und Vertrauen, verstand ich. Vielleicht wollte er mir etwas von der quälenden Ungewiss-

heit nehmen, ohne es zu können. »Und dieses Gespräch muss unter uns bleiben, Herr Hoffman. Das ist wichtig.« Er legte auf.

Ich ging zu David und erzählte ihm von Perottos Anruf. David schaute mich an, als wäre er nur halb überrascht und als würden sich ihm nun bestimmte Zusammenhänge erschließen. »Ich bin heute zum Padellone gefahren«, sagte er. »Aber er war nicht da. Ich hab zwei Stunden gewartet. Vielleicht legt er neue Reusen aus, dachte ich, aber er kam nicht. Als ich über den Steg zurückging, kam ein anderes Boot mit einem Mann, einem Fischer. Suchen Sie Herrn Perotto, ruft er. Ja, sage ich. Der ist vor zwei Tagen verreist, sagt er. Mit einem Koffer. Ein schwarzer Mercedes hat ihn abgeholt.«

»Er hat gefragt, wie Anna unter starkem Stress reagiert. Und das Gespräch sei vertraulich. Aber ich nehme an, dass du eine Ausnahme bist.«

45

David fühlte sich schlechter. Es war, als hätten die Aufregung und Angst wegen Annas Verschwinden den letzten Widerstand und Lebenswillen in seinem Geist und Körper gebrochen, als würde er jetzt kapitulieren. Er kam immer seltener herunter, und wenn wir ihn in seinem Zimmer besuchten, sagte er, er sei müde.

Andererseits wollte er offenbar wegen Annas Verschwinden die letzte Handlung seines Lebens, für die er, wie wir wussten, auch schon Vorbereitungen getroffen hatte, noch aufschieben. Er wollte nicht sterben, bevor Anna wieder da war, er wollte sie unbedingt noch einmal umarmen. Vielleicht sagte er das aber auch, um mir Mut zu machen. Manchmal, wenn mich wieder die schrecklichsten Befürchtungen quälten, dachte ich, dass er seine allerletzten Kräfte dafür aufsparte, mich zu trösten, obwohl er wusste, dass diese Kräfte nicht ausreichen würden.

Eines Abends, eine Woche nach der Nachricht von Annas Verschwinden, saßen wir zu viert in der Küche. Es herrschte düsteres Schweigen, bis David sagte: »Ich muss etwas loswerden, solange es noch geht. Vielleicht haltet ihr das, was ich sagen will, für sentimentales Geschwätz, aber kurz vor dem Tod wird man sentimental, so ist das eben.« Joost wollte etwas sagen, doch David winkte ab.

»Nach dem vorigen Toten haben wir uns mindestens fünfundzwanzig Jahre nicht gesehen«, sagte er, sorgfältig nach Worten suchend. »Ich fand das immer schade, schade um all die Jahre. Und es wär auch gar nicht nötig gewesen, wenn wir nur einmal drüber gesprochen hätten, sture Achterhoek-Bauernstiesel, nur ein einziges Mal! Das hätte gereicht. Wär das denn so schwierig gewesen?«

»Ich bin Amsterdamer«, sagte Joost.

»Halt die Klappe, Joost«, sagte André. »Jetzt redet Daaf.«

»Wir sind enger verbunden, als wir jemals zugeben wollten«, fuhr David fort, »aber vielleicht ist es jetzt an der Zeit, es mal laut und deutlich auszusprechen. Damit ihr hinterher nicht wieder allein trauert und euch bis 2050 aus dem Weg geht, bis zum nächsten Todesfall. Das will ich nicht auf dem Gewissen haben. Dann sterbe ich lieber nicht.« Er blickte streng von einem zum anderen. »Joost, du zuerst.«

Joost schaute ihn ratlos an, er wusste nicht, was David meinte. »Ich, äh …«

»Du wirst jetzt ehrlich sagen, dass wir deine allerbesten Freunde sind.«

»Ach Gott, Jungs …«

»Wenn ich erst im Sarg liege, im Korb, meine ich, kannst du's auch, Joost. Aber man muss damit ja nicht unbedingt warten, bis einer den Löffel abgegeben hat, oder? Fang einfach mit André an.«

»Das ist ja wie Gruppentherapie«, meinte Joost, »mit so 'nem Psychofreak, der sagt, dass man die anderen auch gern berühren darf.«

»Wenn du willst, darfst du das«, sagte David.

»Gut.« Joost holte tief Luft. »Wie lange kennen wir uns, Dré? Fast ein halbes Jahrhundert, unglaublich. Und ich schwöre: Du, Daaf und Bart, ihr seid für mich immer meine besten Freunde geblieben. Auch als wir uns aus den Augen verloren haben. Du hast mich immer zum Lachen gebracht, und wenn ich mit irgendwem über dich spreche, sage ich, dass du mein krimineller Freund bist und dass ich stolz auf dich bin.«

»Harmloser Kokshandel«, erwiderte André.

»Weiter, Joost«, sagte David.

»Verdammt, ich bring es kaum über die Lippen…« Joost schaute André fast verzweifelt an. »Es fällt mir schon schwer, so was zu einer tollen Frau zu sagen, ehrlich…«

»Okay.«

»Ich weiß auch nicht, wie das kommt, es wird wohl mit meiner Mutter zu tun haben. Alles hat immer mit Müttern zu tun…«

»Auf jeden Fall.«

»Aber es ist einfach so. Wenn ich eklig zu dir bin, ist das eigentlich nur meine Art zu sagen, dass ich dich sehr gut leiden kann…«

David wiederholte die letzten Worte verächtlich. Er gab sich nicht mit Klischees zufrieden.

»Okay«, sagte Joost, »dass du mein Freund bist, dass ich dich liebe. Bitte, jetzt ist es raus. Ich liebe euch alle drei! Was soll's!« Er ging zu André, der ihn verblüfft anstarrte, zog Andrés kahlen Schädel an seinen Bauch und blickte melodramatisch zur Decke hinauf, es sah aus wie eine schlechte Imitation einer Pietà.

Dann ging er zu mir. »Bart«, sagte er. »Bartje. Komm her, Mann. Was für eine verdammte Scheiße.« Er zog auch mich an sich. »Es wird schon gut gehen. Alles wird gut. Bald ist sie wieder hier. Wir werden auch dies überstehen!«

Er wandte sich David zu. »Und du, David Castelen, bist in meinen Augen immer schon eine Pfeife gewesen. Von Anfang an, ein Angeber mit einem Reisebüro. Und jetzt, wo der Spaß gerade anfängt und wir unsere alten Tage unter italienischer Sonne verbringen könnten, machst du dich vom Acker. Das ist scheiße …« Er stockte. »Das ist ganz großer Mist. Jetzt muss ich mich allein um diese beiden Loser kümmern. Ich könnte es auch als jämmerlichen Verrat an unserer Freundschaft betrachten, wenn ich nicht wüsste, dass du's nicht ändern kannst und dir was anderes gewünscht hättest. Ich …« Er schwieg, beugte sich vor und küsste David auf die Stirn.

»Ein Gruppenselfie«, sagte André. »Mann, was für große Gefühle.« Er klang erleichtert, klopfte Joost auf die Schulter und hob den Daumen. Wir stellten uns um David herum auf, und Joost rief: *»Smile!«*

David würde bald sterben, und meine Tochter war spurlos verschwunden. Trotzdem spürte ich einen winzigen Moment wieder die Wärme unserer Jugend, den Optimismus, das Gefühl der Unsterblichkeit, die grenzenlosen Erwartungen. Die Sorglosigkeit, so unglaublich es auch war.

»In einer Woche habe ich Geburtstag«, sagte David, nachdem wir uns wieder hingesetzt hatten. »Und ich hab mir gedacht, dass ich mit euch noch einmal zum Padellone will. Ich fühle mich da an das Haus meiner Eltern am Suriname erinnert. Und wenn man auf der Veranda sitzt und aufs Wasser blickt, auch an die Sweet Lady Jane, wenn wir auf ihrem Dach gesessen haben.«

Bei jemand anderem als David hätte man hier einen Hang zum Melodramatischen sehen können oder den Wunsch einer narzisstischen Persönlichkeit nach einem theatralischen Abschied. Man hätte auch sagen können, es sei typisch für eine hedonistische Epoche. Aber all das war es nicht, David wollte nur ein letztes Mal unsere Freundschaft feiern.

Ich sagte, dass ich nicht mitkommen würde. »Ich kann es nicht. Ich kann es wirklich nicht. Ich habe Angst, Leute. Jede Nacht hab ich das Gefühl, dass ich verrückt werde vor Angst. Tagsüber kann ich sie auf Abstand halten, aber nachts springt sie mich an und würgt mich.« Ich konnte die Tränen kaum zurückhalten.

»Es ist in einer Woche«, sagte David. »Bis dahin ist Anna wieder da. Wusstest du, dass Menschen, die sich der Himmelspforte nähern, sehr oft hellsehen können? Ist so. Als hätten sie schon ein bisschen Einblick in das große Geheimnis, in die Gesetzmäßigkeiten, die das Universum lenken. Wie alles vorherbestimmt ist. Musst du doch wissen, Bart, du hast Spinoza gelesen. Und ich sage dir: Wenn wir nächste Woche beim Padellone sind und ein kühles Bier trinken, dann ist alles überstanden.«

Ich schaute ihn an. Seine Worte verstärkten eher noch meine wahnsinnige Angst, als dass sie mich trösteten. »Hör auf, Daaf. Du kannst genauso gut hellsehen wie diese schielende Wahrsagerin mit der Kristallkugel früher auf der Kirmes in Zutphen.«

David winkte mich zu sich. »Komm. Komm näher.« Er zog meinen Kopf zu sich hinunter und gab mir einen Kuss auf die Wange. »Nächste Woche«, sagte er, »ist alles überstanden.«

»Na, das ist eine gute Nachricht«, sagte André.

Ich beugte mich vor, und ein heftiger Schmerz zog von meinem Zwerchfell aufwärts. Ich hatte das Gefühl, mich übergeben zu müssen, und bekam keine Luft mehr. Dann spürte ich Andrés Hände, die meine Schultern massierten. »Ruhig, Bartje«, flüsterte er, »ganz ruhig. Ruhig und tief atmen, eins, zwei, drei.«

46

Drei Tage später, ungefähr um sieben Uhr morgens, als ich unten in der Lounge nach einer weiteren schlaflosen Nacht eine Zeitung auf meinem iPad zu lesen versuchte – die trockenen Berichte wirkten betäubend auf meine Gedanken –, vibrierte mein Telefon.

Ich nahm ab und ging schnell in den Garten, ich wollte draußen sein, wenn der Schlag kam, so wie Menschen ins Freie rennen, wenn die Erde zu beben beginnt. Ich zitterte am ganzen Körper.

»Herr Hoffman«, sagte eine Stimme. »Hier Schoorl.« Ich versuchte, aus seiner Sprechweise zu erschließen, ob er gute Nachrichten hatte oder mir von einer Katastrophe berichten musste, die den Rest meines Lebens verdunkeln würde. Aber er klang neutral.

»Einen Moment«, sagte ich, »ich muss mich kurz hinsetzen.« Ich ging zu einem der Stühle rings um das Feuergestell. Wenn es eine schlechte Nachricht wäre, hätte ich schon aus den italienischen Medien davon erfahren, dachte ich. Nein, zuerst werden natürlich die Angehörigen informiert, also ist es eine schlechte Nachricht. Später gibt es dann eine Pressekonferenz, bei der man die Weltöffentlichkeit über die fatalen Ereignisse unterrichtet. Mir wurde schwindelig.

»Noch einen Moment bitte«, sagte ich, »ich sitze im Garten, und mir wurde gerade schwarz vor den Augen. Ich glaube, ich stehe besser.« Ich stand auf, ging wieder ins Haus und klammerte mich wie ein Betrunkener am Küchentisch fest. »So, ich höre. Weshalb rufen Sie an?«

»Ich habe Nachrichten über Ihre Tochter.«

Wer war der Kerl? Ich hatte das Gefühl, dass er mich quälen wollte, dass es ihm Vergnügen bereitete, die Spannung ins Unerträgliche zu steigern. Aber es war natürlich auch nicht leicht, dachte ich, dem Vater eines der Opfer die schreckliche Nachricht zu überbringen.

»Wir haben die Informationen gerade aus Italien erhalten«, sagte er. »Wir benachrichtigen jetzt erst einmal die Angehörigen, bevor die Presse darüber berichtet.«

Er machte mich wahnsinnig, aber ich brachte kein Wort heraus. Ich hatte Angst, dass irgendeine Äußerung von mir das Unvermeidliche beschleunigen würde, und ich wollte noch einen Moment unwissend bleiben. Er brauchte nur einen Satz auszusprechen, und alles war endgültig, dieser Satz würde meinem Leben, wie es bisher gewesen war, ein Ende machen. Ich ging wieder in den Garten und blickte nach oben. Der Himmel war wolkenlos. Ich versuchte, den Tumult in meinem Kopf zum Schweigen zu bringen. »Moment«, sagte ich, »ich setze mich doch wieder hin.«

»Wo sind Sie?«

»Im Garten eines Hotels, das einem Freund gehört. Ich habe miserabel geschlafen, mir ist schwindelig, ich habe das Gefühl, gleich ohnmächtig zu werden.«

»Sitzen Sie?« Jetzt war ich mir sicher, dass er Zeit schinden wollte, genau wie ich. Ich hörte, dass er tief einatmete, und hatte einen winzigen Moment Mitleid mit ihm. Es war eine schwere Pflicht.

»Gut, was ist passiert?« Ich legte die linke Hand flach auf den Rand des Feuergestells und spürte den kalten Stahl. Ich wollte mich auf den Boden legen, mich an die Erde klammern, die Beine anziehen und für immer so liegen bleiben. Ich hörte jemanden wimmern, ich war es selbst.

»Ich darf Ihnen gratulieren«, sagte die Stimme. »Ihre Tochter ist in Israel. Sie ist vom italienischen Geheimdienst nach Israel gebracht worden, vermutlich in Zusammenarbeit mit dem Mossad, aber das weiß ich nicht genau. Das Einzige, was ich genau weiß, ist …«

Ich unterbrach ihn mit einem Schrei. Es war ein Schrei, der von sehr weit unten kam und nicht von meinen Stimmbändern hervorgebracht zu werden schien, sondern irgendwo hinter meinen Nieren entstanden war und sich von dort den Weg nach draußen bahnte. Ich hörte Schritte hinter mir. Ich sah, dass André neben mir in die Knie ging, mir übers Haar strich und mich mit einem Blick anschaute, den ich nicht von ihm kannte, einem Blick voller Mitleid. Ich ließ mich nach vorn sinken und legte die Stirn auf den stählernen Rand, dann fing ich an zu weinen wie ein kleines Kind, hemmungslos und mit lang gezogenen Schluchzern. Weit weg hörte ich eine Stimme, die fragte, wie es mir ging. »Hallo, Herr Hoffman, hallo!«

»Bartje!«, rief André. »Bart!« Ich drehte den Kopf zu ihm hin und blickte ihn durch meine Tränen hindurch an. Hinter ihm stand Joost. »Mein Gott, nein«, hörte ich ihn sagen, »diese gottverfluchten Schweine!« David sah ich nicht.

Ich fühlte, dass ich ruhiger wurde, vielleicht weil André nicht aufhörte, mir übers Haar zu streichen, als wäre ich ein Kind, das aus einem Albtraum erwacht war und das er wieder zur Besinnung zu bringen versuchte.

»Dré, man hat sie befreit. Sie ist in Sicherheit. Die Italiener haben sie gerettet. Anna.« Ich hielt das Telefon wieder ans Ohr. »Danke«, sagte ich, »danke. Ich muss jetzt ihre Mutter anrufen, ich danke Ihnen ganz herzlich. Und bitte entschuldigen Sie, dass ich eben …« André nahm mir das Telefon aus der Hand. »Herr Hoffman ist sehr froh«, sagte er. »Aber es war alles ein bisschen viel für ihn, das verstehen Sie ja sicher. Danke für Ihren Anruf.«

Er legte auf und half mir vom Stuhl hoch.

»Daaf!!«, hörte ich Joost rufen. »Daaf! Daaf! Der alte Suri-Hellseher! Haha!! Wo steckt er?«

Ich wankte in die Küche zurück. Ich hatte mich kaum hingesetzt, als David hereinkam. »Gott sei Dank«, sagte er, »Gott sei Dank, Bart.« Er wusste es, aber ich war nicht geistesgegenwärtig genug, um mich zu fragen, woher. »Ich muss Hinke anrufen«, sagte ich. »Und Bianca. Und auch Anna, meinst du, das geht?« Er kam zu mir und küsste mich auf die Wange. »Hab ich's nicht gesagt, Bart? Jetzt ist alles gut.«

Ich brachte kein Wort heraus, die Zunge verweigerte mir den Dienst. Mein Geist hatte das Maximum seiner Kapazität erreicht, mehr ging einfach nicht, sonst drohte akuter Irrsinn. Eine Müdigkeit, wie ich sie bisher nicht gekannt hatte, lähmte meinen Körper.

»Ich muss telefonieren«, stammelte ich schließlich. »Ich muss Hinke anrufen, und Bianca. Und Anna natürlich.« Ich griff wieder nach meinem Telefon. »Anna!«, sagte ich. »Warum hat sie noch nicht angerufen?« Ich spürte, dass die Panik zurückkam. Stimmte es überhaupt, was man mir gesagt hatte? Oder konnte im letzten Moment noch etwas schiefgegangen sein? Hatte Israel nicht ein ausgezeichnetes Kommunikationsnetz? In diesem Moment kam eine WhatsApp-Nachricht. »Papa, ich rufe dich in einer Stunde an. Ich muss noch eine Weile hierbleiben.« Ich las es vor.

»Die müssen mit ihr erst ein Debriefing machen«, erklärte André, als wäre er jahrelang Geheimagent gewesen. »Das ist immer so. Und dann darf man erst keinen Kontakt mit der Außenwelt haben.« Seine Erklärung beruhigte mich nicht, vielleicht meinte Anna, dass sie medizinisch behandelt wurde. »Vielleicht ist sie verletzt. Mein Gott.«

»Denk doch nicht immer gleich an das Schlimmste, Bart.«

Anna rief an.

»Anna! Liebling! Mein Gott! Weißt du, wie froh ich bin? Wie geht es dir? Sag was, ich möchte deine Stimme hören.«

»Gut, Papa. Eigentlich sehr gut.« Es klang nüchtern, als wäre sie von einem zweiwöchigen Ibiza-Urlaub zurück.

»Wieso musst du noch dableiben?«

»Israel. Man hat hier mehr Erfahrung mit Traumatherapie als irgendwo sonst auf der Welt. Wegen all der Kriege.«

»Du hast ein Trauma? Meine Güte!«

»Und man weiß, dass man das sofort behandeln muss. Je früher, desto besser. Noch bevor man wieder Kontakt mit seinen Angehörigen hat. Sonst kann es chronisch werden.«

»Was?«

»Eine posttraumatische Belastungsstörung.«

»Aber wie fühlst du dich denn?«

»Eigentlich sehr gut, ja. Ich schlafe wie ein Baby.«

»Als Baby hast du nie geschlafen. Wann kommst du nach Hause?«

»Ich bleibe noch ein paar Tage zur Behandlung hier. Außerdem werde ich zu allen möglichen Sachen befragt. Danach fliege ich nach Amsterdam. Bist du noch in Italien?«

»Ja. Hast du schon mit deiner Mutter gesprochen?«

»Mache ich gleich.«

»Anna.«

»Ja?«

»Ich bin so froh, dass es überstanden ist.«

»Ich auch.«

Wir schwiegen einen Moment. Dann sagte sie: »Papa, es tut mir leid.«

»Das darfst du dieses eine Mal sagen und danach nie wieder.«

»Okay. Dann rufe ich jetzt Mama an. *Love you.*«

»*Love you.*«

»Noch eine Frage. Wie geht es David?«

»Er sitzt hier neben mir. Es geht ihm nicht so gut, aber er ist auch sehr froh. Er möchte dich gern so schnell wie möglich sehen. Wir sind alle vier unglaublich froh. Und Bianca auch. Wir lieben dich alle sehr und hatten alle ganz schreckliche Angst. Und in vier Tagen feiern wir Davids Geburtstag in Perottos Padellone.«

»Der Padellone«, sagte sie. »Daran hab ich in letzter Zeit oft gedacht. Wie wir zwei da zusammen gesessen haben. Das war schön. Das ist ein geronnener Moment.«

»Ein geronnener Moment?«

»Ja, ein Moment, von dem man weiß, dass man ihn nie vergessen wird.«

»Anna, wie … Was ist passiert? Wo warst du?«

Ihre Antwort ließ lange auf sich warten, jedenfalls kam es mir so vor. Anscheinend musste sie erst nachdenken, weil es etwas gab, worüber sie nicht sprechen konnte.

»Ich werde es dir erzählen, Papa, versprochen. Aber nicht jetzt.«

Am nächsten Tag wurde berichtet, dass »italienische und amerikanische Spezialkräfte« die vier Geiseln an dem Ort, an dem sie festgehalten worden waren, mit durchgeschnittenen Kehlen vorgefunden hatten. Der italienische Präsident ordnete einen Tag Staatstrauer an.

47

Das Boot war ungefähr acht Meter lang und hatte einen Dieselmotor, der leise vor sich hin tuckerte. Mittschiffs war der Steuerstand mit den Bedienungshebeln des Motors und dem Steuerrad. Am Heck wehte eine italienische Fahne, auf den Bänken an den Seiten der Plicht lagen blaue Kissen. Im Vorschiff war ein Kühlschrank eingebaut.

Joost hatte sich selbst zum Kapitän ernannt, weil er vor langer Zeit mit seinen Eltern auf den friesischen Seen gesegelt war und deshalb angeblich »die nötige Erfahrung« besaß. Wir hatten das Tuckerboot bei einem jungen Mann gemietet, der in Occhiobello, ein paar Kilometer nordwestlich von Ferrara am Po gelegen, eine Art Wassersportgeschäft führte. Er versicherte uns, dass wir mit dem Boot problemlos den Po befahren konnten, wenn wir die Untiefen mieden und dafür sorgten, dass uns der Diesel nicht ausging. Auf einer Karte zeigte er Joost die Stellen, an denen er besonders aufpassen musste. Als Joost sich im Laden eine Kapitänsmütze aussuchte, erinnerte ihn der Bootsvermieter daran, dass sein Fahrzeug nicht seetüchtig war.

André zahlte die Kaution in Höhe von fünfhundert Euro, David gab seinen Reisepass ab, wobei er uns zuzwinkerte, anschließend luden wir unsere Sachen vom Land Rover ins Boot. Der Vermieter brachte einen Kanister Diesel.

Bianca hatte angeboten, während Joosts Abwesenheit seine

Aufgaben im Hotel zu übernehmen. Bevor sie wieder ins Auto stieg, verabschiedete sie sich auf dem Kai von David. Ich sah an ihrem Blick, dass sie das Gleiche befürchtete wie ich: dass David seine letzte Reise antrat, dass der Po sich in den Styx verwandelt hatte.

Wir gingen an Bord, Joost startete den Motor, André machte die Leinen los, und wir glitten zur Flussmitte. »Kurs Ost«, sagte Joost, *»steady as she goes. Ship ahoy!«* Er holte etwas aus der Tasche, es war eine Pfeife. »Kapitein Rob!«, rief er triumphierend. Sein Vater war ein leidenschaftlicher Comicleser gewesen und hatte ihm Abend für Abend aus den Abenteuern des kühnen Seefahrers vorgelesen.

Es war ein schöner Oktobertag, an den Bäumen am Ufer war das satte Grün schon von den Farben des Altweibersommers abgelöst worden.

»Der Po fließt von seiner Quelle in den Cottischen Alpen in Piemont ungefähr 650 Kilometer bis zum Delta am Adriatischen Meer.« Niemand hatte Joost gebeten, einen Vortrag über den Po zu halten, aber das war auch gar nicht nötig, er schaltete von selbst in seinen alten Professorenmodus. Manchmal fragte ich mich, ob die Anwesenheit von Zuhörern überhaupt eine Voraussetzung dafür war. André schaute ihn müde an, verzichtete aber auf einen Kommentar. »Das Delta ist erst entstanden, nachdem die Venezianer im Mittelalter den Mündungslauf verlegt hatten, um zu verhindern, dass ihre Stadt durch die Ablagerungen unerreichbar wurde. Der Po ist ein gezähmter Fluss, der auf der Hälfte seines Laufs zwischen Deichen fließt. Ferrara ist die letzte größere Stadt vor dem Delta, dahinter mäandert der Fluss auf den letzten achtzig Kilometern nach Osten, wo er sich teilt, in den Po di Goro, den Po della Pila, den Po delle Tolle und den Po di Gnocca, wie gespreizte Finger einer Hand. Unter diesen Namen mündet er dann ins Meer, außer im Fall des Po della Pila, den wir ansteuern. Hinter dem Ort Pila ändert der Fluss seinen Namen und fließt die letzten Kilometer als Busa Dritta weiter.«

»Gott, ist das langweilig.« André hielt es nicht mehr aus. »Wen interessiert das, Joost? Dieses Wikipedia-Wissen, was hat man davon? Ich sehe einen Fluss, ich sehe Deiche. Was spielt es für eine Rolle, ob der Po hier so heißt und ein Stück weiter anders? Po ist sowieso ein bescheuerter Name.«

»Deshalb hat dein Leben keine Struktur, Dré«, erwiderte Joost. »Wegen dieser Einstellung. Man gibt den Dingen einen Namen, um sie in den Griff zu kriegen.«

»Ich will nichts in den Griff kriegen, ich will loslassen.«

Wir sprachen nicht mehr viel; nur Joost kommentierte hin und wieder, was er sah oder was er tat – »hier muss ich mich backbord halten« –, ohne dass wir darauf reagierten. André filmte, David lag meistens mit geschlossenen Augen auf den blauen Kissen. Ich saß vorn am Kühlschrank und schaute auf die Bugwelle; wir fuhren so schnell, dass man am Ufer zu Fuß nicht hätte mithalten können.

Ich schwankte zwischen Freude und Kummer. Sobald die Erleichterung wegen Annas Rettung die Oberhand gewann, erinnerte mich ein inneres Stimmchen daran, dass David bald sterben würde. Wenn die Schwermut mich überwältigte, dachte ich an Anna, und mein Gemüt hellte sich wieder auf. Wahrscheinlich versuchten sich auch Joost und André mit aller Kraft einzureden, dass wir einfach nur eine vergnügliche Flussfahrt unternahmen.

Wir glitten an Birkenwäldchen vorüber, in denen die Bäume wie in Reih und Glied standen. Auf toten Ästen, die am Ufer ins Wasser ragten, saßen Silberreiher, die uns genauso ungerührt ansahen wie wir sie. David richtete sich auf. »Bei Bassani kommt mal ein Reiher vor«, sagte er. »Ein Mann ist mit einem Jäger in der Po-Lagune unterwegs. Der Jäger schießt Vögel. Irgendwann kommt langsam ein alter Reiher angeflogen. Der Mann fragt sich, was der Jäger tun wird. Das Fleisch von Reihern schmeckt nicht besonders, zu fischig. Man kann sie höchstens präparieren.«

»Der Jäger lässt ihn also fliegen«, sagte ich.

»Nein, er knallt ihn ab.«

Nach anderthalb Stunden Fahrt kamen wir an Polesella vorbei. Ich zeigte auf ein graues Gebäude in der Ferne. »Das Kloster.« Es war inzwischen mindestens einen Monat her, dass David zuletzt dort gewesen war. Er sagte nichts, sondern schaute nur.

Joost blickte mich an, die Kapitänsmütze tief ins Gesicht gezogen. »Noch drei Stunden bis Bottrighe.«

Die Sonne war hinter den Wolken verschwunden, das Wasser war jetzt grau. Joost starrte vor sich hin, plapplapplapp machten die Wellen am Bug. David schien zu schlafen. André sagte, er hätte eine Drohne kaufen sollen, um uns aus der Luft filmen zu können, aber niemand antwortete.

David öffnete die Augen und richtete sich wieder auf. »Der alte Mönch ist gestorben«, sagte er.

Auf dem Deich stand ein schwarzer Mann neben einem altmodischen Fahrrad. André hob die Hand, der Mann erwiderte den Gruß. Ich fragte mich, was er wohl dachte. Er sah ein Boot auf dem Fluss, ein Boot voller Geschichten, die er nicht kannte.

Das Weiß des Bootsrumpfes hob sich scharf vom Wasser ab, in dem sich der jetzt dunkle Himmel spiegelte. Auf der Oberfläche bildeten sich kleine Kringel, es fing an zu regnen. Joost blickte besorgt zu den Wolken hinauf. Er steuerte das Boot etwas näher ans Ufer. André richtete seine Kamera auf den Mann mit dem Fahrrad, und plötzlich ging ihm ein Licht auf. »*Padre!*«, rief er und hob noch einmal die Hand. »Das ist der Priester aus Serravalle!« Auch der Priester schien jetzt zwei der Männer im Boot zu erkennen, er winkte kurz. »*Amici!*« Um den Kontakt nicht zu verlieren, drehte er sein Fahrrad um, stieg auf und radelte neben dem Boot her. Joost kuppelte den Motor aus, und das Boot verlor an Fahrt, bis es nur noch von der Strömung fortbewegt wurde. Der Regen hörte wieder auf. Der Priester bremste ab und stellte einen Fuß auf den Boden.

»*Amici!*«, brüllte er noch einmal. »*Ho pregato per voi e per la donna giovane!*«

»Er sagt, er hat für uns und für die junge Dame gebetet«, erklärte David. Ich stand auf und rief dem Priester auf Englisch zu, meine Tochter sei auf dem Weg nach Hause. »*Sono state sentite le vostre preghiere!*«, schrie David. »Ich sage, dass seine Gebete erhört worden sind.«

Nicht alle, dachte ich.

Der Priester schlug ein Kreuz. »*Abbiamo iniziato a riparare il tetto della chiesa*«, rief er, »*grazie a lui!*« Er zeigte auf André. Joost beschleunigte das Boot wieder. Der Priester hob zum Abschied ein letztes Mal die Hand und wendete sein Rad. André schaute David fragend an. »Sie haben angefangen, das Dach ihrer Kirche zu reparieren. Von deinem Geld.«

André holte vier Dosen Bier aus dem Kühlschrank.

Wir legten in Bottrighe an, brachten unsere Taschen an Land, schlossen den Kühlschrank ab und rollten über dem Boot eine blaue Persenning aus. Anschließend rief Joost telefonisch ein Taxi, das uns zum Ostello Amolara in Adria brachte, etwa fünf Kilometer nördlich von Bottrighe. Es war das nächstgelegene Hotel mit Restaurant, in dem wir noch Zimmer bekommen hatten. Dort wollte David seinen Geburtstag feiern.

Ich hatte Angst, dass der Abend unerträglich schwer werden würde, für ihn, aber auch für uns. Würde nicht jede Minute, die verging, wie ein Messer in unser Fleisch schneiden? Aber als David fragte, wie er den Abend denn besser hätte verbringen können, wusste ich keine Antwort.

David wollte nicht »sein Leben feiern«, wie man es heute oft auf Trauerkarten liest. Er wollte seinen letzten Geburtstag mit seinen besten Freunden verbringen. Und das nicht trauervoll oder sentimental. »Es soll ein fröhlicher Abend werden«, sagte er im Taxi. Vielleicht befürchtete er, dass wir wie die betrübten Apostel beim letzten Abendmahl beisammensitzen würden. »Ich verlange, dass es ein fröhlicher Abend wird, verstanden? Wir müssen auch feiern, dass Anna in Sicherheit ist. Wenn man alles gegeneinander aufrechnet, gibt es mehr zu feiern als zu betrauern.«

»Mensch, Daaf«, sagte André, »du meinst im Ernst, wir sollen so tun, als ob wir in bester Stimmung wären, obwohl wir wissen, was bevorsteht?«

»Ja«, antwortete David. »Und ich weiß, dass ihr das könnt. Ihr könnt den Tod spüren lassen, dass ihr ihn verachtet, ihr könnt ihm den Stinkefinger zeigen. Ich meine nicht speziell meinen Tod, der ist natürlich sehr bedauerlich, sondern den Tod im Allgemeinen. Das ist, was ich will.«

»Du hast ja recht«, sagte André, »voll und ganz recht. Ich scheiße auf den Tod, der Tod kann mich am Arsch lecken. Soll er sich doch ins Knie ficken. Vor so was wie dem braucht man echt keine Angst zu haben. Dem muss man voll in seine hässliche Fresse lachen, diesem Loser.«

»Was ist mit Perotto, ist er morgen eigentlich da?«, fragte ich.

»Nein, aber ich hab den Schlüssel«, antwortete David. »Er ist einverstanden. Man kann da wenig kaputtmachen.«

Ich bestellte eine Flasche Giulio Ferrari Spumante, und wir stießen auf Annas Rettung an. »Danke, dass ihr mir geholfen habt, das durchzustehen, Jungs. Ohne euch hätte ich es nicht geschafft.« Seit dem Abend mit Joosts Bekenntnissen hatte sich etwas verändert, anscheinend hatten wir weniger Scheu, unsere Gefühle und unsere gegenseitige Zuneigung zu zeigen – jedenfalls galt das für mich.

»Du bist immer schon ein bisschen labil gewesen, Bart«, sagte André. »Die geringste Kleinigkeit wirft dich um.«

Bald standen so viele regionale Spezialitäten auf dem Tisch, dass kaum noch Platz war: hausgemachte Gnocchi al ragù, Reis mit Trüffeln, Salami mit Polenta, sauer eingelegte Sardinen und Aal. André fragte den Kellner, ob sie im Keller vielleicht noch Weine aus unserem Geburtsjahr hätten. Der junge Mann versprach nachzufragen und kam strahlend mit zwei staubigen Flaschen Barolo aus dem Jahr 1963 zurück. »*Ce ne sono di più.*« »Es sind noch mehr da«, übersetzte David. »Ein fantastischer Jahrgang«, sagte er dann, »der beste überhaupt, seit es Wein gibt.« Der Kellner schenkte uns ein. Joost stand auf und hob sein Glas.

»Kapitein Rob alias Basil Fawlty wird wieder mal eine Rede halten«, sagte André. »Da ist er scharf drauf. Hört sich selbst gern labern.« Zur Bestätigung klopfte Joost mit seinem Messer an das Glas.

»Daaf, mein Freund. Es ist ein besonderer Abend. Du wirst heute vierundfünfzig, und wir sind in einem gottverlassenen Kaff in der Po-Ebene. So seltsam spielt das Leben manchmal.

Mein Gott, Daaf, ich seh noch genau vor mir, wie du zum ersten Mal in unseren Klassenraum kamst, mit diesem coolen Hüftschwung. Wie alt warst du da? Fünfzehn? Und wir haben es sofort gewusst. Bart saß neben mir, es war in Mathe bei Giesma, weißt du noch, Bart? Und er sagt: Der Typ ist in Ordnung. Sehr gut gesehen, Bart. Du hast sofort dazugehört, Daaf. Du warst gleich unser Neger. So was darf man heute nicht mehr sagen, aber damals schon. Seitdem ist ganz schön viel passiert, zu viel, könnte man sagen. Vor allem in letzter Zeit. Aber du warst derjenige, der immer ruhig geblieben ist. Du bist der Stoiker von uns. Das hab ich in den vergangenen Monaten gemerkt. Ich hab oft gedacht: Ich müsste ein bisschen mehr wie David sein. Und da wusste ich noch gar nicht, dass du …«

Er schaute David hilflos an. Schließlich machte er eine entschuldigende Geste. »Ich …«

»Joost«, sagte David nur. Auch er war gerührt.

»Es ist scheiße«, sagte Joost mit versagender Stimme. »Ich find es unerträglich. Wenn mir dieser Gott noch mal über den Weg läuft …«

»Trittst du ihm so in die Eier, dass sie oben rauskommen«, ergänzte ich. »Wer hat das noch gesagt? Maarten Biesheuvel, glaube ich.«

»Wo war ich stehen geblieben«, sagte Joost, »ist auch egal. Wir wollten diesen denkwürdigen Tag natürlich nicht unbeachtet vorübergehen lassen, wenn das überhaupt möglich gewesen wäre. Wir haben uns den Kopf zerbrochen, was wir dir schenken könnten. War natürlich nicht so einfach. Aber am Ende sind wir auf das hier gekommen.« Er reichte David ein kleines Päckchen. David entfernte das Papier und öffnete die Schachtel, die darin war. Sie enthielt ein altmodisches silbernes Medaillon mit einem Schwarzweißfoto von uns vieren.

»Das kommt mit«, sagte David.

48

Am nächsten Morgen ließen wir uns zum Boot zurückfahren. Wir hatten alle vier einen gehörigen Kater, es war spät geworden, und der Wein von 1963 war uns mehr zu Kopf gestiegen als erwartet. André hinkte leicht, er war vom Tisch gefallen. Ich sah ihn zwischen den Flaschen stehen, er kippte nach links, streckte die Hand noch vergeblich nach Joosts Schulter aus und fiel seitlich hinunter. Ich hörte Davids Lachen, ein brüllendes, keuchendes Lachen, er rang nach Atem, und als er endlich wieder genug Luft bekam, lachte er brüllend weiter, und ich dachte: Es ist alles nur ein großer Scherz, David stirbt gar nicht, natürlich nicht, du hörst ja, wie er lacht, so lacht doch niemand, der bald stirbt. Dann erschien Andrés Gesicht über der Tischplatte, er grinste, aber man sah ihm an, dass er Schmerzen hatte.

Der Morgennebel vollführte einen langsamen Tanz über den Feldern. Der Taxifahrer musterte amüsiert das seltsame Grüppchen, das vor dem Eingang des Hotels auf ihn wartete. Joost zuckte entschuldigend mit den Schultern, was aber ein bisschen lächerlich war, weil man ihn selbst mit seiner Kapitänsmütze und der Pfeife für den Anführer einer Bande entlaufener Irrer hätte halten können.

»Wir haben die Welt gestern Abend um die letzten Barolos von 1963 erleichtert«, erklärte David. Der Taxifahrer rieb den Daumen an Zeige- und Mittelfinger.

»Aber köstlich«, sagte David.

Am späten Nachmittag kamen wir beim Padellone an. Joost machte das Boot an einem der Pfähle des Stegs fest. Wir hoben die Körbe mit Essen, Bier und den Weinflaschen auf die Planken und stiegen hinauf, David gelenkiger und mit mehr Kraft, als ich ihm zugetraut hätte. Oben holte er einen Schlüssel aus der Tasche und ging vor uns her in Richtung Tür. Plötzlich hörte ich ein leises, rhythmisches Quietschen. Zuerst dachte ich, die ganze Fischerhütte würde sich im Takt der anrollenden Wellen bewegen, doch dann sah ich ihn. Perotto saß mit dem Rücken zu uns im Schaukelstuhl. Er rauchte eine Zigarette und blickte aus einem Buch auf, als wir uns näherten. Als er sich umdrehte, verzog er die Lippen zu einem Grinsen, es war das erste Mal, dass ich bei ihm so etwas wie ein Lächeln sah.

»Perotto!«, rief David. *»Non ti aspettavamo.«* Er ging zu ihm, beugte sich hinunter und umarmte ihn. Perotto erhob sich mühsam aus dem Schaukelstuhl und legte den Arm auf Davids Schultern. Er ging langsam, das linke Bein zog er ein wenig nach, offensichtlich hatte er Schmerzen. Dann schaute er mich an.

»Congrats, dad«, sagte er. Ich glaubte etwas Triumphierendes in seinem Blick zu sehen: Er hatte recht behalten.

André hatte eine Spotify-Playlist erstellt, mit Lynyrd Skynyrd, The Clash, Nina Hagen, Lou Reed, The B-52s, Joe Jackson, The Stranglers, Kate Bush, Elvis Costello – all den Helden unserer Jugend. Die Musik beförderte uns in Lichtgeschwindigkeit in die Zeit vor fünfunddreißig, vierzig Jahren zurück und erweckte totgeglaubte Erinnerungen. Joost spielte wieder Luftgitarre, als hätte er nie damit aufgehört. David fragte, wann denn ABBA käme, und erntete wie damals Hohn und Spott.

Das Einzige, was fehlte, war Grolsch, bis David mit geheimnisvoller Miene zum Schuppen neben der Hütte ging, in dem ein Kühlschrank stand, und mit vier grünen Bügelflaschen zurückkam. »Du alter Beschaffungskünstler!« Joost ließ seine Flasche sofort aufploppen. »Junge, Junge, jetzt weiß ich, was mir all die Jahre gefehlt hat«, sagte er nach einem kräftigen Zug. »Man merkt: Mir fehlt was. Irgendwas fehlt in meinem Leben. Aber man kommt nicht drauf, was es ist. Also das hier war's. Dieses herrliche Ploppen, dieser Geruch und dann ein großer Schluck aus der Pulle. Mensch, Jungs, wie einfach im Grunde doch alles ist.«

Perotto sah vom Schaukelstuhl aus zu, er schien in Gedanken versunken zu sein und ging früh schlafen. Wenig später folgte ihm David, er hatte drinnen schon eine Luftmatratze mit einem Schlafsack bereitgelegt. Ich ging hinter ihm her.

»Daaf«, sagte ich.

Er schien meine Gedanken zu erraten. »Ich wache morgen wieder auf«, sagte er.

Joost, André und ich legten uns draußen schlafen. Es war eine klare Nacht.

»Wie früher auf dem Dach der Lady Jane«, sagte André.

Joost benannte wieder Sternbilder, genau wie damals.

»Ich erkenne immer noch nur den Großen Bären«, sagte ich. »Und den Polarstern.«

Joost begann die Sterne des Großen Bären aufzuzählen. »Alioth, Dubhe, Alkaid, Mizar …« Ich fühlte, wie mein Geist davonschwebte, bei »Phecda« verlor ich das Bewusstsein.

Am nächsten Morgen war Perotto verschwunden. Er war nicht in der Fischerhütte und auch nicht draußen. »Perotto«, sagte ich, »Daaf, wo ist Perotto?«

»Er ist heute in aller Frühe weggegangen«, antwortete David. »Mit einem Koffer.«

»Hat er irgendwas gesagt?«

»Dass ich euch grüßen soll. Und dass er weg muss. Ihm liefen Tränen über die Wangen.«

»Sonst nichts?«

»Nein. Doch, dass es ein großes Vergnügen war, uns kennenzulernen.«

»Unglaublich!«, sagte Joost. »Wie in einem Roman von John Le Carré, mit diesen geheimnisvollen, exzentrischen Figuren.«

»Er hat mir noch etwas gegeben«, sagte David in gleichgültigem Ton. Er holte die Halskette mit dem schwarzen Onyx und der Perle aus der Tasche.

Ich spürte Übelkeit aufkommen. »Das … ist Annas Kette«, stammelte ich.

»Mein Gott!«, rief Joost. »Das heißt, Perotto, dieser angebliche Fischer, dieser Sargflechter …«

»Ja«, sagte David. »Ich nehme es an.«

»Du hast gewusst, was er macht, Daaf. Du wusstest, dass er in Syrien war. Du hast es gewusst!«

»Ich hatte keine Ahnung. Wirklich nicht.«

»Ich kenne diese Typen«, sagte André. »Es sind die Unantastbaren dieser Welt. Die haben ihre Finger überall.«

»Anna wird uns schon alles erklären«, sagte ich.

Zwei Stunden später rief Anna an. Sie war in den Niederlanden angekommen und wollte bei Hinke übernachten. In ein paar Tagen würden wir uns wiedersehen.

An diesem Tag faulenzten wir wie verkaterte Jugendliche, wie die Meister der Langeweile, die wir vor langer Zeit gewesen waren. André zeigte auf ein Boot in der Lagune. »O seht, o seht dies leckgeschlagne Boot, das doch nicht untergeht!«, deklamierte er, und wir lachten uns schlapp. In England waren wir einmal von einem Campingplatz weggeschickt worden, nachdem André in der Nacht diese Verse stundenlang mit vielen albernen Variationen wiederholt und damit alle wach gehalten hatte, bis unseren Nachbarn der Kragen platzte. Am nächsten Morgen beschwerten sie sich beim Verwalter.

Wir erweckten Peter, Kapitän Willem, Peters Vater, und Madame Olga, Peters Mutter, wieder zum Leben. Wir sprachen über Laura, unsere gemeinsame Jugendliebe, aber nur über die Laura von damals, nicht die von drei Jahrzehnten später. Wir gaben uns unbekümmert unseren nostalgischen Gefühlen hin, ohne dass einer von uns sagte, dass damals damals sei und heute heute. Denn heute war damals.

Aber es gab auch einen großen Unterschied. 1982 hatten wir nach unserem Schulabschluss die Ewigkeit gefeiert, jetzt feierten wir die Vergänglichkeit. Feierten, ja, es war, als hätte Davids naher Tod uns mit der Endlichkeit versöhnt. Wir sahen, dass der Tod ihm keine Angst einflößte, dass er gelassen akzeptierte, was kommen würde. Das machte das Verleugnen überflüssig. Ich nahm mein Notizbuch und las André etwas vor, was ich vor einigen Monaten aufgeschrieben hatte. »*In einer Nacht des Jahres 1943* handelt von Feigheit. Man wird Zeuge furchtbarer Ereignisse, aber aus Angst leugnet man sie.« Er nickte.

»Als wir nach Ferrara gereist sind, hast du das ein Projekt genannt«, sagte ich.

»Ja, aber ich hatte ein ganz anderes Projekt im Kopf als das, was daraus geworden ist.«

»Joosts Designhotel ist doch fertig.«

»Darum ging's aber letztlich nicht.«

»Sondern um David?«

»Natürlich. David wusste damals schon, wie krank er war.« André hatte Tränen in den Augen. »Es war ein Kurs Sterben für Anfänger. Noch ein bisschen lernen, dann kriegen wir unser Abschlusszeugnis.«

Am Abend kam Bianca. Die junge Frau, die Joost vor ein paar Tagen als Rezeptionistin eingestellt hatte, würde schon ein paar Stunden allein zurechtkommen, meinte sie. Sie brachte ein paar Flaschen Wein und einen Karton voller Lebensmittel mit, die sie auf dem Markt gekauft hatte. André zog sich aus und schwang sich an der Vorderseite der Hütte nackt übers Geländer. Ich tat das Gleiche, danach Joost. »Bianca!«, rief ich. »Komm ins Wasser!« Sie zögerte, kam dann aber doch, über die kleine Metallleiter, die zum Wasser hinunterführte. Nur David blieb oben. »Das hier darfst du nie vergessen, Bartje«, sagte Joost, während er mich an den Schultern packte. Ein Fischer fuhr vorbei und beobachtete lächelnd das Schauspiel. Vom Padellone schallte Simeon ten Holts *Canto Ostinato* übers Wasser.

Es war wie eine Versöhnung mit dem Leben, mit uns selbst, wie wir geworden waren, und mit dem, was uns noch erwartete.

Ich empfand Erleichterung, aber es war keine gewöhnliche Erleichterung wie etwa nach einer unangenehmen Arbeit, die man hinter sich hat. Dieses Gefühl war viel stärker, es überwältigte mich, es war, als würde die Urkraft des Lebens selbst sich meiner annehmen.

Am späten Abend fuhren David, Bianca und ich nach Ferrara; die Hotelgäste erwarteten am Morgen wieder ein Frühstück. Joost und André blieben noch eine Nacht beim Padellone, um dann das Boot nach Occhiobello zurückzufahren.

49

Ich flog mit David nach Amsterdam. Bianca fuhr mit André nach Rotterdam. Sie spielte mit dem Gedanken, sich dort als Architektin niederzulassen.

Wir hatten versucht, den Korb im Laderaum des Tesla unterzubringen, was sich aber als unmöglich erwies, zumal Andrés Pegoretti schon viel Platz wegnahm. Deshalb hatten wir ihn sorgfältig für den Versand nach Zutphen verpackt.

»Ich seh euch demnächst«, sagte Joost beim Abschied. »Danke für eure Hilfe und vor allem dafür, dass ihr da wart. Es war ein ganz besonderer Sommer.« Er stand ein wenig unbeholfen herum. David gab ihm den Schlüssel zum Padellone. »Für den Fall, dass du deinen Gästen mal einen besonderen Abend ermöglichen willst. Oder wenn du selbst die Nase voll hast von diesen nervenden Typen.«

»Musst du ihn nicht Perotto zurückgeben?«

»Wenn er ihn braucht, weiß er, wo er dich findet.«

Als Anna und ich drei Tage später im Il Colosseo auf unseren Stammplätzen saßen, holte ich einen Umschlag aus der Tasche und gab ihn ihr.

»Ich sollte mit Jürgen Heinz nach Idlib fahren«, sagte sie, als würde der Umschlag die Frage enthalten. Sie nahm die Halskette mit dem Onyx und der Perle heraus und legte sie behutsam auf ihre Handfläche. »Für die Fahrt waren zwei Tage veranschlagt, die Straßensperren überall kosten einen jedes Mal Stunden. Ich saß hinten, in einer Burka. Am Ende des ersten Tages sind wir für die Nacht bei einem Frisör und seiner Frau untergekommen, Verwandten von meinem Fixer, der alles organisiert hat. Da bekam ich dann abends eine SMS.«

»Von wem?«

Sie zögerte einen Moment. »Perotto«, sagte sie dann.

»Was hat er geschrieben?«

»Bleib, wo du bist, und warte. Fahr nicht nach Idlib, man folgt euch. Nimm mit niemandem Kontakt auf und schalte das Telefon aus.«

»Er wusste, wo du warst?«

»Ja.«

Sie sei sofort zu Jürgen Heinz gegangen und habe ihm die SMS gezeigt. »Aber er wollte unbedingt am nächsten Tag weiter. Seine Auftraggeber warteten, und so weiter. Ich sagte, wir müssten die Warnung ernst nehmen. Aber er ließ sich nicht überzeugen. Am nächsten Tag ist er weitergefahren, er war wütend. Ich glaube, er hat es mir richtig übelgenommen, dass ich nicht mitkam. Ich hätte ihn zurückhalten müssen.«

»Rede dir keine Schuldgefühle ein. Du hast getan, was du konntest.«

Sie nahm die schwarze Perle zwischen Daumen und Zeigefinger. »Da ist etwas drin, ein Tracker, oder wie man das nennt. Damit kann man jemanden orten.«

»Nein – so was gibt es?«

»Das gibt es. Ein Freund von mir ist bei einer Spezialeinheit. Wenn sie in eine besonders gefährliche Gegend geschickt werden, kriegen sie einen Tracker unter die Haut. Einen Chip, so dass sie immer zu finden sind.«

»Und Perotto …«

»Ja, er wusste deshalb, wo ich war. Und offensichtlich

wusste er auch, was passieren würde. Die IS-Leute werden abgehört.«

»Und dann?«

»Dann habe ich gewartet. Ein paarmal war ich in Versuchung, dir ein Lebenszeichen zu schicken, aber ich hatte Angst, dadurch meinen Aufenthaltsort zu verraten. Es war klar, dass die IS-Leute nach mir suchen würden, wenn sie feststellten, dass ich nicht bei Jürgen war.«

»Und …«

»Es hat lange gedauert. Ich war im Keller, und dreimal habe ich gehört, wie über mir ein paar Männer den Frisör und seine Frau angebrüllt haben. Als er nach dem dritten Mal runterkam, um mir etwas zu essen zu bringen, war sein Gesicht geschwollen, sie hatten ihn geschlagen. Nach zehn Tagen stand dann plötzlich Perotto vor der Tür und hat mich mitgenommen. Ich weiß nicht mehr, wie wir zurückgefahren sind, aber anscheinend kannte er den Weg genau. Er hat mich über die jordanische Grenze geschleust. Danach ist er zurückgefahren.«

»Zurück?«

»*To get those stupid bastards out,* sagte er. Er hat mich gebeten, ihm die Halskette zu geben, und gesagt, ich würde sie später wiederbekommen. Ich durfte immer noch mit niemandem Kontakt aufnehmen. Am nächsten Tag haben mich zwei Männer abgeholt und nach Israel gebracht.«

»Eine knappe Zusammenfassung.«

»Sehr knapp. Ich hab schreckliche Angst gehabt, Papa.«

»Wie hättest du auch keine Angst haben sollen.«

»Und Perotto …«

»Was ist er? Ein Geheimagent?«

»Vielleicht. Ich hab lange darüber nachgedacht. Aber ohne Ergebnis, und ich hatte auch keine Lust, der Sache auf den

Grund zu gehen. Ich habe beschlossen, ihn das Schicksal zu nennen. *Mein* Schicksal. Klingt blöd, aber vielleicht sieht man das Leben anders, wenn man monatelang mit so viel Schicksal und Verhängnis in Berührung gekommen ist. Ich weiß nicht, was passiert wäre, wenn ich ihm nicht begegnet wäre.«

»Ist er in dich verliebt?«

Sie schaute mich nachdenklich an, antwortete aber nicht. Es war auch viel zu einfach gedacht. »Bei dem Versuch, die vier anderen zu befreien, ist er verletzt worden. Aber da war es sowieso schon zu spät.«

»Er war in seinem Padellone, als wir Davids Geburtstag gefeiert haben. Aber am nächsten Morgen war er verschwunden.«

Sie schien wieder zu zögern, dann sagte sie: »Seine Tochter hat am Konservatorium in Turin und später bei Alfred Brendel in London Klavier studiert. Sie hieß Elisabeth, ein großes Talent. Aber dann ist sie kokainsüchtig geworden, und zwar so, dass sie an einer Psychose erkrankt ist. Sie war siebenundzwanzig, als sie sich im Po ertränkt hat. Ihre Leiche hat man erst viel später gefunden, nicht sehr weit von Pila.«

»Mein Gott!«

»Er hat gesagt, ich sehe ihr ähnlich.«

Ich hatte David das Manuskript meines Romans gegeben, zusammen mit einem von Bassani signierten Exemplar von *Il giardino dei Finzi-Contini,* das ich in einem Antiquariat in Ferrara gekauft hatte. »Für David«, hatte ich unter Bassanis Namen geschrieben, »in Freundschaft und Liebe.«

Eine Woche später bekam ich das Manuskript zurück. »So etwas hatte ich mir vorgestellt«, stand auf der Titelseite. »Kuss, David.«

David starb am 20. Oktober. Wir standen an seinem Bett, in der Wohnung über De Vriendschap. Wir hielten ihn fest, bis er uns losließ. Anna war die Einzige, die nicht weinte.

Dank

Ich danke folgenden Personen für ihre Hilfe, ihre Freundschaft und ihre rege Anteilnahme während meiner Arbeit an diesem Buch: meiner geduldigen Lektorin Evi Hoste; meiner Verlegerin Mizzi van der Pluijm, stets eine inspirierende Gesprächspartnerin; Steff van Dorp, Rianne Blaakmeer, Nienke van Leverink, Barbara Geenen, Margo Westerbeek, Floor von Dülmen Krumpelmann, Emilie Franse und Selin Kuşçu von Uitgeverij Pluim; Nicole van Kilsdonk, Hans de Wolf und Hanneke Niens von KeyFilm, die mich für die Idee einer Fortsetzung von *Ventoux* begeistert haben; Roald Triebels für seinen wunderschönen Umschlagentwurf; Catrien Santing für ihre Hilfe bei der Suche nach Informationen über Rudolf Agricola; Dirk Jan Roeleven, Hester van der Vliet, Derek Steinhoff, Lennard Steinhoff, Paul Steinhoff, Dani Wolters und Lennen van Niel vom warmherzigen »Team Girona«; Wilfried de Jong für seine Ideen; Ien van Laanen, die auf den ersten Blick gesehen hat, welcher Umschlagentwurf der richtige war; Aart Hoekman für die kritische Lektüre des Manuskripts; Renate Verhoofstad und Boudewijn Goossens, die mich vor peinlichen Fehlern im Italienischen bewahrt haben; meiner Agentin Marieke Verhoeven; Vincenzo Mazziotti, dem besten Gastgeber von Ferrara.

Dank schulde ich außerdem Ana van Es, Nahostkorrespondentin der *Volkskrant*. Ich bewundere ihren großen Mut und ihr journalistisches Talent. Zu den beiden Berichten Anna Hoffmans in diesem Buch haben mich Artikel von Ana van Es inspiriert.

Besonderer Dank gebührt meiner großen Liebe Wilma de Rek, die mir genau in den richtigen Momenten Mut zugesprochen, mir das Manuskript mehrmals laut vorgelesen, immer wieder hilfreiche Vorschläge gemacht und mich vor dummen Fehlern bewahrt hat. Und meiner Tochter Hannah, die kritisch mitgelesen hat und die ich mindestens so sehr liebe wie Bart seine Tochter Anna.

Bert Wagendorp, Culemborg/Girona/Arles, 2018/2019

Die Originalausgabe erschien 2019 unter dem Titel *Ferrara*
bei Uitgeverij Pluim, Amsterdam/Antwerpen.

FSC www.fsc.org
MIX
Papier aus verantwortungsvollen Quellen
FSC® C014496

Penguin Random House Verlagsgruppe FSC® N001967

1. Auflage

Neumarkter Straße 28, 81673 München
Umschlaggestaltung: semper smile, München
Covermotiv: © Shutterstock/nikiteev_konstantin; ArtMari
Satz: Uhl + Massopust, Aalen
Druck und Einband: GGP Media GmbH, Pößneck
Printed in Germany
ISBN 978-3-442-75900-2

www.btb-verlag.de
facebook.com/btbverlag